Mary Wesley
Matildas letzter Sommer

Mary Wesley

Matildas letzter Sommer

Roman

Aus dem Englischen von
Benjamin Schwarz

List Verlag
München · Leipzig

Die Originalausgabe erschien 1983 unter dem Titel »Jumping the Queue«
bei Macmillan London Ltd., London.

ISBN 3-471-79147-7

© Mary Wesley 1983
© der deutschen Ausgabe 1992 Paul List Verlag
in der Südwest Verlag GmbH & Co KG München
Alle Rechte vorbehalten. Printed in Germany
Satz: Fotosatz Leingärtner, Nabburg
Druck und Bindung: Mohndruck, Gütersloh

I

Matildas ungewöhnliches Treiben hatte Gus schon die ganze Woche nervös gemacht. Er trampelte um das Haus herum, spähte durch die Verandafenster herein, reckte den Hals durch offene Türen, den Kopf mit den hellen Augen lauschend zur Seite geneigt. Sie hörte seine Füße über den Klinkerweg platschen, wenn er von der Küchentür zum Fenster watschelte. Bald würde er auf den Gartentisch hüpfen, hereinsehen, ihren Blick zu erhaschen versuchen. Er vollführte diesen uneleganten Sprung mit klatschenden Schlägen seiner Flügel, mit denen er gegen einen Stuhl stieß, während er den Tisch zu erreichen versuchte. Seine blauen Augen begegneten ihren.

»Gus, ich muß diese Liste zusammenstellen, das ist wichtig.«

Der Gänserich erstickte leise, ängstliche Laute in seinem Hals, schlug mit den Flügeln, hob den Kopf, trompetete.

»Ruhe.« Sie versuchte ihn zu ignorieren, indem sie sich auf die Liste konzentrierte: *irgendwelchem Kummer mit der Pumpe Peaks Autowerkstatt sie kennen ihre Mucken. Für normale elektrische Arbeiten Emersons in der High Street, Telefon im Buch in Küchentischschublade.*

Gus trompetete lauter und patschte mit den Füßen auf den Holztisch.

»Ruhe!« rief Matilda, ohne aufzublicken. Fleischer, Bäkker, Postamt, Autowerkstatt, Arzt, Zahnarzt. Die werden sie nicht nötig haben. Tierarzt – den werden sie nicht brauchen, Anwalt, Bank, Polizei. Vielleicht würden sie nur die benötigen. Sie überprüfte die Telefonnummern, legte den Kuli weg und trat ans Fenster.

»O Gus.«

Er knabberte leise winselnd an ihrem Ohr, während sie ihm den kühlen Hals streichelte, ihre Hand von seinem Kopf zu seiner Brust gleiten ließ, die Dicke seiner Federn, ihre Schönheit und Kraft fühlte, die sie mit ihren Fingern teilte, bis sie sein warmes Brustbein berührte. Von ihrer Berührung erregt, kackte Gus auf den Tisch.

»Was für eine Art, seine Liebe zu zeigen.« Matilda verschwand in die Küche. Der Ganter erriet, wohin sie ging, sprang vom Tisch und fegte, halb rennend, halb watschelnd, zur Küchentür, durch die er hereinlinste, wohl wissend, daß er nicht ins Haus durfte.

Matilda ließ Wasser in einen Eimer laufen. Das Telefon klingelte. Gus trompetete.

»Hallo, hallo, ich kann Sie nicht hören.«

»Hier ist Piers.«

»Ja, John, wie geht's dir?«

»Hast du dein Telefon noch nicht reparieren lassen?«

»Nein.«

»Solltest du aber. Es ist Monate her, daß der Hund reingebissen und es kaputtgemacht hat.«

»Was?«

»Ich sagte, es ist Monate her, daß –«

»Er haßte die Klingel, das Geräusch tat seinen Ohren weh, deshalb hat er sich draufgestürzt und reingebissen.«

»Du solltest es reparieren lassen, es kostet dich doch nichts.«

»Oh.« Matilda strich mit einem Finger über den Streifen Tesafilm, der den Apparat zusammenhielt.

»Er ist sowieso tot.«

»Ich kann dich nicht hören.« Sie lächelte Gus zu, der in der Tür stand und von einem Fuß auf den anderen trat.

»Ich sagte, er ist tot.«
»Ich hab' dich verstanden. Was möchtest du denn?«
»Ich möchte wissen, wie's dir geht.«
»Mir geht's gut, John.«
»Piers.«
»Na schön, Piers. Ich find's furchtbar albern, in deinem Alter seinen Namen zu ändern.«
»Ich habe immer Piers geheißen.«
»Für mich John. Dieser Anruf kostet dich ein Vermögen. Was willst du denn?«
»Kommst du nicht mal nach London?«
»Ich weiß nicht.«
»Eine Veränderung täte dir gut.«
»Ich werde bald eine haben.«
»Fährst du irgendwohin, wo's hübsch ist?«
»Ich kann dich nicht hören.«
»Laß das Telefon reparieren.«
»Was?« Sie winkte Gus.
»Von den Kindern gehört?«
»Ja, nein, ist noch nicht lange her.«
»Matilda.«
»Ja?«
»Laß das Telefon reparieren, es ist gefährlich, du könntest es dringend brauchen.«
»Kümmer dich um deinen Kram.«
»Was?«
»Wiedersehen, John.«
»Piers.«
»Na schön, Piers.« Sie legte den Hörer auf, hob den Eimer aus der Spüle und schwappte Wasser über den Tisch, der von ähnlichen Ereignissen früher noch Flecken hatte. Das nasse Holz dampfte in der Sonne.
»Möchtest du etwas Mais?« Sie stand da und sah auf Gus hinunter. »Na, dann komm.« Gus lief ihr nach, als sie den Mais holen ging. Sie warf ein bißchen auf den Rasen. Der Ganter ignorierte ihn.

»Gus, du mußt essen.« Sie setzte sich, und der Gänserich stieg auf ihren Schoß. »Iß, du Dummkopf.« Sie hielt ihm die Schüssel hin. Gus aß ein wenig und schob den Mais mit seinem Schnabel herum, während sie ihn streichelte, ihm mit der Hand fest über den Rücken strich und dann in einem Bogen über die Brust fuhr. »Du mußt doch für all die hübschen Damen bei Kräften bleiben. Sie werden dir gefallen, das weißt du doch. Du wirst bei ihnen nicht einsam sein.«

Gus stieg von ihrem Schoß herunter, watschelte herum und fraß Gras, dann kam er wieder zu ihr, blieb hinter ihr stehen, beugte den Hals über ihre Schulter und drehte ihn so, daß er in ihre Augen hinaufsehen konnte.

Matilda saß da und schaute ins Tal hinunter, müde, versuchte zu überlegen, ob noch etwas zu tun sei.

Das Haus war geschrubbt, gebohnert, staubgesaugt, die Betten waren mit der besten Bettwäsche bezogen. Silber, Messing und Kupfer funkelten. Vorräte in den Schränken und der Speisekammer. Rechnungen bezahlt, Schreibtisch aufgeräumt, Liste mit den Adressen der Leute und den Sachen, die sie brauchen würden, fertig geschrieben, jede Spinne eingefangen und nach draußen bugsiert, ehe ihr Netz zerstört wurde. Alles erledigt. Nur um den Picknickkorb und die Badesachen mußte sie sich jetzt noch kümmern. Und um Gus.

»So ein Verrat. Ich kann's nicht ändern, Gus. Gänse können dreißig oder älter werden. Ich kann nicht warten. Dir wird's schon gut gehen.«

Ein Landrover kam den Weg heraufgefahren, hielt am Tor. Ein Mann stieg aus. Matilda stand auf. Gus trompetete wütend, die Ränder seiner Augen wurden rot. Matilda gab dem Mann die Hand, während Gus mit langgestrecktem Hals und gesenktem Kopf zischend dessen Knöchel in Angriff nahm.

»Guten Tag. Er ist ein hübscher Kerl. Ich habe einen Sack mitgebracht.«

»Ah ja, das sagten Sie. Sie sagten, so ginge es am besten. Möchten Sie einen Schnaps?«
»Nein danke, besser nicht. Wenn ich den Burschen hier aufgeladen hab', mach' ich mich auf den Weg, dann hat er noch vorm Dunkelwerden Zeit, seinen Harem kennenzulernen.«
»Die werden ihm doch nicht wehtun?«
»Nein, nein, nein, ein Ganter herrscht über seine Gänse. Die haben noch nichts von Emanzipation gehört.«
»Er herrscht über mich –«
Der Mann nickte ernst und sah auf Gus hinunter. »Ihr anderer Ganter?«
Sie wandte den Blick ab. »Ein Fuchs hat ihn geholt. Ich meine, ich hab's Ihnen erzählt.«
»Ja, natürlich.«
»Gus, nicht doch!« Der Mann wich zur Seite, als Gus ihm mit dem Schnabel gegen die Wade hackte. »Tut mir leid.«
»Ist schon in Ordnung. Dicke Hose. Ich schließe sie jetzt nachts alle ein. Da ist er sicher.«
»Er hat immer in der Spülküche geschlafen.«
»Tja, na ja, aber er wird sich an seinen Schuppen gewöhnen. Stall vielmehr, Steinfußboden, Gänse sind dreckige Vögel. Ich spritze sie mit 'm Schlauch ab, die Ställe.«
»Ich gieße Wasser über den Spülküchenboden, da ist 'n Abfluß in der Mitte, so 'ne Art Rost.« Was für eine dämliche Unterhaltung. Konnte er sich nicht ranhalten und abhauen?
»Wollen wir ihn in den Sack stecken?«
»Okay. Sie fangen ihn, weil Sie ihn kennen, stecken ihn rein. So ist es richtig. Ich binde ihm das hier um den Hals, damit er sich nicht verletzen kann. Autsch! Das war aber fest.«
»Er hat Angst.«
»Ja, natürlich. So, das hätten wir. Jetzt nehme ich ihn, es wird ihm gutgehen, keine Sorge. Bald ist er bei seinem Harem. Sechs Gänse.«
Der Mann trug Gus zu dem Landrover, hob ihn über die

Ladeklappe. Gus trompetete in einem fort, als der Mann wegfuhr.

»Scheißharem. Ich muß verrückt sein.« Matilda ging ins Haus, goß sich einen kräftigen Whisky ein, schaltete das Radio für den Wetterbericht an. Das Hochdruckgebiet über dem Atlantik blieb erhalten, sehr heiß, sehr trocken.

Wieder begann das Telefon zu läuten. Matilda ging zu dem Apparat, zog einen Cellophanstreifen davon ab und ließ es klingeln, bis es ruhig war. Jetzt das Picknick. Sie nahm einen Korb und tat Butter hinein, Brötchen, ein Stück ziemlich weichen Brie, einen Pfirsich, ein Messer, einen Korkenzieher, eine Flasche Beaujolais.

»Gut«, sagte sie laut. »Gut, ich wäre bereit.« Ein letzter Gang durchs Haus, erschreckend sauber, fremd. Sie schloß die Fenster und die Haustür, nahm den Korb hoch. Eine große Spinne huschte zur Küchentür herein, über den Fußboden und unter den Küchenschrank. »Hast gewonnen.« Matilda ging, den Korb in der Hand, nach draußen, schloß die Tür ab und legte den Schlüssel unter den Fußabtreter, wo nur ein Dummkopf ihn hinlegte, damit jeder Dummkopf ihn finden konnte. In die Garage, in den Wagen, starten, losfahren. »Wenn es dich gibt, halte ein Auge auf Gus. Sorge dafür, daß es ihm gutgeht. Bitte.« Matilda betete ohne Glauben, während sie schnell den Fahrweg zur Hauptstraße hinunterfuhr. Ein Gott mit Flügeln war ein glaubwürdiger Gott, aber nicht in der Verkleidung eines Mannes, der einen Landrover fuhr. Matilda trat fest aufs Gaspedal. Dem Lärm des Motors gelang es nicht, das betrogene Trompeten in ihrem Innern zu übertönen.

In dem leeren Haus läutete das Telefon vor einer einzigen Spinne als Publikum.

2

Sie schaltete das Autoradio ein, um das Geräusch in ihrem Innern zum Schweigen zu bringen. Ich will nicht daran denken. Ich will es unterdrücken, vergessen, einen Schlußstrich drunter ziehen, wie ich es mit anderen Dingen mein ganzes Leben lang getan habe. Geh weg, Gus, geh weg. Sie drehte das Radio lauter.

Viele Tage hatte sie ihren Transistor im Haus herumgetragen und beim Schrubben, Wischen, Staubsaugen, Bohnern, Staubwischen Radio gehört. Bei der Arbeit hatte sie Mozart, Beethoven, Bach und Brahms gehört, Pop und Pop und Pop, die Nachrichten. Kriegsgerüchte, Gewalttaten, hier, da und überall, nur heißt das jetzt nicht Krieg, hatte sie gedacht, sondern es sind Guerillas, oft wie Gorillas ausgesprochen, die Bomben legen, schießen oder kidnappen, Flugzeuge und Eisenbahnzüge entführen. Eine aktive Bande, diese Guerillas/Gorillas, unentwegt in den Nachrichten, absolut nicht ohne Mitgefühl, voller Ideale und immer zur vollen Stunde, jede Stunde zwischen Ratespielen und Musik, *Frauenfunk, Hör zu mit Mutter,* und die Nachrichten und das Wetter veränderten sich unmerklich, während die Tage vergingen und sie Spinnen aufscheuchte, sie in ein Wasserglas tat und zur Tür hinausschaffte, ehe sie ihre Netze zerstörte. Das Wetter heiß, unentwegt heiß, Verkehrsstaus auf den Autobahnen, der aus seinem Haus entführte französische Industrielle, die auf ihrer Hochzeitsreise verschwundene Braut – vielleicht hatte sie ihren Irrtum bemerkt, war geflohen – und der Muttermörder. Die polizeiliche Suche nach dem Muttermörder und der verschwundenen Braut folgte ihr die Treppe hinauf und hinunter, während sie abstaubte und wischte und den Transistor von einem Möbelstück aufs nächste setzte.

Sie hatte über Muttermord nachgedacht. Warum war seine Mutter umzubringen so was Besonderes? Schlimmer als seine Frau zu töten? Sein Kind? Schlimmer als Guerilla/Gorilla zu sein? Er sah ganz nett aus auf dem Foto, das sie im Fernsehen zeigten. Einsachtundachtzig, sagten sie, braune Augen, blondes Haar, große Nase, gewählte Sprache. Das sollte man hoffen von einem Menschen, der Winchester, Cambridge und die Sorbonne hinter sich gebracht hatte. Man sollte es hoffen, aber genauso fähig, seine Mutter umzubringen, wie die Guerillas fähig waren, Leute in die Luft zu sprengen, niederzuschießen. Viele Guerillas waren gleichfalls auf der Sorbonne oder in Harvard oder Oxbridge gewesen.

Matilda hatte überlegt, während sie frische Laken auf die Betten breitete, daß jeder mit ein bißchen Grips zu allem imstande war, wenn er nur mutig oder angeödet genug war. Sie, als sie noch eine Mutter gehabt hatte, hatte oft das Verlangen gehabt, sie umzubringen, um dem unentwegten neugierigen Gefrage und Sicheinmischen, dieser eigensüchtigen Liebe ein Ende zu machen. Armer Muttermörder, hatte sie vage gedacht, während ihre Gedanken sich ihren eigenen Kindern zuwandten. Ob sie? Würden sie? Sie würden schon gern, dachte sie und bemerkte, daß inzwischen ein Gespräch über Rosen aus dem Radio surrte. Sie würden schon gern, aber sie gehörten nicht zu den Mutigen – möglicherweise Claud. Ja, Claud –

Er hatte, dieser Muttermörder, seine Mutter mit einem Tablett umgebracht. Wunderbar! Ein schweres Silbertablett. Wie schön, reich zu sein. War er als Kind auf einem Silbertablett die Treppe hinuntergerodelt? Leute, die diese piekfeinen Bildungsanstalten besuchten, taten das vielleicht nicht.

Die Spinnen waren eine Riesenplage. In alten Landhäusern

wimmelte es von Spinnen in allen Größen, manche waren groß wie eine Maus, wenn sie nachts über den Fußboden flitzten, andere winzig klein, sie saßen morgens in der Badewanne mit tastenden Beinchen. Wie dem auch sei, da August war und Sauregurkenzeit, plapperten die Medien jeden Tag aufs neue über den Muttermörder, allerdings nicht ganz so viel in letzter Zeit, wo sie eher der Braut den Vorzug gegeben hatten. Er war nicht mehr gesehen worden, seit er aus dem Haus seiner Mutter verschwunden war, nachdem er ihr das Tablett auf den Kopf geknallt hatte, nicht gesehen worden, also nicht geschnappt. »Da steht die Polizei aber dumm da«, hatte Matilda zu Gus gesagt, als sie ihm seinen Mittagsbrei zu fressen gab. »Da steht die Polizei aber dämlich da, was?« Gus hatte seine kehligen Laute von sich gegeben, und Matilda hatte sich wieder darangemacht, den Charakter ihres Hauses auszulöschen. »Dreck von Jahren«, hatte sie zu einer Kirchensendung gesummt. »Dreck von Jahren, alles meiner! So ein Schwein wie ich ist keiner.«

Tja, nun ist alles sauber und aufgeräumt, dachte Matilda beim Fahren, und es ist zwar schon ziemlich spät, aber noch nicht Sonnenuntergang. Noch nicht ganz, Zeit genug für mein Picknick. Ich habe mich mitsamt den Spinnen aus dem Haus geputzt. Ich habe Gus hintergangen. Jetzt kann ich in Ruhe mein Picknick machen, köstlichen Brie und Beaujolais, ungestört von Gott in langen Hosen. Benzin. Es wäre blöd von mir, wenn mir das Benzin ausginge. Sie bog in eine Tankstelle ein und wartete. Kein Tankwart kam.

»Hier ist Selbstbedienung«, rief ihr ein Mann zu, der sich auf den Fahrersitz seines Wagens schob und den Sicherheitsgurt über seinen Bauch spannte.

»Verdammt!« Matilda schämte sich. »Verdammt noch mal!« Sie stieg aus, rot vor Grimm.

»Entschuldigen Sie, könnten Sie – ich komme damit nie zu Rande, würden Sie bitte für mich tanken?«

Der Mann, dazu da, Geld einzunehmen, Kleingeld herauszugeben, darauf zu achten, daß kein Schmu gemacht wurde, kam langsam aus seinem Glaskasten. Er verströmte Verachtung, diese Chauvinistensau.

»Wieviel?«

»Machen Sie ihn voll, bitte.« Matilda wartete neben dem Glaskasten und beobachtete, wie der Mann an der Zapfsäule herumrüttelte, die Tülle rüde in den Tank stieß, lässig dastand, während die Flüssigkeit hineingurgelte. Auf 'ne trübselige Art sexy, dachte sie. In dem Glaskasten lief das Radio des Mannes. »Wir bringen Nachrichten.« Sie hörte sich den Wetterbericht an, weiter schön und heiß. Der Premierminister – der Gemeinsame Markt – der Flughafenstreik – der Bombenalarm – die Flugzeugentführung in Italien – die Kindesentführung in Frankreich – die fünf Orte, an denen der Muttermörder gesehen worden war: in Los Angeles, Hongkong, Bermondsey, Brighton und Kampala. Das Hochdruckgebiet über dem Atlantik würde noch einige Tage anhalten –

»Irgendwas Neues?« Der Mann kam zurück.

»Bloß das Übliche. Was bin ich Ihnen schuldig?«

Der Mann nannte den Preis. Matilda zahlte auf den Penny genau und zählte das Kleingeld hin, was den Mann zu irritieren schien.

»'tschuldigung. Ich dachte, es wär' von Nutzen.«

»Ach, Sie erinnern mich an meine Mutter, sie ist auch so pingelig.«

Matilda fühlte sich verletzt. Pingeligkeit hatte was Bürgerliches.

»Wollen Sie sie umbringen?«

»Manchmal.« Der Mann lachte. »Nur manchmal.« Er zählte das Geld nach. »Nehme an, er hat sich selber um die Ecke gebracht. Hier, Sie haben mir 10 Pence zuviel gegeben. Hatte 'n schlechtes Gewissen, der arme Hund.«

»Oh, Verzeihung.«

»Ihr Schaden, nicht meiner.«

»Nicht ganz so pingelig, wie Sie gedacht haben.«

»Nein.« Der Mann grinste. »Haben sie gesagt, wieviel Lösegeld die französischen Kidnapper fordern?«

»Ich hab's nicht gehört. Ich glaube, sie haben's nicht gesagt. Warum?«
»Tolle Art, sich 'ne goldne Nase zu verdienen.«
»Ja, da haben Sie sicher recht. Also, Wiedersehen. Danke.« Matilda stieg wieder in ihren Wagen, ohne die Sicherheitsgurte zu benutzen. Sie hingen verstaubt und verdreht da. Sie fürchtete sich vor ihnen, fürchtete, sich anzubinden, festzuschnallen. Sie sah nach, ob ihr Picknickkorb und die Tasche sicher standen – Badeanzug, Lippenstift, Kamm, Pillen gegen Heuschnupfen, Pillen.
»Der Pillaster.« Ein ziemlich übler Kalauer, aber komisch in dem Zusammenhang, in dem er ihn benutzt hatte. »Also dann«, sagte Matilda vor sich hin und ließ den Motor an, »denk nicht an *ihn*, denk nicht an Stub und denk nicht an Prissy, denk an alles sonst, an Gus, nein, nicht an Gus. Dieser dicke Mann, der sich so sorgfältig angeschnallt hat. Fühlte er sich geliebt und begehrt? Verdammt noch mal, wie sollte er begehrt werden, so fett und häßlich, wie er ist?« Sie fuhr schnell, aber vorsichtig, um einen Unfall zu vermeiden. Im Radio lief Pop. Sie schaltete es aus und fing an zu singen:

»Pop, pop, poppity pop,
Sie poppen alle rein und
Poppen alle raus,
Pop heißt das kleine Mädchen da drin,
Es handelt mit Popcorn, nun weißt du Bescheid!«

Warum hatte ihre Großmutter zu ihr gesagt, sie solle das nicht singen? War es ordinär, oder war darin irgendeine anstößige viktorianische Bedeutung versteckt? An was für alberne Dinge sie sich aus der Kindheit erinnerte. Sie sang weiter: »Pop, pop, poppity pop. Muß hier aufpassen, darf die Abzweigung nicht verpassen« – die über verschlungene Wege zu den Klippen führte, von wo sie zu Fuß zum Strand gehen wollte.
»Sie poppen alle rein und –« hier war die Abzweigung, an

der viele Wagen darauf warteten, in die Hauptstraße einbiegen zu können, Menschen, die heiß und sonnengebräunt waren, müde nach einem allzu langen Tag am Strand, auf dem Weg heim zum Abendbrot, Tee oder Pub.

Als sie in den Fahrweg einbog, fiel ihr Blick auf einen Luxushund, der seinen Kopf aus einem Wagenfenster streckte.

»Poppen alle raus,
Pop heißt das kleine Mädchen da drin,
Es handelt mit *Pop*corn, nun weißt du Bescheid!«

Matilda wollte nicht über Hunde nachdenken. Plötzlich war ihr klar, warum ihre Großmutter nicht gewollt hatte, daß sie das Lied sang. Miss Renouff, blaue Augen und kurze Haare, hatte es ihr beigebracht. Großpapa hatte einen taxierenden Blick in Miss Renouffs Richtung geworfen. Natürlich alle tot inzwischen. Alle purzelten sie diesem Schicksal vor die Füße.

Der Fahrweg, der sich zwischen hohen Böschungen dahinschlängelte, führte zu den Klippen. Sie parkte den Wagen auf dem Klippenparkplatz, nahm ihren Picknickkorb heraus, warf sich die Tasche über die Schulter, schloß den Wagen ab.

Überall um sie herum zwängten sich Familien mit Kindern in ihre Autos und machten sich zur Abfahrt bereit. Matilda stieg über altes Papier, Lutscherstiele, zerrissenes Cellophan und Picknicküberreste, die weggeworfen worden waren – aber nicht in die dafür vorgesehenen Drahtkörbe. Sie überlegte, ob sie nicht stehenbleiben, ein paar Coca-Cola-Dosen und Bierbüchsen einsammeln und in den Korb werfen solle, aber das spöttisch hingeworfene »pingelig« rumorte noch. Sie trat mit ihrer Espadrille gegen eine Büchse und sah zu, wie sie lustig davonrollte.

Den ganzen Weg über das Kliff begegneten ihr müde, heimkehrende Ausflügler.

»Pop, pop, poppity pop, ich werde den Strand für mich allein haben«, summte sie, als sie weder schnell noch langsam, den Korb mit dem Brie, den Brötchen, dem Pfirsich und dem Beaujolais in der Hand, schwungvoll nach unten schritt, sich im Zickzack drehend und wendend von der Spitze der hohen Granitklippen hinunter zum Strand und dem Meer, das sacht über den Sand strich, um gegen die Reihe der Kiesel zu stoßen, bis sie klickerten. Die Flut hatte den höchsten Punkt erreicht, würde bald nachlassen und sich über den Sand zurückziehen, um ihn sauber und glatt für ihre Füße zurückzulassen.

Am Fuß des Klippenwegs blieb Matilda stehen. Drei Grüppchen von Leuten bereiteten sich auf den langen Aufstieg vor. Eine Gruppe schwamm noch eine letzte Runde. Matilda hatte sie schon früher gesehen, kannte ihre Prozeduren. Sie würden bald verschwinden. Sie spazierte über die Steine, genoß das Gefühl unter ihren Flechtsohlen. Am anderen Ende des Strandes machte sie an ihrem Lieblingsfelsen halt. Hier würde sie in der Sonne sitzen und warten. Sie stellte den Korb in den Schatten und zog sich aus, zog den Badeanzug an und beschloß, vor dem Picknick zu schwimmen. Es war noch früh. Es würde noch lange hell sein.

Draußen zum offenen Meer hin segelte ein Boot langsam durch die Bucht. Sie hörte die Stimmen der Leute an Bord und das Gebell eines Hundes. Das Boot hatte ein blaues Segel.

Weil sie keine nassen Haare bekommen wollte, watete sie ins Wasser und schwamm langsam, in Brustlage, ohne Anstrengung, ließ sich tragen vom wunderbar warmen Meer. So oft hatten sie hier gebadet, waren langsam hinausgeschwommen und hatten miteinander geplaudert, ebenso nahe, wie sie sich im Bett nahe waren, nur ohne die Würze des Sex. Behutsam schwimmend, genoß Matilda die Erinnerung an lange Bäder, das unbefangene Reden, die Intimität, erinnerte sich an Unterhaltungen, in Wasser gehüllt, ihre Köpfe dicht beieinander, gewichtlos treibende Körper. Weit draußen drehte sie sich um und warf einen Blick auf die Klippen, die denen von Sounion so ähnlich sahen.

Den Zickzackpfad herab kamen Leute, jung, gewandt, lärmend. Sie lachten und redeten miteinander. Sie hatten

Armevoll Decken bei sich, Einkaufstüten, Extrapullover. In Jeans und T-Shirts waren sie schön und jung. Zwei Mädchen tanzten den Weg herab, schwenkten in jeder Hand eine Flasche Wein. Ihre Stimmen drangen über das Wasser.
»Bobby und Vanessa sammeln Treibholz. Wir halten das Feuer für den Grill in Gang, während ihr badet.«
»Super, es ist so warm, da können wir hier unten schlafen.«
»Super, super.«
»Ich werde nicht schlafen, ich werde den Mond betrachten. Super.«
»Ich werde Vanessa betrachten.«
»Super.«
»Kommt, wir schwimmen nackt.«
»Super.«
»Noch nicht, dort ist jemand im Wasser.«
»O Scheiße, wirklich?«
»Ja, aber die ist bald weg.«
»O ja. Oh, ist das nicht super.«

Kalt, wütend vor Enttäuschung, schwamm Matilda zum Ufer, stieß ihre Arme durch das Meer, das nicht mehr ihr gehörte, das ihr nun vergällt war.

Langsam, mürrisch trocknete sie sich ab. Die Grillparty hatte es sich in fünfzig Meter Entfernung bequem gemacht. Fünfzig Meter, und der Strand war fast einen Kilometer lang.

»Ich wollte eigentlich den flachen Felsen, auf dem sie sitzt, als Tisch benutzen, aber sie sitzt drauf. Er hat so nützliche Mulden, wo man das Essen reintun kann. Ich mach' den Salat in einer an.«

»Sie ist bald weg, keine Bange. Es ist ein Superfelsen, einfach klasse, super.«

Matilda rieb langsam ihre Beine ab, schob das Handtuch hinunter zu den Knöcheln, herauf, dann wieder hinunter.

»Ich dachte, wir würden ihn für uns haben, er ist zu der Zeit immer leer, alle fahren heim«, brummte der Junge, der sich um das Feuer kümmerte.

»Wir kriegen ihn schon. Er ist super. Sie bleibt nicht mehr lange, sie trocknet sich schon ab, guck mal.«

Matilda trocknete sich die Arme ab und sah dabei aufs Meer hinaus, wo das Boot mit dem Hund an Bord langsam dahinsegelte, während das Segel sich purpurn verfärbte. Die Griller waren ständig in Bewegung, trugen Treibholz herbei, zappelten unruhig herum, schlenkerten ihre langen, jungen Glieder. Ihre geistlosen Stimmen schwebten in der klaren Luft.

»Wollen wir jetzt schwimmen gehen oder später?«
»Ich möchte nackt schwimmen.«
»Super! Warum nicht?«
»Na ja —«
»Wenn wir uns ausziehen, wird sie schneller verschwinden.«
»Super. Zieh dich aus, Bobby – mach schon.«

Matilda zog ihren Badeanzug aus und trocknete sich auf dem heißen Felsen stehend ab, der den ganzen Tag von der Sonne durchgeglüht worden war.

»Herrgott! Sie hat sich nackt ausgezogen. Meint ihr, sie hat uns gehört?«
»Nein, natürlich nicht. Sie ist alt, sie kann uns nicht gehört haben.«
»Alte Leute sind nicht unbedingt taub«, sagte das Mädchen namens Vanessa schroff.
»Ach, Vanessa, wenn du so geistreich bist, warum ziehst du dich dann nicht aus?«
»Ich bin nicht so schön oder so alt, um mir nichts draus zu machen.«

Sie wollte, daß ich das höre, dachte Matilda und setzte sich auf den warmen Felsen. Dieses Mädchen würde ohne zu zögern ihre Mutter umbringen, wenn sie meinte, man würde sie nicht schnappen. Es ist kein Gefühl in dieser Stimme. Ich wette, der Muttermörder hat Gefühl.

»Ich will diesen flachen Felsen als Tisch benutzen. Ich hatte alles geplant.« Die Stimme hatte was Jammerndes.

»Sie wird bald weg sein.«

»Ja, arme alte Schachtel.«

Matilda, die den Felsen warm an ihrem Hintern spürte, langte nach ihrem Hemd und dachte: Ja, ich werde bald weg sein, ihr, die ihr mir meinen Strand gestohlen habt.

Während sie sich ihr Hemd anzog und es langsam zuknöpfte, weinte sie plötzlich, als sie sich dieses Felsens entsann mit – ja, mit ihm, ihrem Liebsten, der sich zurücklegte, die Hüften in einer der Mulden, die kranichartigen Beine lang und dünn zum Meer ausgestreckt, graues Haar, das auf den Felsen herabfiel, wobei die Farbe des Granits mit der des Haars sich mischte. Oder als sie ihn beobachtete, wie er langsam am Rand des Wassers entlangschritt wie ein Reiher, gemächlich, nachdenklich, Hakennase, graues Haar, lange, dünne Beine, und mit den Armen fuchtelte, um Stub zu ärgern, der bellte, um seine Aufmerksamkeit auf sich zu ziehen, ihn zum Spielen zu gewinnen, und die Kinder, die ihre Fersen und Zehen durch den Sand zogen, die Zehen hineindrückten, um mit Stubs Pfotenabdrücken ein Muster zu bilden, Stub, der ungeheuer gerne schwamm, und einmal sogar mit Gus, den das so erregte, daß er den ganzen Felsen und auf der Heimfahrt den Wagen vollgeschissen hatte. Matilda pinkelte ruhig vor sich hin und ließ den warmen Urin sich in einer Mulde des Felsens sammeln. Sie stand auf, trocknete sich zwischen den Beinen ab, zog ihre Jeans an, schloß den Reißverschluß.

»Sie trägt keinen Schlüpfer«, zischte die Stimme eines Mädchens. »Komisch, so 'n alter Mensch!«

Matilda nahm ihre Tasche und warf sie sich über die Schulter. Ihr fiel ein, daß sie im Wagen einen Pullover hatte, und sie war froh darüber. Sie nahm ihren Korb und spürte das Gewicht des Beaujolais. Er würde noch schwerer sein, wenn sie erst am Parkplatz ankäme.

»Gute Nacht – hier haben Sie Ihren Tisch«, sagte sie, als sie der Grillparty und dem leise vor sich hindampfenden Felsen den Rücken kehrte.

»Oh. Gute Nacht. Danke. Super.«
»Viel Spaß.«
»Danke, werden wir haben.«
»Meint ihr, sie hat uns zugehört?«
»Natürlich hat sie das, die alte Ziege.«
Matilda lächelte, während sie barfuß über den Sand schlenderte.

3

Ein endloser Weg den Trampelpfad hinauf. Diese Stimme – »noch eine Kehre, noch eine Biege – fast oben, jetzt fast oben.« Stimmen bleiben im Gedächtnis, lange nachdem das Gesicht verschwommen ist. Die Muskeln ihrer Schenkel taten weh wie immer. Ihr Atem ging kurz, das Herz pochte. Eine Ehrensache, nicht stehenzubleiben, ganz gleich, wie langsam man ging, ehe man nicht oben angekommen war. Ihr fiel ein anderer sehr steiler Weg wieder ein, in Le Brusc runter zum Kieselstrand in der Bucht, kein Sand dort, und der haarsträubende Aufstieg in Pedney Founder, wo sie sich an Grasnelkenbüscheln nach oben gehangelt hatten.

Was für eine Verrücktheit, Gus hierherzubringen. Trotzdem, er hatte das Meer geliebt, auch wenn er den ganzen Weg das Kliff hinauf gezischt und trompetet hatte. Stub hatte gebellt, war vorausgerannt und dann wieder zurück, um sie anzutreiben. Endlich oben. Matilda stellte den schweren Korb ab, ließ ihre Tasche fallen und setzte sich keuchend, mit zitternden Beinen hin. Weit weg am Horizont segelte das Boot, fast nicht mehr zu sehen, unten am Strand hatten die jungen Leute das Feuer in Gang gebracht, das Essen auf dem flachen Felsen ausgebreitet. Zwei Mädchen schwammen im Wasser, das hier so klar war wie in Griechenland, ihr Haar trieb hinter ihnen. Sie waren nackt. Ihre fernen Stimmen riefen: »Super! Oh, es ist super!« Super, und ob. Würde er den Salat auf dem Felsen anrichten, und würde ein Mädchen rufen: »Oh,

Bobby, was für eine super Salatsoße. Was hast du da reingetan? So was wie das habe ich noch nie geschmeckt, es ist super«?

Ihr Herz beruhigte sich, ihr Atem ging langsamer. Matilda betrachtete die Aussicht. Sie summte jetzt ein Brandenburgisches Konzert vor sich hin. Weiter nach Westen gab es andere Strände, aber alle leicht erreichbar und mit Parkplätzen. Was sollte sie tun?

Zurück zum Wagen.

Sie schulterte ihre Tasche, nahm den Korb hoch, spazierte langsam schlendernd das Kliff entlang. Es war haufenweise Zeit. Die Flut mußte sich zurückziehen, Pause machen und wieder steigen. Sie mußte Zeit totschlagen. Das war alles. Es machte nichts, noch ein bißchen länger zu warten. Im Wagen stank es nach heißem Metall. Matilda kurbelte die Fenster herunter, ließ den Motor an und fuhr langsam zur Stadt, die steilen Straßen zum Hafenparkplatz hinunter. Mit Mühe fand sie einen Platz. Sie schloß den Picknickkorb im Wagen ein und begann umherzustreifen.

Die Stadt trug ihr Sommergesicht: Läden mit Souvenirs, gestreifte Markisen, bergeweise Eimer, Spaten, Strandbälle, Gestelle mit Ansichtspostkarten, der Hafen voll, jeder Liegeplatz besetzt. Jetzt war für Jachtbesitzer die Zeit, an Land zu kommen, in den Pubs lange zu trinken, laut zu reden, mit ihren Stentorstimmen den anderen auf die Nerven zu fallen. Matilda schlenderte langsam zwischen den Leuten herum und musterte die dicken Frauen in engen Hosen oder Bikinis. Ihnen schienen ihre von der Sonne rotgebrannten Wülste nichts auszumachen. Auch die Männer, deren Shorts von engen Gürteln festgehalten wurden, die sich in die Bierbäuche einschnitten, kümmerte ihre Figur nicht.

Die Dicken und nicht mehr Jungen waren am Hafen in der Überzahl, schlenderten herum mit sich schälenden Nasen, mit vom Aneinanderreiben wunden Schenkeln. Sie bog in die Hauptstraße ein und blickte flüchtig in die Schaufenster. Eine Gruppe von Leuten starrte in ein Fernsehgeschäft.

Die Farbfernseher zeigten die Nachrichten auf BBC und ITV.

»Was er wohl gerade sagt?« Ein kleines Kind zog an der Hand seiner Mutter. »Komm, Mami, ich bin müde.«

»Nur einen Augenblick, Schätzchen, laß uns die Nachrichten ansehen.«

»Man hört aber nichts –«

»Ich mag diese Sprecherin, sie ist reizend.«

»Mir gefällt der Mann am besten.«

»Oh, guck mal, Papi, das muß der Muttermörder sein.« Ein halbwüchsiges Mädchen in Shorts zeigte mit dem Finger hin. »Er sieht gar nicht aus wie ein Mörder.«

»Hat seine Mutter umgebracht, ein richtiger Dreckskerl.«

»O Mami, ich bin müde. Können wir nicht nach Hause gehen?«

»Warte 'ne Sekunde. Vielleicht zeigen sie ein neues Foto.«

»Seit er's getan hat, zeigen sie immer nur dasselbe Foto. Man sollte doch denken, ein Typ wie der hätte viele Fotos von sich machen lassen.«

»Ich mag, wie sie sich frisiert. Meinst du, das würde mir auch stehen, Mami?« fragte das Mädchen.

»Frag deinen Vater, Liebchen.«

»Ich bin müde«, quengelte der kleine Junge.

»Ich vermute, mit diesem ganzen Geld hat er sich inzwischen die Nase operieren lassen.«

»Die Nase operieren?«

»Na, diesen Riesenzinken würde doch jeder wiedererkennen.«

»Oh.« Mami schien der Gedanke zu gefallen. »Du bist aber klug, Papi.« Papi machte ein erfreutes Gesicht.

»Riesenzinken wie den sieht man doch meilenweit, stimmt's? Also läßt er sich fix die Nase operieren. Das hab' ich jedenfalls in der Zeitung gelesen, entweder 'ne Nasenkorrektur, oder er hat sich selber um die Ecke gebracht.«

»Wenn er irgendein Ehrgefühl hätte, hätte er das getan.«

»O Mami, ich bin müde –«

»Komm, Sohnemann, ich laß dich reiten.« Der Vater hob den kleinen Jungen auf seine Schultern. »Aufwärts geht's!«
»Oh, guck mal, guck mal, sie schießen! Warte 'n Moment, warte mal.« Das Kind reckte sich von der Schulter seines Vaters nach unten, um sich eine Gewaltszene anzusehen, fallende Körper, zerlumpte Männer, die mit gespreizten Beinen am Boden lagen und mit Pistolen schossen. »Oh, guck mal, der ist tot.« Es klang erfreut. »Guck dir das Blut an.«
»So wie die Mami vom Muttermörder.« Der Vater setzte sich die Straße hinunter in Bewegung, den Jungen auf den Schultern, der sich zu dem stummen Fernseher umdrehte und sich den Hals verrenkte, um zu sehen, wie Tod sich ereignete.

»Meinst du, unser Monsieur Antoine könnte mir das Haar so machen, Mami?« drängte das Mädchen.

»Wüßte nicht, warum nicht, Liebchen. Frag ihn doch, wenn wir nach Hause kommen. Aber er läßt sich's bezahlen, denk dran.«

»Ach, das ist mir egal.«

Matilda stand still da und beobachtete den Mann, der redete und auf die Wetterkarte zeigte, auf der überall Kreise waren, in die »Hoch« geschrieben war. Aus einiger Entfernung hörte sie den Ehemann zu seiner Frau sagen: »Den Galgen wieder einführen, das sollten sie tun.«

»Galgen reicht nicht, Papi.«

»Erst mal müssen sie ihn schnappen, stimmt's? Sollte nicht schwer sein bei diesem Riesenzinken.«

Matilda kehrte um und ging die Straße zurück, sie erinnerte sich an ein Pub, das relativ ruhig war. Dort würde sie sich hinsetzen und sich ausruhen.

In einem kleinen Laden kaufte sie sich eine Zeitung, schlenderte weiter und stellte Betrachtungen darüber an, ob dieses müde Kind nicht irgendwann einmal als Erwachsener seine geisttötende Mutter umbringen könnte. Warum nicht? Solche Kinder, absolut durchschnittliche Kinder, wurden Guerillas und erschossen Leute.

Draußen vor dem Pub fand sie einen freien Platz, bestellte

sich einen Whisky, setzte sich, um zu warten, und las ihre Zeitung.

Es war keine Zeitung, die sie gewohnt war. Sie las einen Artikel über Mode, einen anderen über Diät, einen Bericht über die Ehescheidung eines Fußballspielers, mehrere Berichte über Zugzusammenstöße, Autounfälle und Flugzeugabstürze, erneut ein Erdbeben in Guatemala. Auf der vorletzten Seite das übliche Foto des Muttermörders, von dem man inzwischen vermutete, er sei in Japan. Er hat doch, dachte Matilda, gar keine so riesige Nase, nichts Außergewöhnliches, nicht viel größer als Toms. Das Foto konnte jeden darstellen. Sie trank einen kleinen Schluck von ihrem Whisky, sah auf die Uhr. Noch früh. Eine Menge Leute unterwegs, eine Menge Zeit, die verstreichen mußte.

Armer Mann. Sie sah auf das Foto. Im Land wimmelte es von großen Nasen, auch großen Schwänzen. »Mein Gott, ich fühle mich müde«, murmelte Matilda, nicht einmal hungrig, zu müde, um zu essen. Was für eine schreckliche Verschwendung von Brie. Darf nicht betrunken werden, dachte sie, aber noch ein Whisky wird mir nicht schaden.

Sie trug ihr leeres Glas an die Bar. Während sie darauf wartete, bedient zu werden, betrachtete sie die Leute, die an den Tischen saßen oder herumstanden und sich unterhielten. Sie lauschte auf die Themen der Gespräche. Drei Männer und ein hübsches Mädchen hechelten ein Paar namens Jeffrey und Sally durch. Sally hatte Karriere gemacht, hatte Jeffrey verlassen und war mit Johnny nach Ibiza gegangen, dessen Frau Vanessa bei Chris eingezogen war.

»Welche Vanessa?« fragte einer der Männer.

»Die dunkelhaarige, du kennst sie, sie wird auch die ›Dunkle Hummel‹ genannt.«

Alle lachten und riefen im Chor: »Ach, diese Vanessa«, sachkundig.

»Aber was ist mit Sally, wenn sie zurückkommt?«

»Sie kann sich auf nichts rausreden. Sie bumst schon ein ganzes Jahr mit Charles, jeder weiß das.«

»Aber Chris nicht.«
»Nein, Chris nicht.«
»Ihnen geht's nur ums Geld. Kinder sind keine da.«
Klatsch, dachte Matilda, als sie ihren Whisky bezahlte, ändert sich nie. Sie schlängelte sich wieder zur Tür durch, bekam drei Unterhaltungen über Segeln, zwei über Autos, noch eine zum Thema Mann und Frau mit. Niemand, dachte sie, als sie ihren Platz draußen erreichte und sich hinsetzte, unterhielt sich über Flugzeug-, Eisenbahn- oder Autounfälle, Terroristen, Guerillas oder Erdbeben. Sie waren von Greueln so gesättigt, daß sie gegen Katastrophen immun waren.

Ihre Uhr zeigte halb neun. Die Zeit kroch langsam weiter. Sie stellte ihren Whisky, den sie plötzlich nicht mehr wollte, auf den Tisch, saß mit ausgestreckten Beinen da und beobachtete die Vorübergehenden.

Im Ganzen, überlegte sie, war die menschliche Rasse unschön, auch wenn manche der Mädchen in langen Röcken sehr hübsch aussahen, wenn sie an der Hand ihrer Liebhaber vorübergingen, in die durchschnittlichen Gesichter ihrer Männer aufblickten, die, ob sie nun eine große, stupsige oder gebogene Nase hatten, durch die Liebe der Mädchen in Schönheiten verwandelt wurden. Matilda fiel Gus' Schnabel ein, und sie seufzte. »Ein Riesenzinken.« Sie überlegte, wie es ihm wohl bei den fremden Gänsen erging, und trank bekümmert einen Schluck Whisky.

Stubs Nase war lang, traurig, schwarz gewesen, Prissys zartrosa. Matilda gestattete ihren Gedanken eine kurze Erinnerung an diese Gefährten, eine sehr kurze, denn wenn sie an Stub und Prissy dachte, mußte sie automatisch an Tom denken. Da, schon war der Gedanke da. Tom, Tom, Tom, sagte sie in ihrem Innern. Tom, Stub, Prissy, alle tot. Sie hatte es sich vorgesagt. Tot, tot, tot, diese drei, und Gus war von ihr betrogen worden. Matilda trank noch ein Schlückchen Whisky und sah hinunter zum Hafen.

Ich bin eine große Betrügerin, dachte sie. Das ist meine

Verfehlung. Ich bin keine treue Seele. Ich betrüge aus Faulheit, Angst und Interesselosigkeit.

Jenseits des Hafens wurde das Meer langsam dunkel, von den Booten drangen Lichter und Lachen herüber. Die Schipper waren aus den Pubs zurückgekommen und machten Abendbrot.

Matilda erhob sich, ließ ihren Whisky unausgetrunken stehen, schob sich die Tasche über die Schulter. In der Bar wurde die Musikberieselung lauter gedreht, und mit ihr stiegen die Dezibel der Unterhaltung an, als sie sich die Straße hinunter auf den Weg machte. Die Stimmen schrien: »Zündung«, »Es ist nur das Geld!«, »Wenn wir den Spinnaker wechselten«, »Ich glaube wirklich, ein Jaguar ist das beste, die Japaner kannst du vergessen.« Matilda ging hinunter zum Hafen.

Sie gelangte zu der Brücke, wo der Fluß ins Meer strömte. Als sie über die Brüstung blickte, sah sie, daß die Flut hoch war, jeden Moment fallen würde. Ein Gefühl äußerster Erregung ließ sie fast laut aufschreien. Sie umklammerte die Brüstung, starrte hinunter ins Wasser, geheimnisvoll, schwarz; bald, wenn die Flut vorüber wäre, würde sich das Wasser kräuseln, wenn Süßes in Salziges floß, um hinaus ins Meer gezogen zu werden, mit dem Strom weit hinter die Klippen nach Westen schwenkte, um die Bucht herum, weit hinaus unter den Viertelmond.

Plötzlich verspürte sie wütenden Hunger.

Sie sah auf ihre Uhr, die im Dunkeln leuchtete. Zu spät. Sie fühlte sich betrogen.

»Keinen Brie, keine Brötchen, keinen Beaujolais. Verdammt«, murmelte Matilda vor sich hin. »Verdammt und zugenäht!«

Daß sie laut geredet hatte, bemerkte sie erst, als ein Mann, der sich ebenfalls über die Brüstung beugte, sein Gewicht von einem Fuß auf den anderen verlagerte. Sie empfand Wut. Was hatte er hier zu suchen, wie konnte er sich unterstehen, in ihre Einsamkeit einzudringen?

Würde er weggehen? Er mußte. Es gab nichts, was ihn hierhalten konnte, es sei denn, dachte sie, und ihr Mut verließ sie, er hat eine Verabredung. Er trifft sich mit seiner Freundin. Der Teufel soll ihn holen, dachte sie. Der Teufel soll ihn und seine Freundin holen. Sie warf einen Seitenblick auf ihn, ohne den Kopf zu drehen. Er sah furchtbar müde aus. Er konnte sich nicht mit einer Freundin treffen, so müde, wie er war. Er stützte sich auf seine Ellbogen, das Gesicht in den Händen, offenbar völlig erschöpft. Ein Auto fuhr vorbei, es fuhr langsam über die Brücke, hinaus aus der Stadt, aufs Land. Der Mann rührte sich nicht, sah auch nicht auf. Vielleicht war er betrunken. Matilda riskierte einen raschen Blick. Groß, aber in sich zusammengefallen vor Niedergeschlagenheit.

O Gott! dachte Matilda bei sich. Er will da reinspringen! Dieser Egoist, das darf er verdammt noch mal nicht. Ich bleibe einfach hier, bis er geht. Sie versuchte ihn mit ihrer Willenskraft zu zwingen, sich zu rühren, wegzugehen, abzuhauen.

Ein Junge und ein Mädchen kamen so eng umschlungen näher, daß sie sich fast gegenseitig zu Fall brachten. Sie blieben mitten auf der Straße stehen und küßten sich mit fest aneinandergeschmiegten Körpern. Matilda hypnotisierte sie wütend, aber sie küßten sich unbeeindruckt weiter.

Der Mann achtete nicht darauf und lehnte gedankenverloren auf der Brüstung.

Vielleicht steht er unter Drogen, dachte Matilda.

Ein Streifenwagen schlich langsam näher. Der Fahrer hupte einmal kurz. Der Junge und das Mädchen blickten auf, die Gesichter benommen vor Liebe.

»Ach, verpißt euch«, rief das Mädchen, das sich aus den Armen des Jungen auf die Seite bewegte. »Haut ab«, kreischte sie.

Der Wachtmeister neben dem Fahrer kurbelte sein Fenster herunter. »Also, Brenda, also –«

»Verpißt euch.«

»Ich sag's deinem Daddy«, rief der Wachtmeister. Der Fahrer lachte.

Der Junge hob zwei Finger. »Na, komm«, sagte er zu dem Mädchen. »Scheißbulle.«

»Druckspublikum hier. Na, komm schon, Eddy.« Das Mädchen rankte sich wieder um den Jungen. Sie zuckelten unbeholfen davon.

Matildas Herz pochte mit heftigen Schlägen. Sie bewegte sich an der Brückenbrüstung entlang näher auf den Mann zu. Zwei Meter von ihm entfernt sagte sie mit leiser Stimme entschuldigend: »Es tut mir furchtbar leid, aber ich habe Ihr Gesicht in den Scheinwerfern des Streifenwagens gesehen.«

»Ja?«

»Sie werden zurückkommen.«

»Das werden sie bestimmt.«

»Also, ich habe Sie erkannt –«

»Ja.«

»Wollen Sie hier runterspringen?«

»Mir war der Gedanke gekommen.«

»Also, werden Sie's tun oder nicht?«

»Ich habe mich noch nicht entschieden.«

»Oh.«

»Ich bin noch unschlüssig.«

»Tja, ich nicht. Ich warte nur darauf, daß die Strömung richtig ist. Sie sind hier ziemlich –«

»Überflüssig?«

»Ja.«

Der Muttermörder lachte, gegen die Brüstung gelehnt. »Tut mir furchtbar leid.« Er erstickte fast vor Lachen. »Entschuldigung, wenn ich Ihnen im Weg bin. Ich verschwinde, wenn Sie wollen.«

»Legen Sie Ihren Arm um mich. Der Streifenwagen kommt zurück. Schnell.« Der Muttermörder legte ihr den Arm um die Schultern.

»Um die Taille, Sie Dummkopf. Mein Haar ist weiß, aber

in diesem Licht sieht es blond aus.« Matilda drückte ihr Gesicht gegen ihn. »Im Dunkeln sehe ich jung aus.«
Der Streifenwagen kroch vorbei, der Wachtmeister sprach ins Funkgerät. »Nein, nichts, Sarge. Wird gemacht. Ende. Aus.«
»Die lieben ihr Funkgerät wirklich sehr.« Er beugte sich ein bißchen zurück.
»Sie haben sich nicht rasiert.«
»Nicht seit –«
»Also, ich finde das blöd. Als allererstes erwarten die, daß Sie sich einen Bart wachsen und Ihre Nase korrigieren lassen.«
»Ist Ihnen klar, daß ich meine Mutter getötet habe?« sagte er leise.
»Natürlich. Viele Menschen haben dieses Verlangen. Sie haben's einfach getan.«
»Oh.«
»O Scheiße!« rief Matilda. »Ich habe den richtigen Moment verpaßt. Verdammt und zugenäht!«
»Tut mir *wirklich* leid.« Sarkastisch.
»Tja, es ist zu spät. Jetzt geht's nicht. In solchen Dingen muß man genau sein«, sagte sie wütend.
»Wenn Sie gesprungen wären –«
»Ja?«
»Ich hätte versucht, Sie zu retten.«
»Wie lächerlich. Sich einzumischen.«
»Sie haben gerade eben mich gerettet.«
»Das war instinktiv.«
»Was jetzt? Ich bin in Ihrer Hand. Sollten Sie mich nicht besser zur Polizei bringen?«
»Wenn Sie das wollen, können Sie ja alleine hingehen. Haben Sie Hunger?«
»Sterbe vor Hunger.«
»Na, dann los, ich habe etwas Brie im Wagen – ich wollte vorher picknicken. Brie und eine Flasche Beaujolais.«
»Klingt verführerisch.«

»Legen Sie Ihren Arm um mich und Ihren Kopf gegen meinen.«

»Ich bin eigentlich zu groß.«

»Machen Sie keine Schwierigkeiten, es ist nicht weit.« Sie schlenderten wie Verliebte zu dem Parkplatz.

4

Matilda schloß den Wagen auf. »Steigen Sie ein«, sagte sie. »Hier ist der Proviant.« Sie langte nach dem Korb auf dem Rücksitz. »Könnten Sie die hier entkorken?« Sie reichte ihm die Flasche und den Korkenzieher.

»Ich denke, ja.« Er fummelte im Dunkeln mit der Flasche zwischen den Knien herum. Matilda tat Butter auf ein Brötchen und strich den Brie darauf. Der Korken knallte.

»Nur zu, trinken Sie. Ich habe kein Glas. Für mich allein habe ich mir nicht die Mühe gemacht —«

»Aber —«

»Na los, nehmen Sie einen Schluck. Ich hatte schon, ich habe Whisky getrunken, als ich darauf wartete, daß die Flut fällt, daß es dunkel wird.«

Er hielt die Flasche schräg und trank. Matilda betrachtete sein Profil. Also doch keine so furchtbar große Nase.

»Nach dem, was die Zeitungen über Ihre Nase schreiben, könnten Sie Pinocchio sein.«

»Das war wunderbar.« Er reichte Matilda die Flasche und nahm das Brötchen. »Danke.«

Matilda sah ihm beim Essen zu. Nachdem er ein halbes Brötchen in sich hineingeschlungen hatte, aß er langsam.

»Hier ist etwas Salat und ein Pfirsich. Auch Cyrano de Bergerac.«

»Wirklich?« Er klang amüsiert.

»Ja, wirklich.«

»Wie heißen Sie?«
»Matilda Poliport.«
»Verheiratet?«
»Witwe.«
»Tut mir leid – schlimm.«
»Man gewöhnt sich dran. Nein, das ist nicht wahr, das tut man nie.«
»Mein Name ist Hugh Warner.«
»Freut mich, daß ich ihn erfahre. Ich habe ihn bestimmt gehört oder gelesen, aber seit zwei Wochen sind Sie im Radio und Fernsehen nichts weiter als der Muttermörder. Wollen Sie noch ein Brötchen? Ihr Foto ist in allen Zeitungen.«
»Danke.« Er nahm noch ein Brötchen. »Das Ihr Hund? Den wollten Sie doch sicher nicht allein zurücklassen?«
Matilda sah nach unten. In den Wagen guckte ein Hundegesicht, die Pfoten reichten gerade an das Wagenfenster.
»Nicht meiner. Ich habe keinen Hund.«
»Er sieht furchtbar hungrig aus.« Er hielt ihm sein halbes Brötchen hin. Der Hund schnappte danach, schlang, zog sich ein paar Schritte zurück.
»Jetzt haben Sie's geschafft.«
»Was geschafft?«
»Sich einen Hund anzulachen. Sehen Sie nicht, daß er herrenlos ist? Sehen Sie, wie dünn er ist. Wenn Sie sich seine Pfoten ansähen, würden Sie sehen, daß sie wund sind. Das ist ein herrenloser Hund.«
»Wir können ihn ja bei der Polizei abliefern, wenn Sie mich dort hinbringen.«
»Ich bringe Sie nicht hin, das können Sie alleine machen.«
»Würde ziemlich dämlich aussehen, wenn ich reinginge und sagte: ›Hallo, Herr Wachtmeister, ich bin der Muttermörder, und das ist ein herrenloser Hund, nehmen Sie uns bitte fest.‹«
Sie begannen zu lachen, erst leise, dann immer lauter. Tränen liefen Matilda die Wangen herunter. Sie sah, wie er das letzte Brötchen Stück für Stück an den Hund verfütterte und

ihn in den Wagen lockte, bis er auf seinen Knien saß und ihm das Gesicht leckte.

»Sehen Sie sich die Pfoten an. Armes kleines Ding, ach, du armes kleines Ding.« Die kleine Hündin leckte auch Matilda das Gesicht.

»Und?«

»Und?«

»Ich habe immer noch furchtbaren Hunger. Was meinen Sie, bekomme ich bei der Polizei was zu essen?«

»Stundenlang nicht. Erst werden Fragen gestellt.«

»Du liebe Güte«, seufzte er, streichelte den Hund und setzte die Flasche zu noch einem Schluck an. »Das war köstlich.«

»Ist noch was für mich da?«

Er reichte ihr die Flasche. Sie neigte sie, dreiviertel leer, schräg nach oben und trank, während ihr Blick zu dem schwarzen Wasser im Hafen hinüberwanderte, in dem sich die Lichter der Stadt spiegelten. Sie trank die Flasche aus und langte nach hinten, um sie in den Korb zurückzustellen.

»Hier ist ein Pfirsich.« Er aß. Die kleine Hündin sah ihm zu.

»Obst würdest du nicht mögen.« Er streichelte der Hündin die dreckigen Ohren. »Sie ist eine furchtbare Promenadenmischung.« Seine Stimme war liebevoll.

Matilda wischte sich das Gesicht mit ihrem Taschentuch ab, räumte die Reste des Picknicks zusammen. »Sie ist herrenlos und unerwünscht. Ich denke, wir können uns die Polizei schenken.«

»Ah. Sie sind empfindsam.«

»Absolut –«, begann Matilda, dann verstummte sie, als ihr Gus einfiel. »Nein, ich bin nicht empfindsam. Ich weiß nicht, was ich bin. Ich hasse. Ich hasse. Ich bin voller Haß.«

»Eine ziemlich empfindsame Art Haß.«

»Es wäre schwer, ihr zu widerstehen, wenn man sie nur ansieht.« Die Hündin lag jetzt zwischen ihnen, ihr Körper entspannt, wunde Pfoten hingen herab, kleine, schwarze Augen wanderten von einem Gesicht zum anderen.

Matilda versuchte nachzudenken. Es war ihr nicht gelungen, das geplante Picknick abzuhalten. »Ich habe die Zeit verpaßt«, maunzte sie.
»Sie können's ja morgen versuchen.«
»Nicht mit diesem Hund und –«
»Und?«
»All dieses Geplane für nichts und wieder nichts.«
»War alles sorgfältig ausgearbeitet?«
»Ja.«
»Tut mir furchtbar leid.«
»Jammern hat keinen Sinn«, sagte Matilda lebhaft. »Keinen Zweck, wenn wir hier bloß rumsitzen.« Sie ließ den Motor an. »Ich bin sicher, Sie würden gern baden.«
»Ein Bad wäre hinreißend. Ich habe gehört, es gibt welche im Kittchen.«
Matilda schaltete die Scheinwerfer ein, fuhr vom Parkplatz hinauf durch die Stadt. Ihr Fahrgast sagte nichts.
In den Außenbezirken der Stadt sah Matilda einen kleinen Laden, der noch offen hatte. Sie hielt. »Dauert nicht lange.« Sie stieg aus, betrat das Geschäft und kaufte mehrere große Dosen Hundefutter, zwei Halblitertüten Milch, einen Karton Eier. Wenn ich zum Wagen zurückkomme, wird er weg sein, dachte sie. Vielleicht nimmt er den Hund mit. Das wäre klug von ihm; niemand sucht nach einem Mann mit einem Hund. Wenn er weg ist, fahre ich direkt zurück zu den Klippen, und egal, ob diese Grillparty noch im Gange ist oder nicht, ich schlucke meine Pillen und schwimme raus, wenn's auch mit Milch runtergespült nicht so schön ist wie mit Beaujolais, aber wenn ich schnell schwimme, wirken die Tabletten von ganz alleine. Mein Plan wird doch noch klappen.

Sie trug die Einkaufstüte zum Wagen. Hugh Warner schlief fest, den Hund in seinen Armen. Matilda setzte den Wagen wieder in Gang. Sie spürte, daß ihr Fahrgast wach wurde, auch wenn er nichts sagte.

Sie fuhren aus der Stadt, vorbei am Busbahnhof, dem Bahnhof und dem Polizeirevier. Matilda, die ihren Entschluß

vergessen hatte, lächelte einen Moment lang leise vor sich hin.
»Es sind etwa fünfzehn Kilometer.«
»Aha.«
»Sie können baden und dann schlafen gehen oder erst schlafen und morgen früh baden. Im Haus ist zu essen.«
»Ich würde sehr gern baden.«
»Okay.«
»Ob Sie wohl einen Rasierapparat haben?«
»Ja.«
»Ein Bad und eine Rasur, wie zivilisiert. Meine Füße sind wund wie die von unserer kleinen Freundin hier. Wie wollen wir sie nennen?«
»Folly«, sagte Matilda.
»Ein sehr guter Name.«
Sie fuhren die Hauptstraße entlang. An der Abzweigung hinauf in die Berge sagte sie: »Ich wohne in einem einsamen Landhaus. Es ist völlig unbeobachtet. Ich bin ein einsamer Mensch, Leute kommen nicht oft zu mir. Sie werden so sicher sein wie nur möglich.«
»Sie sind sehr freundlich.«
»Ich hoffe, Sie wissen meine Diskretion zu schätzen, daß ich nicht frage, warum Sie Ihre Mutter umgebracht haben.«
»Ja, sehr.«
»Gut.«
»Und ich hoffe, Sie wissen meine Diskretion ebenfalls zu schätzen, daß ich Sie nicht frage, warum Sie sich umbringen wollten.«
»O ja, ja.« Wieder begann Matilda zu lachen. Folly saß auf Hugh Warners Schoß und wedelte mit ihrem Schwanz. Ihr Problem zumindest war gelöst.

5

Der Schlüssel zur Hintertür lag unter dem Fußabtreter, wo sie ihn hingelegt hatte. Matilda schloß auf, knipste das Licht an und ging hinein.

»Was für eine blitzblanke Küche.« Hugh, die Einkaufstüte in der Hand, folgte ihr, Folly dicht hinter sich.

»Normalerweise ist sie ziemlich unaufgeräumt.« Sie befühlte den Rayburn, der noch immer warm war, klappte dessen Türchen auf. Im Feuerloch glühte Asche. »Ich hatte angenommen, er ist aus.« Sie warf Reisig und ein paar größere Holzstücke hinein, öffnete die Ofenklappe. Das Feuer flakkerte, und sie schüttete Koks darauf. »Können Sie Folly füttern? Geben Sie ihr nicht zuviel. Der Büchsenöffner hängt an der Wand.«

Hugh machte eine Dose auf. »Haben Sie einen Hundenapf?«

»Dort in dem Regal.« Matilda reichte ihm Stubs Napf. »Ich wette, sie hat Durst.« Sie füllte den Wassernapf und sah zu, wie der Hund trank, während der Mann Hundefutter herauslöffelte. »Das reicht. Von zuviel wird ihr bloß übel.«

Sie sahen der Hündin beim Fressen zu. Matilda seufzte und murmelte vor sich hin.

»Was haben Sie gesagt?«

»Ich sagte: ›Noch ein Verlust, der auf einen zukommt‹ – ich hatte mich gerade von allem gelöst.«

Er sah sie gespannt an.

»Wenn Sie sie hinter dem Haus mal eben rauslassen, mache ich uns was zu essen. Vielleicht ist sie nicht stubenrein. Um den Garten geht eine Mauer. Sie kann nicht weglaufen.«
»Was ist mit mir?« Er schnippte mit den Fingern nach dem Hund.
»Sie brauchen heute nacht nicht mehr herumzulaufen. Sie können essen und schlafen.«
Er ging mit dem Hund nach draußen.
Matilda ging nach oben, um den Boiler einzuschalten und im Gästezimmer das Bett herunterzuklappen. Sie öffnete das Fenster und lehnte sich hinaus. In der Eiche am Ende des Weges kreischte eine Eule. Es war nichts zu hören als der Fluß, der über sein steiniges Bett rieselte. Sie verspürte entsetzlichen Hunger. In ihrem Schlafzimmer machte sie die Fenster auf und ließ die warme Nacht herein. Das Haus holte tief Atem und wurde wieder lebendig.

In der Küche hatte sich der Mann auf den Buchenholzstuhl fallen lassen, die Hündin zu seinen Füßen, deren Nase gespannt zum Herd hinüberschnupperte. Er sagte: »Sie ist ein gutes, kleines Hündchen, Ihre Folly.« Der Hund spitzte die Ohren, ohne einen von beiden anzusehen.

»Sie gehört Ihnen, nicht mir. Ich mache was zu essen. Würden Sie ein Omelette mögen?«
»Wunderbar.«
»Salat?«
»Ja, gern.«
»Wein finden Sie in der Speisekammer. Der Korkenzieher liegt in der Schublade dort.« Matilda nahm eine Taschenlampe vom Büfett, ging hinaus in den Garten, leuchtete die Gemüsereihen ab und wählte einen Salatkopf.

Am Himmel standen dicht die Sterne, es war windstill. Waren Vanessa und Bobby noch am Strand? Ob das Grillfest gelungen war? Die Taschenlampe richtete sich auf eine Kröte, die langsam über den Klinkerweg kroch, auf ihre goldenen Augen. Bedachtsam zog sie erst das eine lange Hinterbein heran, dann das andere. Sie kannte ihr Ziel.

Matilda deckte den Tisch, schlug Eier auf, bereitete Salat zu, fand Zwieback und Butter, goß Wein ein, schnitt Brot.
»Er ist ein bißchen kalt.«
»Das macht nichts.«
Die Eier zischten und brutzelten in der Pfanne. Sie schnitt das Omelette in der Mitte durch und kippte es auf die Teller.
Sie aßen schweigend. Matilda fühlte langsam ihre Kräfte zurückkehren. Als ihre Teller leer waren, saßen sie da und sahen sich über den Tisch hinweg taxierend an.
Matilda sah einen Mann von fünfunddreißig Jahren, sie wußte sein Alter aus dem Radio. Große Nase, breiter Mund, hellbraunes Haar, nicht blond, wie in der Zeitung stand, braune Augen, dichte Brauen, stoppeliges, vor Erschöpfung schlaffes Gesicht, gute Zähne, ein paar deutlich sichtbare Falten.
Hugh sah eine Frau von über fünfzig, blaue Augen, sehr weißes Haar, geschwungene Nase, gute Zähne, leicht fliehendes Kinn, sinnlicher Mund.
»Sie sehen nicht aus wie ein Major.«
»Man hat mich mit meinem Bruder verwechselt; er ist Major. Ich nehme an, er wird wütend sein, schlecht für sein Image.«
»Kämpft er gegen Guerillas?«
»Tut er tatsächlich. Warum?«
»Soviel Krieg. Ich finde das nicht gut.«
»Pazifistin?«
»Ich mag einfach keine Gewalt.«
»Ich –«
»Sie haben Ihre Mutter erschlagen. Vielleicht war's gerechtfertigt.«
»Warum glauben Sie das?«
»Die Art der Waffe. Ein Teetablett. Also, wirklich!« Matilda fing an zu lachen. »Du lieber Gott, ich bin betrunken. Tut mir leid. Das ist die Gegenreaktion. Ich war aufgeregt, war absolut bereit – ich war soweit.« Folly legte ihre Pfoten Matilda auf die Knie, grub die Schnauze in ihren Schoß und

schnüffelte heftig, die Kiefer gegen Matildas Schenkel gepreßt. Sie streichelte der Hündin den Kopf. »Weich wie Seide.«
Hugh Warner gähnte.
»Ich zeige Ihnen, wo Sie schlafen.« Matilda stand auf. »Hier lang.«
Er folgte ihr die Treppe hinauf.
»Hier ist Ihr Zimmer, das Klo, das Bad. Schlafen Sie gut.« Sie ließ ihn abrupt stehen. Folly lief ihr nach, als sie zurück in die Küche ging.
Matilda goß sich den Rest Wein ein, trank ihn im Stehen und versuchte nachzudenken. In ihrem Kopf drehte es sich, mit beschwipster Sorgfalt räumte sie den Tisch ab, wusch ab, stellte alles weg, schürte noch einmal das Feuer und kippte die Asche in den Kübel vor der Hintertür. Von Folly gefolgt, ging sie nach oben, zog sich aus und stieg ins Bett. Ohne zu zögern, sprang die Hündin aufs Bett und ließ sich, gegen ihr Kreuz geschmiegt, nieder. Matilda dachte, ich schlafe nie ein, ich bin betrunken, und sank augenblicklich mit offenem Mund schnarchend in Schlaf.
Ein Stück den Korridor entlang weichte Hugh Warner im heißen Badewasser, setzte sich auf und rasierte sich, dann ließ er heißes Wasser nach und aalte sich wieder darin. Er wusch sich das Haar, die Hände, die Füße, seinen ganzen erschöpften Körper, bis er sich schließlich, als das Wasser kalt wurde, abtrocknete, nackt in das ihm zugewiesene Bett kroch und dalag und den Nachtgeräuschen lauschte.
Ein Fluß irgendwo in der Nähe.
Eulen.
Weit weg Verkehr.
Schnarchen. »Am Ende des Ganges schnarcht meine Wirtin.« Zum erstenmal seit Wochen entspannt, lächelte er. Was für ein Irrsinn. Er drehte sich auf die Seite und schlief ein.
Eine halbe Stunde später fuhr Matilda schreiend, schweißnaß und zitternd hoch. Folly leckte ihr das Gesicht, wedelte mit dem Schwanz.

»Er ist ein Mörder, ein Mörder, er hat seine Mutter ermordet.« Daß sie es laut sagte, machte es wahr. Sie schlotterte, das verschwitzte Nachthemd wurde feucht und klebrig, an ihrem Körper kalt.

»Scheiße!« Sie zog das Nachthemd aus und umklammerte sitzend ihre Knie.

»Armes Hündchen.« Matilda streichelte es. »Dir wird's jetzt gutgehen.« Sie knipste ihre Nachttischlampe an und sah nach der Zeit. »Drei Uhr, bald wird's hell.« Sie legte sich wieder hin und zog sich das Bettuch an den Hals. Der Hund machte sich's wieder bequem.

Wenn mein Picknick nach Plan verlaufen wäre, würde ich jetzt am Leuchtturm vorbeitreiben. Die Zeit ab jetzt ist geborgt. Der Gedanke gefiel ihr. Sie merkte am Geschmack in ihrem Mund, daß sie geschnarcht hatte, stand auf, spülte den Mund am Waschbecken mit kaltem Wasser, dann ging sie zurück, legte sich auf die Seite, den Mund geschlossen, durch die Nase atmend. Wie unoriginell, aufzuwachen und zu schreien, wie mächtig doch ihre Erziehung war. Der Mann hatte wahrscheinlich einen Grund gehabt, seine Mutter umzubringen. Luise eventuell, Mark möglicherweise, Anabel bestimmt. Claud. Nein, Claud nicht. Irgendwas würde ihn zum Lachen bringen, oder noch wahrscheinlicher würde er sich gar nicht die Mühe machen.

Es gab Zeiten, da hätte ich meine umgebracht, dachte Matilda, nur kam Tom dazwischen. Es ist alles seelisch, dachte sie schläfrig. Es ist lächerlich, darüber in Geschrei auszubrechen. Bin ich nicht erzogen worden, nicht zu schreien? Wer bin ich, daß ich mich zum Richter aufwerfe? Ich wollte heute abend töten, Selbstmord ist Mord.

Hugh Warner schlief zu tief, um Matildas Schreie zu hören. Überall auf den Britischen Inseln suchte die Polizei lebhaft nach einem Mann, der seiner Beschreibung entsprach. In Flughäfen und Kanalhäfen wurden Reisepässe sorgfältig überprüft. Um vier Uhr morgens gab ein gelangweilter Journalist in Kairo die Nachricht durch, man habe gesehen, wie ein Mann, auf den Hughs Beschreibung passe, in Richtung Süden aufgebrochen sei.

Nur Gus, der Betrogene, bewegte sich ruhelos hin und her, außerstande, sich zwischen den Gänsen niederzulassen, vollkommen verdattert, ängstlich, desorientiert, einsam.

6

Matilda konnte am besten denken, wenn sie beschäftigt war. Und als sie jetzt Teig knetete, wurde ihr Geist lebendig.

Sie und Folly waren zeitig nach unten gekommen, und Folly trabte in den Garten, während Matilda Kaffee kochte. Es war immer noch sehr heiß. Durch die offene Tür hörte sie Insekten summen, Vögel singen. Weiter den Berg hinauf schrie eine Kuh nach dem Kalb, das man ihr vor kurzem weggenommen hatte. Weit weg trieb ein Schäfer seine Schafe an – sie hörte das belästigte Blöken, die bellenden Hunde. Folly saß jetzt lauschend in der Tür.

Matilda wärmte den Kaffee auf und setzte sich an den Tisch, während der Teig neben dem Rayburn in seiner Schüssel ging. Eine Treppe höher schlief ihr Besucher, so vermutete sie, er konnte aber auch ganz bequem verschwunden sein, während sie schlief. Sie hoffte, er sei verschwunden, das wäre das Beste. Sie wollte nicht hineingezogen werden. Dann, um ehrlich zu sein: Ich würde gern hineingezogen werden, und weil ich's schon bin, warum es nicht genießen?

Sie trug ein blaues Baumwollkleid, einen alten Freund. Ihre Beine und Füße waren nackt, ihr Haar noch feucht vom Waschen.

Unterdessen würde die Schiffsmannschaft, wahrscheinlich die von einem Makrelenfänger, ihre Leiche gesichtet und herausgefischt haben, um sie an Land zu bringen, nach der Polizei und dem Krankenwagen geschickt haben. Matilda zog die Stirn kraus und versuchte sich zu erinnern, ob Ertrunkene erst für ein paar Tage versanken und dann wieder nach oben kamen oder erst ein paar Tage lang oben schwammen, ehe sie untergingen. Daß sie das nicht wußte, ärgerte sie. Warum hatte sie diese schlichte Tatsache nicht herausgefunden?

Sie teilte den mehlbestreuten Teig in vier Stücke, hackte die Laibe in vier Teile, drückte in jedes eine Rille mit dem Messerrücken und schob sie in den Ofen. Sie würde eine neue Flasche Beaujolais kaufen, noch mal Butter, Brie, noch einen Pfirsich.

»Ich werde dich ins Heim für herrenlose Hunde bringen.« Folly zuckte mit dem Schwanz. »Aber ich werde warten müssen, bis die Flut wieder richtig ist.« Der Hund wedelte munter mit dem Schwanz. »Ich möchte dich nicht lieb gewinnen.« Der Hund sah weg. »Du hättest mit ihm verschwinden sollen. Er hat dich aufgelesen. Du gehörst ihm, nicht mir.« Matilda horchte auf die Stille des Landhauses, überzeugt, daß der Mann verschwunden war. Nicht wissend, ob der Mann noch da war oder nicht, fühlte sie sich in der Luft hängen, ohne Lust, sich wieder aufs Leben einzustellen. Sie spürte, wie Gram sie erstickte, fühlte sich betrogen, denn innerlich war sie auf den Tod vorbereitet gewesen. Besonders wütend machte sie die Aussicht, das ganze Haus noch mal von vorn putzen zu müssen, all diese Spinnen.

Automatisch nahm sie das Brot aus dem Ofen. Sollte er verschwunden sein, würde sie es wie zuvor machen, das Haus putzen, den Garten jäten, ihr Picknick zusammenpakken, in einem Monat alles noch einmal tun. Diesmal würde es keine Grillparty am Strand geben, die jungen Leute wären weg, ihre Ferien vorüber. Sollte er nicht verschwunden sein, würde sie die Polizei anrufen. Nein, das nicht. Man würde Fragen stellen. Sie würde in die Sache hineingezogen werden. Sie konnte sich die Fragen schon vorstellen. Er würde von selber verschwinden müssen, ehe jemand ihn sah. Sie würde ihn bitten zu gehen.

Als das Telefon klingelte, fühlte sie, wie ihr die Angst im Halse pochte. Sie sah den Apparat an, während die Glocke schrillte.

Dann hob sie den Hörer ab, klemmte die Nase zwischen Daumen und Finger und sagte: »'allo?«

»Könnte ich bitte Mrs. Poliport sprechen?« Johns Stimme, forsch und markig.

»Die is' nich' da.« Nur John schon wieder.

»Wann wird sie zurückkommen?«

»Das hat sie nich' gesagt.«

»Ist sie weggefahren?«

»Kann sein.«

»Wer sind Sie?«

»Mrs. 'oskings.«

»Mrs. Hoskings, wer –«

»Ich mach' für Mrs. Pollyput sauber. Ab und zu mach' ich sauber. Mrs. Pollyput, die macht nich' gern sauber.«

»Ich glaube, überhaupt nicht.«

»Überhaupt nich', das ist das Wort. Was soll ich sagen, wer angerufen hat? Ich schreib's mir auf. Sie sollten mal die Spinnen sehen.«

»Piers, einfach Piers.«

»Wie am Meer?« schnaubte Matilda, die Nase zwischen den Fingern.

»Ja, wie am Meer. Schreiben Sie's bitte auf.«

»Moment mal. Ich hole 'n Bleistift – Sir –«, setzte Matilda hinzu, um ihrer Rolle mehr Glaubhaftigkeit zu verleihen.

»Ach, ich hab hier 'ne Nachricht von ihr. Soll ich sie Ihn' vorlesen?«

»Ja, bitte.«

»›Liebe Mrs. Hoskings.‹ 'ne schöne Handschrift hat Mrs. Pollyput, stimmt's?«

»Was schreibt sie? Lesen Sie vor.«

»Okay. Liebe undsoweiter, Sie wollen das doch nich' noch mal hören, oder? Nein. Also, sie schreibt: ›zur Abwechslung mal weggefahren. Ich lasse es Sie wissen, wann ich wieder-

komme. Nehmen Sie sich alles aus dem Garten, was Ihrer Meinung nach verderben könnte.‹«
»Ist das alles?«
»Ja, das ist alles, Mr. Pier. Mein' Sie, sie hätte was dagegen, wenn ich mir die Himbeeren pflücke, sonst holen sie sich die Vögel. Soll ich –«
John legte auf. Matilda ließ ihre Nase los und schnaufte, bewegte sie rauf und runter wie ein Kaninchen. Piers. Wie lächerlich von John, sich Piers zu nennen. Piers kam ihr weit hinten in ihrer Erinnerung irgendwie bekannt vor. Piers? Nein, es bedeutete nichts, erinnerte an nichts. Das konnte es nicht. Warum dieses Bestehen auf Piers? Sir John hörte sich okay an. Claud sagte, es sei Snobismus, John sei ein Allerweltsname. Claud hatte mit Anabel um zehn Pfund gewettet, daß John zum Geburtstag der Königin geadelt würde, nicht zum neuen Jahr, da es die ausgefallenere der beiden Möglichkeiten war, im Juni als Sir Piers in die Schranken zu treten, als sich im neuen Jahr dazwischenzuquetschen, wenn alle viel zu verkatert waren, um es zu bemerken. Nicht daß er zuließe, daß irgend jemand es nicht bemerkte.»In seinem Gewerbe wird er's nie weiter bringen als zum Ritterstand. Die geziemende Anerkennung für geleistete Dienste. Nicht Peer auf Lebenszeit für seinesgleichen.« Clauds Stimme in ihrem Innern, immer dieser Ton liebevollen Gespötts, mit dem er sich einen um Armeslänge vom Leibe hielt, um die Länge seines Arms, Clauds. Sinnlos, zu versuchen, an den heranzukommen. Ein geschmeidiger Charakter, Claud, wegen seiner Unzulänglichkeit um so liebenswerter. Matilda stand da, eine Hand am Riegel des Rayburn, und dachte an ihren Jüngsten. Keine Klammer da, sie zu halten, wie zart auch immer. Warum ließ sein Ausdruck »Gewerbe« in diesem Ton, fast als wenn John –
»Was für ein überwältigender Duft.« Hugh stand in der Tür und schaute herein.
»Sie haben mich erschreckt.« Matilda tat, als zucke sie zusammen.

Er grinste.

»Kein Wunder, daß Sie niemand erkannt hat«, sagte Matilda. »Bei Tage sehen Sie überhaupt nicht aus wie auf Ihrem Foto.«

»Ich bin ausgeruht. Außerdem –«

»Was außerdem?«

»Ich habe Ihnen doch gesagt, daß das Foto von meinem Bruder ist. Er hat wirklich eine große Nase, aber jetzt, wo er sich einen Schnurrbart hat wachsen lassen, bemerkt man es nicht so.«

»Der Major?«

»Ja. Es ist ein Fehler unterlaufen, eine Verwechslung.«

»Warum hat er nichts gesagt?«

»Er ist im Ausland. Vielleicht weiß er's nicht, er könnte sich aber auch loyal verhalten.«

»Sie war auch seine Mutter.«

»Er erbt.«

»Oh.« Pause. »Mögen Sie Frühstück?«

»Gern.«

»Ich habe eben gedacht, ich sollte die Polizei rufen.«

»Werden Sie's tun?«

»Nein.« Matilda, die Kaffee holte, hatte ihm den Rücken zugedreht. Eine Zeitlang sprach keiner von beiden. Sie legte das frische Brot und Butter auf den Tisch, gekaufte Marmelade – Cooper's.

»Wenn Sie sich nicht dazwischengedrängt hätten, wäre ich jetzt glücklich und tot.« Zorn erstickte sie mit einemmal, Tränen blendeten sie, die Hand, die die Kaffeekanne hielt, zitterte.

»Sie waren es, die mich gestört hat, Sie dumme Ziege. ›Legen Sie Ihren Arm um mich‹, haben Sie gesagt, ›legen Sie ihn mir um die Taille.‹ Und wie ein Idiot hab ich's getan. Ich wollte mir die Taschen mit Steinen füllen und in den Fluß gehen wie Virginia Woolf.«

»Sie hatten ja noch gar nicht den Entschluß gefaßt.«

»Woher wissen Sie das denn?«

»Das haben Sie gesagt – Sie haben es angedeutet.« Matilda beugte sich über den Tisch, während sie ihn anschrie, weiß vor plötzlicher Wut. »Sie waren noch nicht entschlossen. Ich hatte alles geplant, und Sie haben's vereitelt. Ich könnte Sie umbringen.«

»Tun Sie's doch. Das erspart viel Kummer. Stechen Sie mir das Messer hier in den Bauch, dann können Sie verschwinden und Ihr Picknick abhalten, ersäufen Sie auch den Hund –« Auch er brüllte, während er ihr das Messer reichte, das sie in den Teig gedrückt hatte.

Beide starrten sich haßerfüllt an. Der Hund winselte.

»Haben wir etwa Krach?« Hugh lehnte sich zurück.

»Ja. Ich hatte vergessen, wie das ist. Es ist Ewigkeiten her, daß –« Matilda strich ihr Haar zurück. »Ich hatte das mit Virginia Woolf und den Steinen vergessen. Ich muß mir das merken.«

»Sie würden sie dran hindern, sehr weit zu schwimmen.«

»Ja.«

»Ihr Plan war wahrscheinlich am besten für Sie.«

»War?«

Hugh sah den Hund an, der mit dem Schwanz wedelte, beschwichtigend, unsicher.

»Essen Sie Ihr Frühstück. Es ist Ewigkeiten her, daß ich einen Krach hatte. Mir wird übel davon, mir zittern die Beine.«

»Geht bald vorbei.« Hugh tat sich Marmelade auf. »Köstliches Brot.«

Matilda stand am Herd und sah ihm heftig atmend beim Essen zu. Die Küchenuhr tickte. Morgen müßte man sie aufziehen.

»Wenn mich jemand besuchen kommt, verschwinden Sie durch diese Tür in die Spülküche. Von da geht's in den Holzschuppen.«

Hugh blickte kauend hoch.

»Wenn Sie noch weiter wollen, gehen Sie durch den Garten ins Gehölz. Es ist dicht, niemand kann Sie am Fluß sehen, niemand kommt da rein, ich erlaube es nicht.«

Hughs Blick hing an ihrem Gesicht.
»Ich erlaube weder Fischern noch Jagdhunden den Zutritt. Es gehört mir, privat, die Leute wissen das.«
»Halten sie sich denn dran?«
»O ja. Gus hat dort mal einen Jungen gefunden und ihn furchtbar gepiesackt. Ich habe ihn an einen Busch gefesselt und stundenlang dort zappeln lassen. Er hat sich zu Tode geängstigt – hat's allen seinen Freunden erzählt. Es hat funktioniert.«
»Hört sich ein bißchen grausam an.«
»Ein Dachsbau ist dort. Der Junge hatte vor, seine Freunde mitzubringen und Jagd auf die Dachse zu machen.«
»Ich verstehe.«
»Sie wären in dem Gehölz also absolut sicher.«
Hugh nickte und tat sich noch einmal Marmelade auf.
»Oder wenn sie oben im Haus sind, halten Sie sich von den Fenstern fern und steigen Sie in den Dachboden hinauf.«
»In den Dachboden?«
»Es könnte doch regnen.«
»Sie denken an alles.«
»Ich versuch's.«
»Warum zum Teufel tun Sie das?«
Matilda zuckte die Achseln. »Ich wollte inzwischen schon tot sein. Es ist egal, was ich tue, wenn's Ihnen was hilft.«
Hugh sah Matilda lange an, dann sagte er: »Sie und Ihr Mann müssen ein wundervolles Paar gewesen sein.«
»Ich habe meinen Mann betrogen.«
»Gus?«
»Gus? Gus ist eine Höckergans, ein Gänserich – auch ihn habe ich betrogen.« Matilda weinte, während Hugh lachte.

7

Hugh sah von Matilda weg, weil er ihre Tränen peinlich fand. Betrogene Ehemänner gibt's wie Sand am Meer, dachte er, aber eine Gans – das ist was anderes. Die Hündin, die mit der Nase zur Wärme des Rayburn saß, blickte sich um. Sie hatte glänzende, kleine schwarze Augen. Mit dem Hinterteil wakkelnd kroch sie näher an die Wärme heran. Hugh fragte sich, wo der Hund wohl herkam, wer ihn ausgesetzt hatte.
»Besitzen Sie irgendwas an Geld?« Matilda gewann seine Aufmerksamkeit wieder.
»Nicht furchtbar viel. Ich habe einen Scheck eingelöst – äh –«
»Nachdem Sie Ihre Mutter umgebracht haben?«
»Ja.«
Matilda schnaufte, ob aus Verachtung oder um die letzte Träne zum Versiegen zu bringen, konnte er nicht sagen.
»In London habe ich eine ganze Menge, aber –«
»Sie können da nicht hin, die Polizei –«
»Vermutlich nicht.«
»Hat Ihr Geld.«
»Nein, es ist an einem sicheren Ort versteckt.«
»Sind Sie sicher?«
»Ja, ich habe ein Versteck.«
»Ich kann Ihnen Geld borgen. Ich kann einen Scheck einwechseln, mein Konto überziehen, wenn nötig. Ich kann Ihnen Ihr Geld holen. Ich täte es gern.«

»Das würde Sie in jede Menge Ungelegenheiten, Gefahren bringen.«
»Es würde mir Spaß machen. Es würde mich amüsieren. Es wäre ein Vergnügen.«
»Rechtsbruch.«
»Nicht mehr, als an einer gelben Linie zu parken.«
»Ein Abenteuer?«
»Vermutlich. Haben Sie einen Paß?«
»Ja. Ich wollte nach dem Besuch bei meiner Mutter nach Griechenland fahren. Ich habe meinen Paß und etwas Geld. Ich habe allerdings meine Reisetasche dortgelassen.«
»Wieviel? Zählen Sie's.«
Hugh zog seine Brieftasche aus der Gesäßtasche und begann zu zählen. »Fast zweihundert.«
»Damit kommen Sie nicht weit. Wieviel haben Sie in London?«
»Zweitausend in bar.«
»Na dann.«
»Um es zu holen, müßte ich –«
»Ich hole es. Ich hab's Ihnen doch gesagt. Vertrauen Sie mir. Ich fahre nach London. Sie bleiben hier und halten sich versteckt. Ich versorge Sie mit Essen. Halten Sie sich fremden Blicken fern. Der Rest ist einfach.«
»Ich brauche Sachen zum Anziehen.«
»Ja, alle Welt weiß, was Sie anhaben. Es sind einige Sachen von Tom da, ein paar von Mark und Claud, die sie hiergelassen haben.«
»Von Ihrem Mann?«
»Ihm wäre es egal. Er ist nicht hier gestorben, er war zu einer Freundin nach Paris gefahren –« Sie hielt inne.
»Und die Freundin war der Tod?«
»Als das entpuppte sie sich.«
»Ohne Sie muß er sehr einsam gewesen sein.«
»Vielleicht. Nein, nein, ich glaube nicht einsam.«
»Allein zu sterben.«
»Sagen Sie das nicht, dazu haben Sie kein Recht.«

»Warum sind Sie nicht auch hingefahren?«
»Ich bin nie mit ihm in Paris gewesen. Ich hatte Verpflichtungen hier, Dinge zu tun.«
»Zum Beispiel?«
»Die Kinder, unsere Tiere.«
»Ich dachte, sie waren schon erwachsen.«
»Das sind sie. Sie waren nicht mal hier. Es war –«
»Was war es?«
»Welches Recht haben Sie, mich auszufragen? Was geht Sie das an?«
»Nichts. Bloße Neugier, nehme ich an.«
»Also«, schrie Matilda los. »Ich kann Paris nicht ausstehen. Ich bin nie mit ihm da hingefahren. Ich wollte unseren Hund und die Katze nicht ins Tierheim stecken. Ich wollte einfach nicht dahin. Wenn, dann hätte ich mich um ihn gekümmert, ihn nicht tot auf der Straße umfallen lassen, verstehen Sie? Ich weiß, ich habe ihn betrogen, natürlich weiß ich das. Sie fanden seine Tabletten in seinem Hotel. Wenn ich dort gewesen wäre – zum Teufel mit Ihnen, welches Recht haben Sie?« Matilda war verzweifelt, wütend. »Ich habe immer dafür gesorgt, daß er seine Tabletten bei sich hatte.«
»Sie haben mir das Leben gerettet. Das gibt mir das Recht. Folly und ich haben jedes Recht. Wir gehören Ihnen.«
»Nein.«
»Doch.«
Hugh strich Butter auf ein Stück Brot, fischte in dem Glas nach Marmelade. Matilda stand mit dem Rücken zum Herd, sah ihm zu, wie er sich Kaffee eingoß, trank.
»Woher wissen Sie, daß ich Sie nicht hintergehen werde? Als gute Bürgerin sollte ich das.«
Hugh lächelte. »Ich glaube, Sie sind nicht Mitglied im Frauenverband.«
»Das ist nicht unbedingt ehrenhaft.«
»Natürlich nicht. Sie sind da nicht drin, stimmt's?«
»Nein.«
»Na also.«

Matilda seufzte.
»Und diese Kinder – wo sind die?«
»Louise ist verheiratet. Sie lebt in Paris.«
»Hatten Sie keine Lust, sie zu besuchen, als Ihr Mann –«
»Nicht besonders. Mark ist Geschäftsmann – vorwiegend in Hamburg. Anabel ist ständig unterwegs, ich weiß nie, wo sie gerade ist. Claud lebt in Amerika.«
»Kommen sie Sie besuchen?«
»Sie rufen manchmal an. Im Grunde haben sie keine Lust, mit mir zu reden, und ich nicht mit ihnen. Was sollten wir schon sagen?«
»Damit sie Ihnen bei Ihrer Beerdigung nicht die Meinung sagen müssen?«
»Na, so ungefähr.«
»Und Sie meinten, Sie müßten dem ›Freund aller Menschen‹ entgegengehen?«
»Es schien das Vernünftigste.«
»Vernünftig.« Er dehnte das Wort in die Länge.
»Ja, vernünftig. Ohne Tom hält mich nichts am Leben. Die Kinder brauchen mich nicht. Ich war mit unserem Hund, unserer Katze und Gus übriggeblieben. Der Hund ist vor vier Monaten gestorben, die Katze ist in eine Falle getappt und an Blutvergiftung gestorben. Gus könnte noch zwanzig Jahre leben. Ich habe für ihn ein gutes, sicheres Zuhause bei anderen Gänsen gefunden. Ich habe alles bedacht, alles geordnet zurückgelassen. Es gibt hier nichts mehr für mich zu tun. Ich haue ab.«
»Aber warum? Sie können sich eine neue Katze besorgen. Sie haben schon einen neuen Hund.«
»Der Hund gehört Ihnen, nicht mir.«
»Das bezweifle ich.«
»Doch, er ist Ihrer. Sie haben ihn aufgelesen. Ich will ihn nicht.«
Beide wandten den Blick der kleinen Hündin zu, die mit dem Rücken zu ihnen saß, die Ohren zurückgelegt.
»Wir machen sie verlegen.« Hugh schnippte mit den Fingern. Der Hund sprang ihm dankbar auf die Knie.

Ehe Hugh sprechen konnte, sagte Matilda eilig: »Für Menschen wie mich sind Tiere wie Klammern, die einen ans Leben heften. Denken Sie an die Tausende von Menschen, die sich wegen eines Hundes, einer Katze, eines Wellensittichs daran festklammern. Denken Sie an all die Tausende, die aus keinem anderen Grund dran hängen, wenn sie alt werden, elend, nutzlos, lästig. Ich wette, Ihre Mutter –«

»Ihre Katze ist im Mai eingegangen. Es war ein stinkiges altes Vieh.«

»Aber die Katze hat sie nicht umgebracht.«

»Nein, da haben Sie recht.«

»Und sie hat sich keine neue angeschafft?«

»Ich habe versucht, ihr eine junge Katze zu schenken.«

»Und sie hat sie zurückgewiesen?«

»Ja. Sie war sentimental wegen –«

»Old Stinky?«

»Ja. Wieso wissen Sie, daß ich die Katze Old Stinky genannt habe?«

»Sie wollte sich nicht ans Leben klammern lassen, nachdem ihre Gefährtin nicht mehr da war.«

»Ich weiß es nicht.«

»Nein, Sie wissen es nicht. Sie wollte keine Klammern mehr. Sie wollte weder das Alter noch Arthritis, Hinfallen, die Zähne verlieren, das Gleichgewicht, das Haar, das Gedächtnis, den Verstand verlieren. Sie wollte nicht von anderen Leuten abhängig werden, zur Last fallen, den Harn nicht mehr halten können –«

»Für ihr Alter war sie sehr munter, konnte ihren Harn absolut noch halten.«

»Für mein Alter bin ich es auch, aber ich warte nicht, bis all das kommt: Es ist gegen meine Grundsätze. Knarrende Gelenke, Erschöpfung, klappernde Zähne, braune Flecken, faltiger Hintern.«

»Hintern?«

»Natürlich, man wird überall faltig. Ich bin dafür, einen letzten großen Coup zu landen – das Absolute.«

»Das absolute Was?«

»Wagnis. Vergnügen. Abenteuer.«

»Das ist eine ernste Behauptung, wenn man vom Tod redet.«

»Natürlich. Ich nehme an, Ihre Mutter hatte das alles nicht richtig bis zum Ende durchdacht. Sie haben ihr das Problem mit Ihrem Teetablett erspart.«

»Es war ihr Tablett, sie hatte es von ihrem Vater geerbt.«

»Was für ein Pedant Sie sind. Ich hatte die Reise in guter Verfassung angetreten und wurde unterbrochen.«

»Tut mir leid.« Hugh streichelte Folly die Ohren. »Der Hund da gehört Ihnen, so wie Old Stinky Ihrer Mutter gehört hat.«

Hugh schüttelte den Kopf. »Nein.«

»Welche Zukunft hatte Ihre Mutter denn?«

»Bei ihr war nichts wirklich in Unordnung.«

»Und nichts wirklich in Ordnung«, schoß Matilda zurück. »Warum sollten Sie und der Major sich darüber aufregen? Sie hätten sie in ein Altersheim gesteckt und vergessen.«

»Wahrscheinlich.«

»Das ist es, was ich nicht ertrage; meine geistigen und körperlichen Fähigkeiten einbüßen und an einen sicheren Ort weggeschlossen werden. Ich hinterlasse alles aufgeräumt, verschwinde zu meinem Picknick, schwimme hinaus, solange Schwimmen noch ein Vergnügen ist. Jetzt sind Sie aufgekreuzt und haben alles kaputt gemacht.«

Hugh lachte. »Das ist schlimm.«

Matildas Zorn kippte um in Fröhlichkeit. »Ich glaube, Sie haben Ihrer Mutter einen sehr großen Gefallen getan. Ein kräftiger Hieb mit einem schweren Tablett, und peng! ist sie weg. Keine Sorgen mehr.«

Hugh zuckte zusammen. »Sie hatte keine Sorgen.«

»Woher wissen Sie das? Sicher hatte sie ihre Erinnerungen. ›Sie lebt in ihren Erinnerungen‹, sagen die Leute. Das höre ich ständig. Woher weiß man denn, daß sie ihre Erinnerungen liebte? Man liebt seine Erinnerungen nicht zwangsläufig.

Herrgott!« rief Matilda. »Natürlich nicht. Alte Leute sind wie leere Papiertüten. Sie haben Ihre aufgeblasen, draufgehauen, und peng!, das war's, für Ihre Mutter jedenfalls.«

»Und Sie?«

»Sie haben sich dazwischengedrängt.« Matilda zog ihre Espadrilles an. »Ich höre besser auf zu reden, geh' ins Dorf, hole Zeitungen, löse einen Scheck ein, mache ein paar Einkäufe.«

»Plötzlich denken Sie sehr praktisch.«

»Ich bin praktisch. Halten Sie sich versteckt, ja? Ich lasse Ihnen Ihren Hund da. Gehen Sie nicht ans Telefon.«

»Ein Verlust für den Frauenverband.«

»Das finden die nicht.«

»Zeigen Sie mir das Haus, ehe Sie gehen.« Hugh stand auf, Matilda hoch überragend. »Sie sind genauso groß wie meine Mutter.«

»Ich möchte nicht mehr an sie denken. Ich führe Sie rum.« Sie ging voraus. »Hier in diesem Wohnzimmer können Sie sich, falls Sie überrascht werden, hier drin oder da drin verstecken. Das sind die alten Kamine, jetzt Schränke fürs Holz für den da.« Sie gestikulierte hinüber zu einem dickbauchigen Ofen in der Mitte des Zimmers. »Sie können durch die Schornsteine direkt ins Dach hochklettern. Claud hat's mal gemacht. Er hat sich furchtbar eingedreckt.« Hugh bückte sich und trat in einen der Schränke. »Können Sie aufrecht stehen? Sie sind größer als Claud.«

»Ja.«

»Claud hat mal Anabel in den einen und Louise in den anderen eingeschlossen und ist einfach weggegangen.«

»Wie sind sie wieder rausgekommen?«

»Mr. Jones hat ihr Geschrei gehört. Zu ihrem Glück kam er gerade vorbei. Küche und Spülküche haben Sie gesehen, kommen Sie mit nach oben. Mr. Jones ist mein einziger Nachbar. Kein Grund zur Sorge. Wenn Sie jemanden kommen sehen, können Sie sich in diesen Schränken hier oder in dem in meinem Zimmer verstecken, der ist riesengroß. Ich weiß sowieso immer, wann jemand kommt. Dann trompetet Gus.«

»Aber ich dachte –«

»O Gott!« Matildas Augen füllten sich mit Tränen. »Das hatte ich vergessen. Wie konnte ich nur? Er ist nicht hier, er steigt auf alle diese Gänse und deckt sie, oder wie das heißt, oder heißt es nur bei Pferden so?«

»Ich weiß nicht. Ich glaube, Gänse paaren sich.«

»Ich hoffe, er genießt es. Er hatte ein sexuell sehr karges Leben.«

»Ich werde meine Ohren offen halten.«

»Ja, tun Sie das.«

»Sie machen sich Sorgen um Ihre Gans.«

»Ganter. Ja, natürlich mache ich mir Sorgen. Wenn Sie ihn in diesem Sack gesehen hätten, als er wegfuhr –«

»Der Schrank oben im ersten Stock.«

»Ah ja.« Sie ging voran, die Treppe hinauf zu dem Zimmer, aus dem er das Schnarchen gehört hatte. »Hier ist der Schrank. Er ist tief, hinter diesen Kleidern geht's noch Meilen weiter.« Sie schob mit der flachen Hand Kleiderbügel beiseite. »Dahinter ist jede Menge Raum. Er ist L-förmig, geht nach rechts ab, fast ein zweites kleines Zimmer.«

Hugh spähte hinein. »Was ist das?«

Matilda beugte sich vor, ihr Haar strich über sein Gesicht. »Ach, Clauds Maskenkostüm.« Sie nahm einen Bügel von der Stange und ließ einen Kaftan über ihre Schulter gleiten. »Sehen Sie.« Als sie ihm den Rücken zudrehte, sah er, daß auf die Rückseite des Kostüms ein Skelett gemalt war. »Er hatte Kastagnetten, mit denen hat er geklappert.« Sie begann zu tanzen, wodurch das Skelett noch unheimlicher wurde. Irgendwie unangenehm berührt trat Hugh einen Schritt zurück. »Er hat die Mädchen erschreckt.«

»Warum wollte er das denn?«

»Es war Louise, sie hatte –« Matilda raffte den Kaftan um sich.

»Sie hatte – was? Was hatte sie getan?«

»Ich nenne es immer den Briefträgerball. Louise ging – die arme Louise ging mit dem Briefträger. Sie hatte die Absicht, ihn für sich allein zu haben. Ja, ich denke, das war so. Ich weiß es. Es sollte der Briefträger sein. Er war damals nicht Briefträger. Sie gingen alle zusammen zur Schule. Es ist lange her. Ich nehme an, er hat's vergessen – ich meine Claud –, der Briefträger hat's bestimmt nicht vergessen, man vergißt sie nicht, stimmt's?« Sie hielt inne, sah Hugh an, streifte den Kaftan ab und hängte ihn wieder auf seinen Kleiderbügel. Als sie den Bügel auf die Kleiderstange hängte, wiederholte sie: »Man vergißt sie nicht, stimmt's?«

»Vergißt was nicht?« Hugh blickte auf sie hinunter, dachte, daß ihre Haut für ihr Alter gut sei, glatt, kaum faltig.

»Die erste Liebe. Die erste Liebe vergißt man nie.«

»Vermutlich.«

»Claud ist homosexuell. Der Briefträger war nicht mal hübsch. Ich glaube, er hat's nicht gewußt, bis Louise anfing, Witze loszulassen, versteckte Seitenhiebe.«

»Nicht nett von ihr.«

»Ging sie nichts an, oder?« Matilda schüttelte den Kopf.

»Na ja, hinter diesem Kostüm geht der Schrank noch Meilen weiter. Alle Gartenkissen sind da den Winter über drin. Er ist sehr sauber, ich habe ihn gerade ausgefegt. Ich habe Clauds Kostüm aufgehoben, außerdem ein paar von Louises und Anabels Sachen. Gelegentlich leihe ich sie aus.«

»Ziehen sie sie an, wenn sie zu Ihnen zu Besuch kommen?«

»Sie kommen nicht zu Besuch. Ich habe sie aufgehoben, falls sie sie haben wollen, wenn ich tot bin. Ein paar von Anabels Kleidern sind zeitlos, und Louise kauft sich immer herrliche Stoffe, sie könnte sie doch als Kissenbezüge verwenden, nicht wahr?«

»Ja.«

»Die Sachen der Jungs sind in Ihrem Zimmer, zwischen denen von Tom. Ich dachte –«

»Was?«

»Ich dachte, ich sollte Tom nicht ganz so tilgen wie mich. Ich bin es, die sie nicht besuchen kommen.«

Hugh sagte nichts. Matilda schloß den Schrank. »Wenn Sie richtig in Bedrängnis kommen, können Sie über diese Leiter hier in den Dachboden steigen. Sogar den habe ich saubergemacht.«

»Danke.«

»Trinken Sie noch etwas Kaffee, ehe ich ins Dorf gehe.«

»Danke.« Hugh folgte ihr nach unten, wobei er bemerkte, daß sie wie eine Tänzerin ging, mit geradem Rücken.

»Sind Sie Tänzerin?«

»Nein. Ich habe früher mal Yoga gemacht.«

»Meine Mutter auch. Sie machte Kopfstand und saß im Lotussitz, all das.«

»War nicht schnell genug, diesem Teetablett auszuweichen.«

»Sie hatte Angst«, protestierte Hugh.

»Na sicher hatte sie die.« Matilda goß, als sie in die Küche kam, den Kaffee zum Warmmachen in ein Töpfchen.

»Bedienen Sie sich. Ich haue ab.« Aber sie trödelte an der Tür herum, offensichtlich wollte sie noch etwas sagen. Hugh blickte fragend über den Rand seiner Tasse. »Sie müssen den Eindruck haben, ich liebe meine Kinder nicht, so wie ich über sie rede.«

»Sie wirken ein bißchen – na ja, gleichgültig.«

»Sie werden mich mehr lieben, wenn ich weg bin, die Mädchen besonders.«

»Warum?«

»Sie denken, ich liebe Claud am meisten. Diese Kleider da oben, das sind Kleider, die er ihnen geklaut hat. Claud ist viel hübscher als Louise oder Anabel, viel attraktiver.«

»Sie sagten, er ist schwul.«

»Und wie.« Matilda lachte. »Damals, als die Jungs lange Haare trugen, ging er in einem von diesen Kleidern zu einer Party. Er machte allen Mädchen die Kerle abspenstig, brachte Anabels Leben völlig durcheinander – es war ein furchtbarer

Abend.« Matilda lächelte in der Erinnerung vor sich hin. »Louise hatte so einen stämmigen Typen – sie nannte ihn ihren ›Typen‹ –, der war völlig hin und weg, und was Anabels Freund betraf – tja –«
»Was ist passiert?«
»Claud lebt in New York.« Matilda drehte sich abrupt um und verschwand, und Hugh saß an dem Tisch, hielt eine langsam kalt werdende Tasse Kaffee in der Hand und dachte über Matilda nach. Mit dem Küchenmesser in der anderen Hand klopfte er eine Melodie auf den Kiefernholztisch, während er sich daran zu erinnern versuchte, was er in den letzten Tagen gemacht hatte. Dann ging er, von der Hündin gefolgt, aus dem Haus und betrat durch die Gartentür das Gehölz, wo er am Fluß entlangspazierte, bis er ein Plätzchen in der Sonne fand und sich niederließ und zusah, wie das Wasser flink über die Steine rieselte und strudelte. Während er die Hündin streichelte, die sich an seiner Seite niederließ, ging er noch einmal das Chaos der Gedanken und Schrecken durch, die nicht von ihm gewichen waren, seit er seine Mutter getötet hatte. Vielleicht ließ sich jetzt ein klarer Blick darauf richten, da er nicht mehr weglief. Es verwirrte ihn, daß er überhaupt weggelaufen war. Warum war er nicht geblieben? Warum die Flucht ergreifen und das Tablett am Boden neben ihrer Leiche liegenlassen? Sie hatte friedlich ausgesehen, gelassen, glücklicher, als er sie seit langer Zeit gesehen hatte, sicherlich glücklicher als während der Augenblicke davor, als sie sich im Zustand äußersten Entsetzens befunden hatte.

Der merkwürdige Augenblick mit dem Tablett war völlig klar, aber sein Verhalten hinterher verdutzte ihn noch immer, seine unverzügliche Flucht zum Auto, fort von seiner Mutter, neben der das Tablett am Boden lag. Sie war tot. Was ihm gefühllos vorkam, war die Tatsache, daß er bei der Bank in der Stadt gehalten hatte, um einen so hohen Scheck einzulösen, wie es nur ging, ohne Aufmerksamkeit zu erregen. Sich von Panik hinreißen zu lassen war unverzeihlich. Er war nach London gefahren, hatte seinen Wagen im Hans Crescent stehenlassen und war in Knightsbridge in die U-Bahn gestiegen. Seitdem war er auf der Flucht gewesen, jeden Moment einer Hand auf seiner Schulter gewärtig.

Das Rieseln des Flusses war hypnotisch. Hugh döste weg. Matilda gehörte vielleicht nicht dem Frauenverband an, aber sie war zu allem fähig. »Wenn ich jetzt zurückgehe, sind sie da. Kein Weglaufen mehr.«

Als Matilda mit ihrem Einkauf und den Zeitungen wiederkam, fand sie das Haus leer. Ihre Erleichterung war so groß wie ihre Enttäuschung. Sie war an so widersprüchliche Empfindungen nicht gewöhnt, es beunruhigte sie. Sie trat dicht vor den Spiegel über der Spüle und versuchte, in ihrem Gesicht ihre Gefühle abzulesen, aber es war dasselbe Gesicht wie immer, eine Maske für alles, was es an Gefühlen oder Gedanken hinter diesem gereiften Gesicht geben mochte, das weder jung noch alt war, weder schön noch häßlich, nur ihr übliches Gesicht, das sie vor den neugierigen Blicken der Welt beschützte.

8

Matilda legte die Zeitungen auf den Küchentisch, stellte die Einkäufe weg, setzte sich hin und las. Der Muttermörder war der Titelseiten nicht mehr würdig. Kein Wort über ihn im *Guardian*. Sie hatte weder *The Times* noch den *Daily Telegraph* bekommen, nur den *Mirror*, die *Sun* und den *Express*.

»Dachte, Sie lesen den *Express* nicht, Mrs. Poliport«, hatte der Postvorsteher, Mr. Hicks, bemerkt, als er ihr Geld entgegennahm.

»Faschistisches Käseblatt.« Matilda lächelte. »Ganz selten werf' ich gern mal 'n Blick rein, man bleibt unvoreingenommen, wenn man viele Zeitungen liest.«

»Ich lese das Lokalblatt.«

»Ja, da erfahren Sie alles, was Sie wissen wollen, und es ist unparteiisch.«

»Genau.« Mr. Hicks, ein untersetzter, glatzköpfiger Mann, gab Matilda das Wechselgeld. »Darf's sonst noch was sein, Mrs. Poliport?« Er sprach es »Pollyput« aus, wie die meisten Leute im Ort.

»Oh, fast hätte ich's vergessen. Ich brauche eine Hundezulassung.«

»Eine Hundezulassung?« Mr. Hicks war überrascht. »Ich dachte –«

»Ich weiß, ich sagte, nie wieder. Ich weiß, ich weiß. Ich bin schwach. Es ist ein Mischling aus dem Tierheim, bloß eine kleine Mischlingshündin.«

»Sagten doch, Sie wollten keinen Hund mehr, wollten nicht gebunden sein.«
»Ich weiß. Ich hab's mir anders überlegt. So ist das.«
»Man hat Ihnen doch diesen Boxer angeboten, reinrassig.« Man sah, daß Mr. Hicks noch weniger als sonst von ihr hielt.
»Tja, dies ist ein Mischling. Was kostet die Zulassung? Ich hab's vergessen.«
Mr. Hicks hatte ein Zulassungsformular herausgesucht. Matilda hörte geradezu, wie er Mrs. Hicks wenig später berichtete, daß Mrs. Pollyput sich eine Mischlingshündin aus dem Tierheim geholt habe, wo sie diesen Boxer doch fast gratis hätte kriegen können. Sie würden gemeinsam über ihre Verrücktheit seufzen.
»Ich werde sie Folly nennen.« Mr. Hicks schrieb langsam, während er heftig durch seine saubergepopelte Nase mit den großen Nasenlöchern atmete. »Haarig wie eine mit Farnen vollgewucherte Grotte.« Toms Stimme aus der Vergangenheit. Keiner aus ihrer Familie mochte Mr. Hicks. Louise sagte, er öffne Briefe über Dampf, Mark, daß er in die Telefonzelle draußen eine Wanze eingebaut habe – für Mark eine ungewöhnliche Anwandlung von Phantasie. »Wie sonst könnte er so gut über alles Bescheid wissen?« Sie versuchte, sich Marks Stimme vorzustellen, es gelang ihr nicht. Hörte man vielleicht nur die Stimmen der Toten? Anabel behauptete, er habe ihr beim Schulsportfest mit der Hand unter den Rock gelangt, mit dieser wurstfingrigen, behaarten Hand, die langsam das Formular ausfüllte. Mr. Hicks hatte alle Zeit dieser Welt.
»Folly, hm? Und wie geht's Claud?« Mr. Hicks wußte alles von der Macht des Briefträgers über Clauds Gefühle und zögerte nie, einen erinnernden Nadelstich anzubringen. Matilda, die darauf wartete, daß der Mann endlich die wenigen Worte geschrieben und den Datumsstempel gefunden hatte, blätterte die Zeitung durch.
»Keine Zweigpostämter ausgeraubt in der letzten Zeit«, sagte sie fröhlich.
»Damit beschäftigt, ihre Mütter umzubringen.« Mr. Hicks

knallte den Datumsstempel auf die Hundezulassung. »So, damit wäre Ihre Folly legal.«

Matilda interpretierte das als einen raschen Seitenhieb auf Sex zwischen gleichgesinnten Männern. »Ich habe nicht das Gefühl, daß Muttermord und Raub irgendwie zusammenhängen. Ich habe nichts darüber gelesen, daß er seine Mutter beraubt hätte, nur daß er sie umgebracht hat.«

»Nur!« Mr. Hicks, der die Hundezulassung noch immer zwischen Daumen und Zeigefinger hielt, starrte Matilda durch seine dicken Brillengläser an, die seine Schweinsäuglein verbargen. »Nur! Ein Mann wie der muß gar nicht rauben, er ist doch reich, nicht? Ein Pinkel, der Winchester und das New College besucht hat.«

»Was für ein entzückend altmodisches Wort – ein Pinkel.« Matilda trauerte den längst vergangenen alten Zeiten nach, als Zweigpostämter noch nicht mit Glasbarrieren gesichert waren. Mr. Hicks, der die Zulassung in seinen gräßlichen Fingern hielt, war in Sicherheit. Er hielt sie in seiner Macht gefangen, starrte sie mit seinen funkelnden Brillengläsern an. Sie konnte ihm die Zulassung nicht entreißen und mußte also warten, daß er sie ihr durch den Schlitz reichte. Hatten diese Finger in Anabels Geschlechtsteil herumgebohrt? Man konnte nie sagen, wann Anabel schwindelte, sie war eine zwanghafte Lügnerin, deren gewagteste Phantasien sich oft als wahr herausstellten.

»Viele von unseren Gewerkschaftsführern sind auf dem New College gewesen, Mr. Hicks.«

»Aber nicht in Winchester.« Mr. Hicks musterte die Zulassung. »Diese Schule sollte man schließen. Die bringt mehr Kommies hervor als jede andere Schule in England. Ich hab's in einem Buch gelesen.« Mit »Buch« meinte Mr. Hicks Illustrierte. Matilda biß sich auf die Lippe.

»Ihre Partei auch, Mr. Hicks.«

»Meine Partei?« Die Zulassung in den Fingern, stützte sich Mr. Hicks hinter der Glasscheibe auf den Tresen und beugte sich vor, um sie besser sehen zu können.

»Die Faschisten – die Anti-Schwarzen-Partei.« Matilda kam gerade so an die Zulassung heran und konnte sie ihm abnehmen, ohne daß es so aussah, als reiße sie sie ihm aus den Fingern. »Vielen herzlichen Dank, Mr. Hicks. Einen wunderschönen Tag.« Sie verließ den Laden und bereute ihren Zorn, denn nun wußte er, wie er immer alles wußte, daß sie wütend war, und er würde sich fragen, warum. Sehr wahrscheinlich würde er versuchen, das herauszufinden.

Sie nahm die Zulassung aus ihrer Handtasche und spießte sie auf einen Haken am Büfett. Falls der Mörder Folly mitgenommen hatte, wäre noch mehr Geld zum Fenster rausgeworfen. Sie vertiefte sich in die Zeitungen.

Nichts in der *Sun*. Sie wandte sich dem *Express* zu. Ah, hier stand etwas. *Wagen des Muttermörders in Harwich gefunden. Suche nach ihm in Skandinavien verstärkt.* Fru Sonja Andersson aus Kopenhagen hatte den Killer auf dem Schiff erkannt. Warum hatte sie ihren Verdacht nicht dem Kapitän mitgeteilt? Sie sei zuerst nicht sicher gewesen, aber jetzt, als sie gefragt wurde, wie auch einige ihrer Mitreisenden, war sie sich sicher, und das war sich auch die mit ihr reisende Freundin.

Gratuliere, Sonja Andersson! Der *Mirror* hatte in seinem Mittelteil die Überschrift *Muttermörder in Pornohauptstadt*. Du meine Güte! Matilda hörte Schritte und blickte auf.

»Ich dachte, Sie wären abgehauen.«

»Ich dachte, Sie würden mit einem Streifenwagen auf mich warten.«

Folly begrüßte Matilda stürmisch.

»Ich habe ihr eine Zulassung gekauft«, sagte sie, schamrot im Gesicht.

»*Sie* vertraut uns.«

»Hm, beschämt uns.«

»Irgendwas in den Zeitungen?«

»Ja, man hat Ihren Wagen in Harwich gefunden, und Sie sind von Passagieren auf der Fähre nach Dänemark gesehen worden. Wie finden Sie das?«

»Meinen Wagen? Wo?«

»Wenn Sie die Schlüssel drin gelassen haben, hat ihn jemand geklaut.«

»Das ist sehr hilfreich.«

»Hier: *Muttermörder in der Pornohauptstadt*. Das ist hilfreich. Nichts in den Zeitungen, außer im *Express* und im *Mirror*. Ihre Geschichte ist ausgelutscht, zu Tode geritten.«

»Mag sein, aber die Polizei –«

»Die gibt nie auf, aber andere Dinge nehmen ihre Zeit in Anspruch. Sehen Sie mal, hier wird das Verschwinden einer jungen Frau gemeldet. Nackt. Nur ihre Fußstapfen im Sand, die landeinwärts, einen Berg hinauf, von ihren Kleidern und ihrem frischgebackenen Ehemann wegführen.«

»Aahh.«

»Und die hier. *Mann aß Hund wegen Wette. Mr. Hooper aus der Saxon Lane in Hertford tötete den Cockerspaniel seiner Frau, häutete ihn, briet ihn in Butter und aß ihn mit Kapernsoße.* Sagt, er hätte ziemlich streng geschmeckt.«

»Das britische Publikum wird so was nicht mögen.«

»*Gestern abend befragt, sagte Mrs. Hooper: Ich lasse mich von ihm scheiden.* Natürlich muß sie das.«

»Das haben Sie erfunden.«

»Nein.« Matilda reichte Hugh die Zeitung. »Könnten Sie 'n bißchen Brot und Käse und Salat vertragen? Ich esse normalerweise nicht viel zu Mittag.«

»Wenn ich mich von der Geschichte mit dem gebratenen Hund erholt habe.«

»Nicht schlimmer als Muttermord. Ich hole einen Kopf Salat.« Sie blieb in der Tür stehen, das Gesicht im Schatten. »Übrigens, warum haben Sie es getan?«

Hugh wurde rot. »Ich erzähl's Ihnen irgendwann, nicht jetzt.« Er bückte sich verlegen und streichelte Folly an den Ohren.

»Wie Sie wollen.«

»Und Sie können mir erzählen, warum Sie wirklich Ihr Picknick geplant haben.«

»Klar – aber auch nicht jetzt.«

Beide schreckten sie zurück vor ihrer Furcht und ihrem Entsetzen, ihrem Schmerz und ihrer Reue.

Wir haben eine ganze Menge gemeinsam, dachte Matilda bitter, während sie einen Salatkopf auswählte, Winterzwiebeln und Radieschen aus der Erde zog.

»Wie groß sind Sie?«

»Warum?«

»Kleider.«

»Oh, einssechsundachtzig oder -achtundachtzig, wenn ich mich gerade halte.«

»Wenn Sie mit Essen fertig sind, kommen Sie am besten mal nach oben und ziehen sich um. Und ich verbrenne Ihre Sachen.«

»Warum denn? So entsetzlich dreckig bin ich doch nicht.«

»Es ist nicht der Dreck, es ist Ihr Steckbrief. Ganz England, um nicht zu sagen, ganz Europa weiß, daß Sie blaue Socken anhaben, Wildlederschuhe, rehbraune Cordhosen, ein kariertes Hemd, rot-weiß, einen roten Schal um den Hals, und daß Sie Ihre Uhr am rechten Handgelenk tragen.«

»Wie exakt.« Hugh nahm seine Uhr ab. »Man sieht den Sonnenstreifen.«

»Wir schmieren Schuhcreme drauf. Kommen Sie.«

Als Matilda Toms Kleider berührte, fühlte sie sich einsam. Vor einem Jahr hätte sie seinen Schrank oder seine Kommode ohne hysterische Würgeanfälle nicht aufmachen können. Jetzt nahm sie ein weißes T-Shirt heraus, einen blauen Pullover, Unterhosen, Jeans und reichte sie Hugh. »Probieren Sie mal seine Schuhe wegen der Größe.« Sie zeigte auf eine Reihe Schuhe. »Geben Sie mir Ihre Sachen.«

Hugh zog sich um, warf seine Kleider auf den Boden, während Matilda am Fenster stand und hinaussah.

»Wie sehe ich aus?«

»Verändert.« Sie betrachtete ihn eingehend. »Tom hatte sehr dunkle Haare. Er war dünn wie Sie.«

»Ich glaube, ich habe auf der Flucht abgenommen.«

»Bestimmt. Hier ist seine Uhr. Machen Sie sie um. Es ist

eine billige Ingersoll, geht wie ein Panzer und zeigt das Datum an.« Sie schnallte sie ihm um das linke Handgelenk.

»Was sollen wir mit meiner machen?«

»Ich lege sie in die Schale in der Diele. Da liegen lauter unnütze Sachen drin, alles mögliche Kleinzeug und kaputte Dinge. Wir verstecken sie direkt vor der Nase der ganzen Welt.«

»Wieviel Nase steckt die ganze Welt denn zu Ihrer Tür rein?«

»Sehr wenig. Gegen einen gelegentlichen Besucher kann ich nichts machen. Niemand kommt regelmäßig. Tom und ich haben uns die Leute vom Hals gehalten. Sie haben kapiert und uns in Ruhe gelassen.«

»Und als er starb?«

»Man muß die Leute nicht ermutigen. Zur Beerdigung kommen sie alle, dann lassen sie einen in Frieden.«

»Die Kinder?«

»Sie haben Ehegatten oder Geliebte. Aus Pflichtgefühl sind sie ein-, zweimal gekommen. Ich merkte, daß mein Kummer ihnen auf die Nerven ging. Von Müttern erwartet man nicht, daß sie in die Väter verliebt sind – das hat was Unanständiges. Ihrerseits beten sie Liebe und Sex an, aber für Eltern ist das unnatürlich.«

»Ich verstehe.«

»Wirklich?«

»Nun, ja, doch. Ich bin nicht Ihr Sohn.«

»Das könnten Sie sein, wenn –«

»Nur wenn Sie schon als Kind geheiratet hätten.«

»Sie schmeicheln mir. Tatsächlich haben Tom und ich nie aufgehört, uns vor den Kindern zu kabbeln, deshalb hielten sie meine Trauer für Heuchelei.«

»Streitigkeiten sind oft ein Zeichen von Liebe.«

»Erzählen Sie das mal Louise, Mark, Anabel und Claud.« Matilda hob Hughs abgelegte Kleider auf. »Irgendwelche passenden Schuhe gefunden?«

»Die Turnschuhe hier sind okay, aber meine Füße sind größer als seine.«
»Vielleicht ist es ungefährlich, wenn wir Ihre aufheben.«
Sie war sich unschlüssig.
»Sind ein sehr verbreitetes Fabrikat.«
»Na dann, in Ordnung.«
In der Küche zerschnitt Matilda die abgelegten Kleider und steckte die Fetzen in den Rayburn. Hugh saß da und betrachtete ihr Profil, während sie arbeitete. Worauf habe ich mich da eingelassen? überlegte er. Er versuchte sie unter den Frauen seiner Umgebung einzuordnen und scheiterte.
In der Nachmittagssonne flimmerte der Garten vor Hitze.
»Ich muß mein Gemüse sprengen. Es hat nicht geregnet.«
»Ich helfe Ihnen.«
»Sie könnten gesehen werden.«
»Könnte ich denn kein Besucher sein?«
»Ich habe normalerweise keine Besucher.«
Matilda warf den letzten Socken in den Rayburn und lehnte sich zurück, die Hände im Schoß gefaltet, schweigend.
Die Leute schrecken wirklich vor leicht bekloppten Menschen zurück, dachte Hugh. Sie wissen nicht, was sie sagen sollen. Wenn sie harmlos sind, lassen sie sie in Ruhe. Als er sah, wie ihre Lider langsam herabsanken, fragte er sich, ob sie auch im Sitzen schnarchen würde.
Sie saßen zwanglos beisammen, beide müde von den Aufregungen der vergangenen Tage.
Folly war es, die die Schritte hörte und als erste die Ohren spitzte und von Hugh zu Matilda sah. Hugh horchte. Es kam jemand – ein Kind auf bloßen Füßen? Schritte näherten sich ziemlich langsam vom Gehölz her. War es eine Täuschung? Jemand, der sie ausspionierte? Wer immer es auch war, er kam beharrlich näher. Folly knurrte. Hugh erhob sich halb, dann setzte er sich wieder hin. Zur Flurtür war ihm der Weg durch Matilda versperrt, und vom Garten her konnte er durch die offene Tür gesehen werden. Die Schritte waren jetzt auf den Steinfliesen zu hören. Matildas Kopf fuhr mit

einem Ruck in die Höhe. Sie schrie auf, rannte zur Tür. Die Schritte hielten an.

»Gus!« Matilda stürzte nach draußen, ließ sich in einer vogelartigen Bewegung herab. Ihre Arme und Gus' flatternde Flügel bildeten Muster im Sonnenlicht. Gus hob stolz seinen Kopf, trompetete laut, dann legte er ihn Matilda in den Schoß. Sie schloß ihn in die Arme.

»Gus, o Gus! Wie bist du hergekommen? O Gus, es sind doch mehr als zehn Kilometer – deine Füße –« Sie streichelte ihm den Hals, den Rücken, die Brust. Sie untersuchte jeden Fuß. »Du Held!«

Hugh brachte eine Schüssel Wasser. Der Gänserich tauchte den Schnabel hinein, hob ihn in die Höhe und blickte mit einem wütenden blauen Auge Hugh an.

»Es ist in Ordnung, Gus, er ist ein Freund.« Gus schnappte rasch nach Hughs Handgelenk und pickte mit dem Schnabel nach Folly, die sich ins Haus zurückzog, den Schwanz zwischen den Beinen. »Sie ist eine Freundin. O Gus, ich habe dich betrogen.« Matilda setzte sich unelegant auf den Boden, die Beine gespreizt, der Rock rutschte hoch. Gus machte kehlige Laute, schlängelte seinen gekrümmten Hals gegen ihre Kehle, nibbelte an ihren Ohren, zupfte an ihren Haaren.

»Er hat eine furchtbare Bescherung auf Ihrem Rock gemacht.«

»Das ist Liebe.«

»Läßt es sich auswaschen?«

»Es macht doch nichts. Es ist wunderbar, daß du wieder hier bist. Wir brauchen dich.« Sie blickte zu Hugh hoch, der lächelte. »Wir brauchen ihn, damit er uns vor neugierigen Blicken schützt. Vor Mr. Hicks zum Beispiel.«

»Wer ist das?«

»Der Postvorsteher. Er ist eine neugierige Nervensäge, gefährlich.«

Hugh bemerkte, daß Matilda »wir« gesagt hatte.

9

Hugh beobachtete Matilda mit Gus und fragte sich, ob sie so schön seien wie Leda und der Schwan. Diese moderne Version rührte ihn. Matilda mit nackten Beinen, in einem zerknitterten Kleid, die den Vogel streichelte, ihre Hand, die vom Kopf bis zur Brust an seinem Hals herabglitt, während ihr das weiße Haar nach vorn über den Kopf fiel und Gus an ihren Ohren nibbelte. Ab und zu hielt der Vogel in seinen Liebkosungen inne, um Hugh anzustarren und zu zischen.

»In der Spülküche ist etwas Mais. Könnten Sie den holen?«

Hugh brachte ihn und hielt dem Vogel eine Handvoll hin. Gus schnappte nach seinem Zeigefinger und nahm ihn in einen schmerzhaften Griff. Hugh hielt seine Hand still. Gus ließ nicht locker, und Hugh wartete. Nach einer Weile ließ der Vogel los und begann zu fressen. Matilda beobachtete, wie das Blut in Hughs Finger zurückkehrte.

»Das macht er nicht noch einmal.«

»Das hoffe ich, einmal reicht.«

»Er wird Folly terrorisieren.«

»Ich denke, sie wird damit fertigwerden. Sie ist nicht sehr mutig, im Wald hat ihr ein Kaninchen angst gemacht.«

»Wir werden sehen.«

Im Zimmer hinter ihnen saß Folly ängstlich auf dem Stuhl neben dem Rayburn.

»Ich glaube, er wird sie ignorieren.«

»Sie wird ihm aus dem Weg gehen.«

»Hat er denn keinen neuen Besitzer?«
»O Gott!« Matilda setzte sich auf. »Er wird herkommen und mir erzählen, daß Gus verschwunden ist.«
»Vielleicht ruft er an. Können Sie nicht vorher anrufen?«
»Ja.« Matilda untersuchte Gus' Füße. »Er scheint keine wunden Füße zu haben.«
»Könnte er geflogen sein?«
»Nicht gerade der beste Flieger der Welt. Er kann fliegen, aber er tut's nicht.«
»Der Fluß?«
»Der kommt nirgendwo nahe ran – o ja, doch, er kommt vom Stausee herunter, und Gus war auf dem Bauernhof auf der anderen Seite. Das muß es sein. Du kluger, kluger Gus.«
»Und dann schwamm und paddelte Wulle-wulle den ganzen Weg heim –«
»Ich weiß, ich bin sentimental.« Matilda stand auf und besah sich die Gänsekacke auf ihrem Kleid. »Furchtbar schwierig, den Fleck rauszubekommen. Zum Glück ist das Kleid alt. Ich rufe an.«

Hugh horchte, als sie ins Haus ging. Er hörte sie wählen. Die Wählscheibe sirrte sechsmal. Nicht 999, nicht die Polizei. Als der Ganter den Mais aufgefressen hatte, begann er sich zu putzen. Drinnen sprach Matilda. Kurz darauf wurde der Hörer auf die Gabel geknallt. Hugh wartete. Der Gänserich beendete die Säuberung, schmiegte den Kopf gegen seinen Rücken und ließ sich auf dem Weg nieder.

Hugh sah auf die Uhr an seinem linken Handgelenk. Vor vierundzwanzig Stunden war er aus dem Zug gestiegen und mit einem Bus zum Hafen gefahren.

»Woran denken Sie?« Matilda setzte sich neben ihn.
»Was hat der Mann gesagt?«
»Er sagte, Gus war ein Reinfall, hat seine Gänse angegriffen und eine getötet. Der *war* vielleicht wütend, sagte, Gus sei kein Ganter, sinnlos für ihn, und ich soll einen Scheck für den Schaden schicken! Ich habe gesagt, das täte ich, und er könne mich am Arsch lecken.«

»Wären nicht geeignet für den Frauenverband.«
»Hab' ich Ihnen doch gesagt.«
»Kein sehr erfolgreicher Treuebruch.«
»Nein. Was haben Sie gerade gedacht?«
»Wie's mir vor vierundzwanzig Stunden ging.«
»Erzählen Sie.«
»Seit ich meine Mutter getötet hatte, war ich auf den Beinen. Ich dachte, ich könnt's vielleicht nach Frankreich schaffen, könnte vielleicht jemanden mit einem Boot finden, der mich rüberbrächte. Das war's, woran ich zuerst gedacht hatte. Dann fand ich, es sei alles zu albern. Ich würde bis zum Dunkelwerden warten und mich mit der Ebbe raustreiben lassen. Die Polizei war überhaupt keine Hilfe.« Hugh lachte. »Ich habe entdeckt, wie man in diesem Land erfolgreich wegläuft.«
»Wie?«
»Als erstes muß es einem egal sein, ob man geschnappt wird oder nicht. Man darf nie rennen. Man fragt nach dem Weg, wenn möglich einen Polizisten. Er wird's Ihnen bereitwillig sagen. Einmal bin ich sogar in ein Polizeirevier hineingegangen und habe neben meinem Steckbrief gestanden und nach dem Weg zum Busbahnhof gefragt. Sie haben mich in einem Streifenwagen hingebracht.«
»Wo war das?«
»Salisbury, glaube ich. Wenn man rennt, wird man gejagt. Wenn man unbekümmert herumschlendert, schert sich niemand um einen.«
»Sie hatten einfach Glück.«
»Nein. Am dichtesten dran, geschnappt zu werden, war ich erst, als Sie anfingen, mir zu helfen.«
»Danke.«
»Ich danke. Aber jetzt will ich nicht mehr geschnappt werden. Ich fürchte mich zu Tode.«
»Oh.«
»Unentwegt denke ich, Sie werden die Polizei holen. Als Sie ins Dorf gegangen sind, dachte ich, da würden Sie sie ho-

len, und sie würde auf mich warten, wenn ich aus dem Wald zurückkäme. Gerade eben habe ich gedacht, Sie könnten vielleicht 999 und nicht den Gänsemann anrufen. Tut mir leid.«

»Muß Ihnen nicht leid tun. Ich bin eine notorische Treuebrecherin.«

»Nicht wirklich.«

»Zur Hälfte bin ich's. Ich hoffte, Sie wären verschwunden und hätten Folly mitgenommen, als ich aus dem Dorf zurückkam. Ich dachte, wenn Sie einen Hund bei sich hätten, wäre das eine großartige Tarnung. Ich wollte nicht mit hineingezogen werden, und dann –«

»Dann?«

»Dann dachte ich, ich möchte mit hineingezogen werden, es macht Spaß.«

»Spaß? Wem?«

»Mir. Ich habe jahrelang keinen Spaß mehr gehabt.«

»Ich habe überlegt, ob Sie verrückt sind.«

»Wechseljahre?«

»Ja.«

»Keine Spur – gräßliche Bezeichnung – aber sie paßt, das stimmt. Es macht Spaß, schauen wir, daß es auch ein gelungener Spaß wird!«

»Einem Mörder Unterschlupf zu gewähren ist eine strafbare Handlung. Seien Sie nicht leichtfertig.«

»Seien Sie nicht so konventionell. Die Leute sind konventionell, wir kommen nicht ohne sie aus. In Ihrem Fall und in meinem Leben habe ich keinen Platz dafür.«

»Oh.«

»Wenn Sie selbst zur Polizei gehen oder sich ins Meer stürzen wollen –« Matilda wurde wütend und errötete.

»Und was werden Sie tun?«

»Gus töten, Folly töten lassen, darauf warten, daß die Flut die richtige Höhe hat, und hinausschwimmen, wie ich's geplant hatte.«

»So verzweifelt.«

»Wir sind beide gleich verzweifelt. Ihre Verzweiflung könnte meine entwerten, das ist alles.«
»Das ist jetzt Erpressung.«
»Wenn Sie's so nennen wollen.«
Sie starrten sich entsetzt an.
»Wir gehen ein bißchen dicht an die Grenze des Erträglichen«, murmelte Hugh.
Matilda nickte.
Die Hündin, die ihre Erregung spürte, war von der Geborgenheit des Stuhles nach unten gehüpft und saß zwischen ihnen, wobei sie es fertigbrachte, ihre dürren Rippen gegen alle beide zu drücken. Sie zitterte leicht, den Blick auf Gus gerichtet, hatte aber mehr Angst, Hugh und Matilda zu verlieren.
»Ist ja alles gut.« Hugh streichelte Folly den Kopf »Brauchst dir keine Sorgen zu machen.«
»Tut mir leid, daß ich so nervös bin.« Matilda war zerknirscht. »Es liegt an Mr. Hicks. Dieser Mann hat etwas sehr Unerfreuliches an sich. Vielleicht hat Anabel doch nicht gelogen.«
»Worum ging's?«
»Sie hat gesagt, er habe ihr vor Jahren mal unter den Rock gefaßt. Wir wollten ihr nicht glauben, aber ich weiß nicht. Er hat den Kindern Angst eingejagt. Heute hat er mir bange gemacht. Er linst durch entsetzlich dicke Brillengläser.« Matilda erschauerte. »Ich kriege am ganzen Körper Gänsehaut. Du bist nicht gemeint, Gus, du nicht.« Sie blickte zu Gus hinüber, der sich zum Schlafen klein gemacht hatte. »Der grauenhafte Mr. Hicks stand ganz oben auf Louises und Anabels Liste.«
»Was für eine Liste?«
»Als sie ungefähr fünfzehn und elf waren, interessierten sie sich mächtig für die Bevölkerungsexplosion. Etwa zu der Zeit trat Louise in die Konservative Partei ein. Sie hängten ein großes Blatt Papier an die Wand neben der Uhr und trugen Leute ein, die beseitigt werden sollten. Mr. Hicks stand auf

der Liste ganz oben. Ziemlich bald gingen ihnen wirklich lebende Leute aus, oder sie änderten ihre Meinung und ließen sie weiterleben, aber Mr. Hicks und Charles Manson blieben. Es wurde ein bißchen makaber. Und ich erhob Einwände dagegen.«

»Kleine Mädchen?«

»Kleine Mädchen, ja, aber ich stellte fest, daß Tom oft mit ihnen einer Meinung war. Sie wechselten von einzelnen Leuten zu Menschengruppen über. Die Liste enthielt Spastiker, Leprakranke, Leute mit Gehirnschäden. Claud schrieb drauf: alle, die einer Gehirnwäsche unterzogen wurden, und Louise begann mit der Liste von neuem – die Uralten, alle Behinderten, alle Kommunisten. Dann fand Anabel Berlinguer plötzlich ziemlich toll und spielte nicht mehr mit. Louise nahm die Liste mit nach oben in ihr Zimmer und machte allein weiter. Eine Welt ohne schwache oder unvollkommene Menschen ist, denkt sie, und das denkt sie immer noch, eine bessere Welt. Sie ist eine Faschistin, meine Tochter.«

»Und die von Ihrem Tom.«

»Ja, natürlich. Na schön.« Matilda schüttelte sich. »Louise ist einer der Gründe für mein Picknick. Es wäre unerträglich, wenn ich von Louise umsorgt werden müßte, egal, wie recht sie hat mit Mr. Hicks.«

»Haben Sie eine tödliche Krankheit?« Die Erwähnung des Picknicks ließ Hugh diesen Grund vermuten.

»Haben wir die nicht alle?« An der Haltung ihres Kinns sah er, daß er keine andere Antwort bekommen würde.

10

Am Abend ging ein Gewitter nieder, das das Problem löste, den Garten sprengen zu müssen. Wolken zogen sich gegen sechs Uhr zusammen, als Hugh und Matilda sich im Fernsehen die Nachrichten ansahen.

Das Pfund war schwach – die Bank von England hatte interveniert.
Das Treffen in Brüssel –
Die EG –
Unruhen in Spanien, Äthiopien, im Nahen Osten, in Afrika –
Kambodscha –
China –
Studenten –
Das Erdbeben in Zentralasien –
Die CIA –
Unser Korrespondent in Beirut berichtet, daß Moslems und Christen –
Mr. X, der Flitterwöchner aus Perranporth, hat der Polizei mitgeteilt, daß –
Mrs. Y, Eigentümerin des von ihrem Gatten verzehrten Hundes, wurde heute morgen von der Polizei festgenommen und soll der schweren Körperverletzung angeklagt werden –
Unser Korrespondent in Kapstadt berichtet, Hugh Warner, der Muttermörder, ist von einer engen Freundin von ihm, Mrs. Vivian Briggs, beim Pferderennen gesehen worden –

In diesem Moment ging der Fernseher aus, Blitze zuckten, gefolgt von einem krachenden Donner.

Matilda stand auf und knipste an einem Lichtschalter. »Stromausfall«, sagte sie und nahm das Telefon ab. »Das ist auch tot. Wer ist denn diese enge Freundin, Mrs. Vivian Soundso?«

»Ich habe keine Ahnung.«

Der Regen kam in tosenden Sturzbächen herunter. Vor der Küchentür trompetete Gus, der sich den Elementen trotzig widersetzte. Folly kroch unters Küchenbüfett.

Matilda lief im Haus herum und schloß alle Fenster, sperrte den Regen aus, der, nachdem er so lange auf sich hatte warten lassen, voll Bosheit herabprasselte. Donner krachten über dem Haus, grollten und brachen dann gleichzeitig mit dem Blitz los. Sie suchte Kerzen, um in der Küche Licht zu machen. Hugh zog die Vorhänge zu. Gus stand auf der Schwelle, und Matilda ließ ihn in die Spülküche und schloß die Tür zum Garten. Hugh zündete die Kerzen an.

Matilda stand mit dem Rücken zum Herd, die Arme verschränkt und um sich geschlungen, das Kleid mit Gänsedreck beschmiert, barfüßig. Abwechselnd wärmte sie die Füße am Herd, stand wie ein Vogel auf einem Bein. Ihr Haar war zu einem Hahnenkamm nach oben geschoben. Sie sieht aus, dachte er, wie das Polackenhuhn auf einem Stich, den ich mal gekauft habe.

Als das Gewitter etwas weitergezogen war, fragte Matilda noch einmal: »Mrs. Vivian Wie-hieß-sie-noch?«

Hugh schüttelte den Kopf. »Keine Ahnung.«

Irgendeine Freundin vom letzten Jahr, dachte Matilda. Irgendeine Frau, der es Spaß gemacht hat, auf einer Party zu sagen: »Oh, Hugh Warner – den kenne ich natürlich gut –«, um mit dem Fallenlassen zweifelhafter Namen die Aufmerksamkeit auf sich zu lenken. Anabel tat so was gern. Matilda ließ ihre Gedanken kurz bei ihrer Tochter verweilen und fand, auf sie war kein Verlaß. Anabel bettelte um Aufmerksamkeit, das hatte sie immer schon getan, und auch Louise tat es, aber ihr wurde mehr Aufmerksamkeit geschenkt, weil sie schöner war als ihre Schwester. Zwei schöne Töchter, zwei gutaussehende Söhne, dachte Matilda. Sie werden nichts von mir finden, worin sie herumschnüffeln können, keine Überraschungen. Sollen sie doch weitermachen mit ihren irrigen Ideen. Sie lächelte.

»Was ist komisch?«
»Ich habe an meine Kinder gedacht.«
»Spaßig?«
»Ich habe ihnen keine Geheimnisse hinterlassen, über die sie nachgrübeln könnten – habe meine Briefe verbrannt, alle Spuren verwischt. Ich hinterlasse ihnen nichts als eine leere Schlangenhaut.«
»Sie sehen aus wie ein Polackenhuhn.«
»Die sind heutzutage sehr selten.«
»Ja?« Hugh war entzückt, daß sie wußte, was ein Polackenhuhn ist.
»Ein weißer Federschopf, manchmal auch bekannt als Haubenhamburger.«
»Ausgestorben«, sagte Hugh und lachte.
»Wie ich.« Matilda lächelte. »Ich bin auch fast ausgestorben.«
»Wollen wir nicht 'ne Flasche Wein trinken? Das würde uns die Zeit vertreiben.«
»Okay.« Matilda ging mit einer Kerze zur Speisekammer. Hugh sah, wie sie sich bückte, als sie nach der Flasche griff, und dachte, daß sie für ihr Alter hübsche Beine, einen hübschen Hintern habe. Er öffnete die Flasche, goß Wein ein. Matilda saß ihm gegenüber im Kerzenlicht. Über ihnen und überall in den Bergen dröhnte und rumpelte der Donner. Der Regen rieselte herab.

»Ich bin eine Gewohnheitslügnerin«, bemerkte Matilda im Plauderton. »Für mich ist es fast unmöglich, Dinge nicht auszuschmücken. Anabel ist genauso schlimm.«

Hugh nickte.

»Als ich sagte, Tom sei nach Paris gefahren, um sich mit

einer Freundin zu treffen, und Sie sagten, er hatte wohl eine Verabredung mit dem Tod, da dachte ich, das klingt so gut, ich lasse es dabei. Ich habe durch Unterlassung gelogen. In Wirklichkeit mag ich Paris nicht. Tom wußte, ich würde auf keinen Fall mit ihm dorthin fahren. Wenn er nach Paris wollte, fuhr er allein. Die Freunde, die er traf, waren seine Freunde, nicht meine. Weder Tom noch ich dachten, daß er dem Tod begegnen würde. Das stand überhaupt nicht in unseren Plänen. Er erlitt einen Herzanfall in der rue Jacob – fiel tot um.«

Hugh blieb stumm.

»Die Kinder waren alle erwachsen. Sie führten ihr Leben. Wir waren immer noch mit unserem beschäftigt, aber –« Matilda strich sich das Haar aus dem Gesicht, trank etwas Wein. Ein leiser Windzug brachte die Kerzen zum Flackern. Ihre Augen wirkten dunkel in ihren Höhlen. »Aber Tom und ich waren uns klar darüber, was kommen würde. Tom nannte es ›la dégringolade‹. Er konnte sich nicht wie ich dazu durchringen, es Verfall zu nennen. Sie haben ein erstauntes Gesicht gemacht, als ich von einem faltigen Hintern sprach. Egal, wie gesund und fit man ist, die Haut altert. Wir waren zusammen jung gewesen, hatten geliebt, gestritten, Kinder bekommen, Hochs und Tiefs erlebt, ein anstrengendes, unsicheres Leben geführt, aber kein langweiliges. Wir sprachen miteinander, Tom und ich. Wir beschlossen, als wir noch in den besten Jahren waren, es nicht zuzulassen, daß wir immer hinfälliger werden und in ein Alter kommen, in dem man von anderen abhängig ist, in dem die Kräfte nachlassen, man sich selber wiederholt und den Harn nicht mehr halten kann. Die Kinder versuchen ihr Möglichstes, dann stecken sie einen in ein Altersheim, wo einen nichts mehr erwartet als die Pflegestation. Das ist es, was wir beide gegen das Alter hatten, daß man nutzlose alte Leute am Leben erhält. Er und Louise machten sich einen Sport daraus: Wie viele Kinder könnten zu essen haben, wenn man alten Leuten zu sterben erlaubt? Millionen.«

Hugh sah zu, wie sie noch etwas Wein trank. Dann fuhr sie fort.

»Wir beschlossen, wir würden kein Chaos hinterlassen, nichts, worüber sich die Kinder streiten könnten. Wir würden keine Mitteilungen hinterlassen, wir würden nicht zulassen, daß sie uns kennenlernen, wenn wir mal tot sind. Unsere Kinder waren nicht daran interessiert, wie wir gelebt oder was wir gefühlt hatten, also unsere Briefe – als wir verliebt waren, schrieben wir uns viele Briefe, man tat das – die würden wir vernichten. Sollten sie sich jemals dafür interessieren, wird es zu spät sein, sagten wir uns.«

»Ziemlich gemein von Ihnen.«

»Finden Sie? So war das gar nicht gedacht, na ja, von ihm nicht. Tom war kein kleinlicher Mensch. Ich schon. Mir hätte es gefallen, wenn die Kinder an uns interessiert gewesen wären, aber sie interessierten sich nur für Louise, Mark, Anabel und Claud.«

»Sind sie interessante Menschen?«

»Für sich bestimmt.«

Hugh fürchtete, den Fluß der Erzählung unterbrochen zu haben, aber Matilda fuhr fort.

»Sex hatte sehr viel damit zu tun. Wir meinten, wenn Sex keinen Spaß mehr macht, nicht mehr lebensnotwendig ist, würden wir uns abseilen. Wichtig war für uns, zusammen zu verschwinden, die Sache richtig abzupassen. Der Tod mußte zu einer Zeit zu uns kommen, in der wir noch gut schliefen, ohne Verdauungsstörungen essen konnten, noch miteinander vögelten, in der wir, mit Muriel Sparks Worten, noch ›im Besitz unserer geistigen und körperlichen Fähigkeiten‹ waren.« Sie trank einen kleinen Schluck von ihrem Wein, wobei sie das Glas mit beiden Händen hielt, den Kopf erhoben, und auf den Donner horchte. »Wir waren nicht bereit, uns mit tödlichen Krankheiten abzufinden. Uns erschien es verantwortlich, das Leben im richtigen Augenblick zu beenden, zu gehen, solange noch Zeit ist.«

»Verantwortlich?«

»Ja. Sozial verantwortlich, so wie Geburtenkontrolle.«
»War das nicht eigennützig?«
»Bestimmt nicht. Wir wollten anderen Leuten Unannehmlichkeiten ersparen ebenso wie uns. Es war uneigennützig.«
»Ich verstehe, was Sie meinen.«
»Es gab noch anderes. Wir beschlossen, keinen neuen Hund und keine neue Katze mehr anzuschaffen, wenn unsere sterben würden.« Matilda warf einen irritierten Blick zu Folly hinüber, die mit dem Gesicht zum Rayburn saß, die Ohren gespitzt, lauschend. Sie seufzte und machte eine resignierte Handbewegung. »Und plötzlich starb Tom ohne mich, ehe wir bereit waren, als wir noch –«
»Noch?«
»Noch Spaß am Leben hatten. Wir waren noch nicht bereit. Damals hätte ich meine Tabletten schlucken, mich ranhalten sollen. Aber ich habe ihn hintergangen. Ich bin immer noch hier, verdammt noch mal.«
»Sie waren drauf und dran, es gestern abend zu versuchen.«
»Sie setzen mich herab, verhöhnen mich. Es war nicht bloß ein Versuch, es ging ums Letzte. Ich hatte mich ausgetilgt. Innerlich war ich so gut wie tot.«
»Okay. Und was ist mit Gus? Was ist mit diesem heldenhaften Gänserich, der zurückkommt und ein leeres Haus vorfindet?«
»Mir ist nie der Gedanke gekommen, daß er das tun würde.«
»Und es ist Ihnen und Tom nie der Gedanke gekommen, daß er in der rue Jacob tot umfallen könnte, nicht wahr? Ein feines Paar, muß ich sagen.« Hugh trank seinen Wein, füllte Matildas Glas nach.
»Sie sind abscheulich.«
»Und ich habe meine Mutter umgebracht.«
»Wie nahe geht Ihnen das?«
»Das ist schwer zu sagen.«

»Warum?«

»Sie war nicht besonders glücklich. Sie war nie mit irgendwas zufrieden. Sie war ein furchtsamer Mensch –«

»Na, sicher war sie das, mit Ihnen in der Nähe, der sie totschlagen wollte.«

»Nicht vor mir hat sie sich gefürchtet, es war –«

Aus der Spülküche ließ Gus ein lautes Trompeten erschallen. An der Tür machte es rat-tat-tat. Matilda fuchtelte zur Flurtür hinüber. Hugh ging in die Diele, wo er mit pochendem Herzen stehenblieb. Folly bellte gellend.

»Wer ist da?« rief Matilda.

»Nur ich, Mrs. Pollyput, nur ich. Wachtmeister Luce.«

Sie hat mich doch betrogen, dachte Hugh. Das raffinierte Weibsstück, hält mich am Reden, erzählt mir diese blöde Geschichte.

»Wollte bloß mal sehen, ob bei Ihnen alles in Ordnung ist, gibt unten im Tal einen Stromausfall.«

»Hier auch.« Matilda klang gelassen. »Kommen Sie rein. Möchten Sie 'n Kaffee?«

»Mächtige Stimme hat dieser Ganter. Er ist ein guter Wachhund.«

»Ja, das stimmt.«

»Ich sehe, Sie haben 'n neuen Hund.«

»Ja, hab' ihn heute angemeldet. Kaffee? Tee? Wein? Ich hole Ihnen ein Glas.«

»Nein, vielen Dank. Ich muß weiter. Wollte bloß sehen, ob hier alles in Ordnung ist, wo Sie doch hier ganz allein leben. Muß einsam sein.«

»Ich liebe es.«

»Hat man mir auch gesagt. Meiner Frau würde es nicht gefallen. Sie hält Sie für mutig.«

»Oder für verrückt.«

»Nein, nein, was für eine Idee –«

»Meine Kinder finden, ich bin durchgeknallt.«

»Tatsächlich? Na, es ist doch Ihre Sache, ob's Ihnen zusagt, oder?«

»Ja.«
»Hübsches Hündchen. Ist ja noch ein Welpe.«
»Könnte sein. Ich hab' mir aber zur Sicherheit eine Zulassung besorgt.«
»Ist vernünftig.«
»Seitdem Sie mich mit dem unversteuerten Wagen geschnappt haben, habe ich immer Angst vor Ihnen.«
»Das war leider Pflicht. Es hat mir leid getan, daß ich's tun mußte, so kurz nach Mr. Pollyputs Tod.«
»Deswegen hatte ich's ja vergessen. Sicher, daß Sie nichts trinken wollen?«
»Nein danke, Mrs. Pollyput. Ich muß los. Ich wollte noch bei Mr. Jones vorbeigucken.«
»Er versteckt sich bestimmt unterm Bett.«
Der Wachtmeister lachte.
»Gute Nacht«, rief Matilda und beobachtete, wie der Polizist wieder in seinen Wagen stieg. Sie machte die Tür zu. »Sie können wieder rauskommen, er ist weg.«
Sie setzten sich wieder an den Tisch. Hugh füllte von neuem die Gläser. »Ich habe meines mit rausgenommen.« Er sah sie von der Seite an.
»Wie klug. Ich habe nicht daran gedacht. Ich habe ihm Wein angeboten.«
»Ich hab's gehört.«
»Wo waren wir stehengeblieben?«
»Sie haben mir von Ihrem wohldurchdachten Tod mit Tom nach Ihrem erfolgreichen gemeinsamen Liebesleben erzählt.«
»Das klingt sehr bissig.«
»Haben Sie ihn geliebt?«
»Natürlich habe ich ihn geliebt. Es hat nie einen anderen gegeben. Er war meine erste und einzige Liebe.« Beim Reden huschte kurz der Ausdruck von Verwirrung über ihr Gesicht.
»Was ist?«
»Etwas, an das ich mich nicht erinnern kann.«
»Ein anderer Mann?«

»Ich weiß nicht. Wie komisch. Wie merkwürdig. Warum denke ich denn plötzlich –«
»Was?«
»Irgendein Streit, eine Art Aufregung. Großer Gott, es fällt mir nicht mehr ein. Es muß etwas sein, was ich gehört oder gelesen habe. Nicht ich, eine von meinen Töchtern vielleicht oder eine Freundin. Etwas passierte auf einer Party in Bloomsbury. Nicht wichtig.«
Hugh glaubte ihr nicht.
»Wo haben Sie Tom kennengelernt?«
»Auf einer Party in Kensington.«
»Und Sie verliebten sich und lebten glücklich, bis daß der Tod euch schied.«
»Ja.«
Hugh kippte seinen Stuhl nach hinten und lachte. »Es ist einfach unglaublich.«
»Warum denn?« gab Matilda zurück. »Fragen Sie herum, fragen Sie unsere Freunde.«
»Nicht nötig«, sagte Hugh. »Es ist eine gute Geschichte, aber sie verfängt nicht bei mir.«
Matilda machte ein verständnisloses Gesicht.
»Ein Mensch wie Sie«, erklärte Hugh, »mit einer glücklichen Vergangenheit, nichts als schönen Erinnerungen geht nicht einfach ins Meer.«
»Ich hatte gedacht, es würde alles hübsch abrunden.« Matilda war jetzt sauer.
»Entweder«, sagte Hugh und behielt sie genau im Auge, »hatten Sie ein glückliches, oberflächliches Leben, in dem Sie sich sogar selbst was vorgemacht haben, oder es war Ihnen alles wurscht bis auf Ihre Tiere.«
»Was!« Matilda spuckte ihn fast an.
»Ich habe Sie mit Gus gesehen. Das ist echtes Gefühl. Und Sie versuchen, Folly nicht liebzugewinnen.«
»Das werde ich auch nicht.«
»Da haben Sie's. So leidenschaftlich.«
»Na ja, Tiere –« Matilda ließ den Satz in der Luft hängen.

»Tiere sind leichter zu lieben als Menschen. Tiere schenken einem ihr ganzes Herz, Tiere betrügen nicht. Soll ich fortfahren?«

»Nein. Ich denke, ich mache uns was zum Abendbrot.« Hugh sah ihr zu, wie sie in der Küche herumhuschte, den Tisch deckte, Gemüse vorbereitete, Knoblauch auf die Steaks rieb, mit der Mühle Pfeffer mahlte.

»Ich glaube, Ihr Tom hatte eine andere in Paris.« Hugh beobachtete die Hände, die die Pfeffermühle drehten.

»O nein.«

»Ich vermute, ja. Warum sagen wir uns nicht die Wahrheit? Wir sind uns in der Nähe des Todes begegnet, warum sagen wir nicht die Wahrheit so wie gute Katholiken auf dem Sterbebett?«

»Es wäre originell.« Sie stellte die Pfeffermühle weg.

»Also, er hatte eine andere in Paris?«

»Ja.«

»Sie hätten doch was unternehmen können – mit ihm mitfahren, das Mädchen ermorden. Ich vermute, sie war jünger als Sie.«

»Viel jünger.«

»Er hätte es überwunden. Haben Sie sie gekannt?«

»Ja. Ja. Ich glaubte es.«

»Und?«

»Ich habe mal jemanden ermordet.« Matilda blickte Hugh über den Tisch hinweg an. »Ich denke niemals dran. Es ging so schnell.«

»Und warum nicht das Mädchen in Paris?« Hugh fragte sich, ob diese verrückte Frau, die wie ein Vogel aussah, log.

»Man könnte niemals das eigene Kind töten.« Matildas Stimme war leise.

»War es Anabel?« Hugh fühlte Entsetzen.

»Louise.« Matilda legte die Steaks in den Grill.

»Ich dachte, sie sei glücklich verheiratet«, sagte Hugh töricht.

»Glücklich habe ich nie gesagt. Glücklich war sie nur, wenn sie mit ihrem Vater vögelte. Mögen Sie Ihr Steak blutig?«

»Blutig, ja bitte.« Er atmete tief ein.

»Und mögen Sie französischen Senf oder mehr Wahrheit zu Ihrem Steak?«

»Ich hätte gerne Senf und die Geschichte von dem Mord, den Sie begangen haben.«

»Na schön, wenn wir schon mal bei der Wahrheit sind. Sie ist nicht so interessant wie Inzest.«

»Aber länger her?«

»Viel länger, fast vergessen.«

11

Als das Telefon klingelte, nahm Matilda den Hörer ab und lauschte, während ihre Kiefer an einem Bissen arbeiteten. Auch Hugh horchte.

»Hallo?«
»Matilda, dein Telefon war nicht in Ordnung.«
»Es hat ein Gewitter gegeben. Was möchtest du, John?«
»Piers.«
»Hör zu, ich habe mein ganzes Leben lang nicht Piers zu dir gesagt. Was *soll* das denn?«
»Mein Name ist Piers. Nenne mich Piers.«
»Okay. Was möchtest du?«
»Ich muß verreisen. Ich möchte wissen, ob du nach London kommst.«
»Das könnte sein.« Sie schluckte das Stück Fleisch herunter und hielt den Hörer von ihrem Ohr weg. Hugh horchte auf die pedantische Stimme am anderen Ende.
»Entscheide dich.«
»Ich kann auch woanders wohnen.«
»Du wohnst doch immer hier. Ich würde dich gern sehen.«
»Das ist nett von dir, John.«
»Ärgere mich nicht. Wann kommst du?«
»Ich denke drüber nach. Ich lass' es dich wissen. Ich muß Vorkehrungen für die Tiere treffen.«
»Ich dachte, der Hund und die Katze wären tot.«

»Das sind sie auch. Sie hießen Stub und Prissy, John. Sie hatten Namen.«

»Also? Komm schon, Matty, laviere nicht so rum.«

»Ich werde nicht einmal den Versuch unternehmen, dich Piers zu nennen, wenn du Matty zu mir sagst.«

»Entschuldige, Matilda.«

»Ich lasse es dich wissen. Ich rufe an.« Sie lächelte. »Eine erwachsene Unterhaltung kann man das wohl eigentlich nicht nennen, oder? Überlege mal, was dich das kostet, Piers. Gute Nacht.« Sie legte den Hörer auf. »Ich kann Ihnen Ihr Geld holen, wenn Sie das wollen. Wie wäre das?« fragte sie Hugh.

»Wunderbar.«

»Sagen Sie mir, wo es ist?«

»Ja.«

»Mein Steak ist kalt. Verdammt noch mal! Ich gebe es Folde-rol.« Sie schnitt das Fleisch in kleine Stückchen.

»Sie wollten mir von Ihrem Mord erzählen.«

»Ja. Mag ja sein, damit begebe ich mich in Ihre Gewalt. John ›Piers‹ weiß darüber Bescheid.« Sie fütterte Folly mit den Steakstückchen, die jeden Happen behutsam entgegennahm.

»Wußte es Ihr Mann?«

»Nein, wenn ich's mir recht überlege, hat er's nicht gewußt. Wir haben nie darüber gesprochen. Nur John weiß es.«

»Was ist passiert?«

»Es war dieser grauenhafte Winter nach dem Krieg. Sie sind sicher zu jung, um sich daran zu erinnern.«

»Ja. Aber meine Mutter hat mir davon erzählt.«

»Ich war neunzehn, frisch verheiratet. Erste Liebe. Wunderbar. So herrlich, daß es schmerzte, jeder Nerv lag bloß vor Liebe. Wir hatten uns kopfüber in die Liebe, in die Ehe gestürzt. Es war phantastisch. Ich war mit Louise schwanger. Wir waren die einzigen Menschen auf der Welt. Dann kam ich dahinter, daß er diese Frau hatte. Sie war älter als er. Sie war alles, was ich nicht war. Gut gekleidet, belesen, weitgereist, kultiviert, gutaussehend, sexy, humorvoll, gebildet. Nie ließ sie jemanden los, den sie mal gehabt hatte. Wenn einer einmal ihr gehörte, gehörte er ihr für alle Ewigkeit. Sie quälte mich, stellte mich als naiv, unsicher, unerfahren, gefährlich hin. Tom lachte nur immer, sagte, sie spiele keine Rolle, habe nie eine gespielt, aber ich sah, es war noch immer etwas davon da. Wenn sie an der Leine zerrte, würde er zurückgehen. Ich sah, daß sie es mit anderen Männern so machte. Deren Freundinnen waren machtlos.« Matilda zeichnete mit ihrem Messer ein Kreuz auf einen Butterklecks. Sie schien weit weg.

»Was ist passiert?«

»Was? Oh! Ja, was passiert ist. London war dick verschneit. Ich versuchte, vom Marble Arch heim nach Chelsea zu kommen. Alle Busse waren voll. Ein Taxi bekam ich nicht. Es war dunkel, es herrschte starker Frost, es schneite, die Enten standen auf dem Eis herum. Der Schnee löschte alles aus. Ich lief durch den Park. Und als ich am Serpentine entlang in Richtung Knightsbridge-Kaserne ging, da war sie plötzlich da. Wir standen uns Nase an Nase im Schnee gegenüber. Sie lachte, als sie mich sah. Ihr Gesicht leuchtete erfreut auf. ›Das kleine Frauchen von meinem Tom‹, sagte sie. ›Läßt er Sie denn so allein ausgehen?‹«

Matilda legte ihr Besteck nebeneinander auf den Tisch und sah zu Hugh hinüber. »Das ärgerte mich.«

»Und?« Er musterte ihr Gesicht, während sie schwieg.

»Und ich knallte ihr eine.« Matilda war jetzt wieder dort, stand im Schnee neben dem Serpentine. »Ich schlug so fest zu, wie ich nur konnte. Sie war größer als ich. Sie glitt über den Uferrand aufs Eis, versuchte, das Gleichgewicht zu halten, schlidderte auf den Teich hinaus, dann knacks!, brach sie ein und verschwand.«

»Und was haben Sie getan?«

»Ich habe gewartet, daß sie wieder auftauchte, aber das tat sie nicht. Sie ist wohl seitwärts unters Eis geraten. Ich rannte den ganzen Weg bis zu John. Er wohnte damals nicht weit von der Sloane Street weg. Er war da, als ich gegen die Tür trommelte. Ich erzählte ihm, was ich getan hatte. Er war gerade nach Hause gekommen, schüttelte den Schnee von seiner Melone und schlug seinen Regenschirm aus. Ich erinnere mich deutlich daran. Er ist ein umständlicher alter Junggeselle, möchte jetzt, daß ich ihn Piers nenne. Es paßt zu ihm, seinem neuen Job. Er hofft, zum Ritter befördert zu werden. Sir Piers wäre imposanter als Sir John. Ich ziehe ihn damit auf.«

»Und was tat er?« Hugh unterdrückte das Verlangen, sie gegen das Schienbein zu treten.

»Oh. Er ließ mich Platz nehmen, gab mir einen großen Brandy, hörte sich an, was geschehen war, dann sagte er, ich sollte es Tom nicht erzählen, niemals. Er fragte mich, ob den Vorfall jemand beobachtet habe. Ich glaubte es nicht. Es schneite so stark, daß ich kaum ein paar Meter weit sehen konnte, ja ich hatte sie kaum durchs Eis einbrechen sehen, ich hatte es eigentlich nur gehört. Tja«, sie erhob sich, »das ist alles. John brachte mich in seinem Wagen heim zu Tom, sagte, er habe mich zufällig unterwegs getroffen. Tom freute sich, als er mich sah. Ich machte Abendbrot. Es waren Steaks, ich erinnere mich, Schwarzmarkt. Sie waren köstlich.«

Hugh ließ die Pause sich ausdehnen.

»Sicherlich.«

»Wann wurde sie gefunden?«

»Als es taute, Wochen später. Tom las es beim Frühstück in der Zeitung. Er sagte. ›Ach, sieh mal an, Old Duplex ist tot. Ertrunken im Serpentine gefunden.‹ Old Duplex war ihr Spitzname, ihr richtiger Name war Felicity.«

»Was haben Sie gesagt?«

»Das weiß ich nicht mehr. Ich weiß nur, daß es ihm ganz offensichtlich weder so noch so naheging, deshalb hatte ich kein schlechtes Gewissen.«

»Und Sir Piers?«

»Er ist verschlossen wie ein Grab. Er hat niemals das Gespräch darauf gebracht. Komischer Bursche.«

»War er in Sie verliebt?«
»John? Er ist zur Liebe nicht fähig. Er ist gefühlskalt.«
»Die Polizei?«
»John hielt den Mund, und ich vergaß das Ganze. Ich habe es bis heute niemandem erzählt.«
»Es ist eine sehr gute Geschichte.«
»Ja«, sagte Matilda liebenswürdig, »eine gute Geschichte. Sehen Sie, jeder kann einen Mord begehen. Es ist im Grunde reiner Zufall.« Sie merkte, daß Hugh ihr nicht glaubte oder unsicher war. »Sie sind sich meiner Wahrheitsliebe nicht sicher.«
»Teilweise. Es ist doch merkwürdig, warum Sie dieser Felicity allein im Hyde Park im Schnee begegnet sein sollten.«
»Eigentlich nicht. Sie ging mir immer nach, damit ich mich unbehaglich fühlte. Man wußte nie, wann oder wo sie auftauchte. Das machte sie auch mit anderen Frauen, deren Männer mit ihr geschlafen hatten. Es war ihr Hobby, uns ein Gefühl der Unsicherheit zu geben. John erzählte es mir. Ich erinnere mich jetzt, als er mir den Brandy gab, sagte er: ›Viele Mädchen werden glücklicher sein. Laß dich davon nicht ins Bockshorn jagen. Versprich's.‹ Das hatte ich vergessen. Ich versprach's ihm – und strich es vollkommen aus meinem Gedächtnis.«
»Können Sie so was? Dinge verdrängen?«
»Das muß man.« Matilda machte ein düsteres Gesicht. »Ich habe Louise verdrängt. Wie sonst hätte ich mit Tom weiterleben können? Er brauchte mich, ich brauchte ihn, und Louise –«
Ihre Stimme verstummte und ließ Louise in der Luft hängen. Sie stand auf und begann, den Tisch abzuräumen.
»Kommen Sie, wir trinken Kaffee, und Sie erzählen mir, wo Ihr Geld versteckt ist. Ich bleibe eine Nacht oder zwei bei John und hole es Ihnen. Ist es irgendwo, wo man schwer drankommt?«
»Nein, es liegt unter dem Teppich auf der Treppe zu meiner Wohnung.«

»So daß jeder drauf rumtrampeln kann?«
»Ja.« Hugh lächelte.
Matildas Lachen erschallte freudig. »Wie originell.«
»Mein Bruder hatte die Idee, etwas davon gehört ihm. Steuerhinterziehung.«
»Also, er —«
»Nein, das wird er nicht. Meine Mutter hatte gerade gehört, daß er in Guerillaland vermißt wird.«
»Tot?«
»Man hofft's um seinetwillen.«
»Oh, Guerillas/Gorillas. Ihre arme Mutter. Vielleicht habe ich recht, daß sie Glück gehabt hat. Hat sie ihn geliebt?«
»Er war ihr ganzes Leben.«
»Na, sehen Sie, Sie haben das Richtige getan.«
»Sie hätte mich mehr lieben können.«
»Zu großes Wagnis, glaube ich.« Er merkte, daß Matildas Gedanken in Gegenden schweiften, wohin er ihnen nicht folgen konnte. »Keine Wagnisse mehr für mich.« Ihr Gesicht war ausdruckslos. »Für mich das Bett. Ihre Zukunft können wir morgen planen. Ich rufe den zukünftigen Sir Piers an und sage ihm, daß ich komme.«
»Aber —«
»Für einen Tag haben wir genug gehabt.« Hugh beobachtete, wie sie sich die Treppe hochschleppte. Folly blieb bei ihm, bis auch er nach oben ging, und während er sich auszog, drehte sie sich auf dem Deckbett mehrere Male im Kreis, haspelte es mit ihren Pfoten zu einem Klumpen zusammen und wartete, daß auch er ins Bett kam. Er hielt sie fest an seine Brust gedrückt, streichelte ihr die seidenweichen Ohren und versuchte, nicht an Matildas Kummer zu denken. Der Hund seufzte und atmete ihm warme Luft gegen den Hals, während er schlaflos dalag und der Sommernacht lauschte. Er überlegte, ob Matilda an Gott glaubte, wie seine Mutter es von sich behauptet hatte, oder ob der Tod ihre einzige Gewißheit war, der einzige Ort, wo die Liebe nicht mehr sterben kann. Und liebte sie Louise, Mark, Anabel und Claud? Sie hatte ih-

ren Mann geliebt. Ihre Stimme veränderte sich, wenn sie den Namen Claud aussprach. Er würde diesen Dingen vielleicht auf den Grund gehen, wenn er Zeit dazu hätte. Blutsverwandtschaften waren immer für Überraschungen gut, wenn die Menschen unfähig waren, sich untereinander zu verständigen.

12

Als Hugh aufwachte, stand die Sonne am Himmel. Unter seinem Fenster hörte er den Gänserich schwatzen, Matilda antworten. Der Vogel stand auf dem Klinkerweg und sah Matilda zu, die an einer Reihe Spinat entlanghackte, ihre Bewegungen energisch, sparsam. Hugh zog sich Hose und Hemd an und öffnete die Tür zum Flur. Matildas Tür stand offen, das Bett nicht gemacht. Hugh warf noch einmal einen Blick in den Schrank, schob die Kleider auf der Stange auseinander, um zu sehen, wieviel Platz dahinter war. Befriedigt strich er in dem Zimmer herum und besah sich ihre Sachen: einen silbernen Spiegel, eine Bürste, wenige Döschen oder Fläschchen auf dem Frisiertisch. Er zog eine Schublade voller BHs und Nylonstrümpfe auf. Sich an die Gewohnheiten seiner Mutter erinnernd, guckte er im Nachttisch nach, fand, wonach er suchte, einen Stapel Fotos. Tom, groß, hübsch, schöne Augen, geschwungene Nase, etwas Fanatisches um den Mund, ein Mund, der Frau und Tochter geküßt hatte. Andere wirr durcheinander gemischte Fotos von Kindern, Hunden, Matilda mit den Kindern, Matilda mit einem jungen Hund im Arm, auf die Rückseite gekritzelt: »Stub – drei Monate.« Sie hielt das Tier mit größerer Hingabe umfaßt als ihre Kinder. Noch ein Schnappschuß – Tom mit Louise. Das Foto war zerknüllt und wieder glattgestrichen worden. Als er Matilda ins Haus kommen hörte, schloß er die Schublade, ging nach unten in die Küche.

»Gut geschlafen?« Sie sah frisch, gesund aus.

»Sehr gut, danke. Ich habe oben herumgetrödelt. Ich habe Sie im Garten gesehen.«

»Das ist die beste Zeit für die Arbeit. Ich mache Frühstück.«

»Haben Sie irgendwelche Fotos von Ihrer Familie?«

Matilda sah auf. »Sehen Sie mal in der Küchenschrankschublade nach. Auf der linken Seite liegt ein Umschlag, aufgenommen, ehe sie alle ausflogen.«

»Ausflogen?«

»Vögel verlassen das Nest. Es ist das beste so.«

Hugh zog die Schublade auf, fand den Umschlag. »Der hier?«

»Ja. Ich mache mir nicht viel aus Fotos. Es sind andere Dinge, die sie mir in Erinnerung bringen – Gerüche, Geräusche, Stoffe.«

»Clauds Kleider?«

Sie lachte. »Natürlich, seine Kleider. Das bin ich. Jünger.«

Eine jüngere Matilda blickte starr in die Kamera, das Haar war über ein Auge geweht. »Das ist Louise mit Pa.« Die Stimme klang ungerührt. Louise, groß, kokett, stand dicht, zu dicht bei ihrem Vater. »Anabel.«

»Oh, Anabel. Es ist ein bißchen unscharf.«

»Aber Stub und Prissy sind sehr gut getroffen.«

Anabel lag neben dem Hund und der Katze, die mit rätselhaften Augen aus der Ewigkeit herüberblickten. Noch eines von Anabel, ein besseres – man würde aus ihr nicht viel herausbekommen. Er legte das Foto weg und griff zum letzten. Zwei kokette Mädchen in Jeans, langes blondes Haar, lachende Augen, lange, schlanke Beine, das Mädchen auf der linken Seite so schön, daß sie einem vom Foto entgegensprang, so begehrenswert, daß sie ihn erregte.

»Das ist Claud – so ist er noch immer.«

»Mir verschlägt's die Sprache.«

»Das geht jedem so.«

»Kein Wunder, daß er den Mädchen Ärger gemacht hat.«

»Es gibt immer Ärger«, sagte Matilda.
»Sie lieben ihn am meisten.«
»Das stimmt.« Matilda nahm die Fotos und legte sie weg.
»Ja, das stimmt.«
Vor dem Haus trompetete Gus. Matilda winkte Hugh aus dem Zimmer.
»Sind Sie da, Mrs. Pollyput?«
»Ja.«
Hugh schlüpfte in die Diele.
»Post.«
»Oh, George, danke. Bestimmt nur Rechnungen.«
Hugh sah den Schatten eines Mannes, hörte Schritte.
»Sieht aus wie Clauds Schrift.«
»George, Sie sind ein Schlawiner. Möchten Sie eine Tasse Tee? Briefträger sollten nicht neugierig sein.«
»Würde nicht nein sagen.« Ein Stuhl kratzte über den Steinfußboden. Hugh wagte einen raschen Blick und unterdrückte mühsam ein Lachen. War das Clauds Briefträger? Großer Kopf, stämmige Schultern, rötlichbraunes, langsam schütter werdendes Haar, ein stumpfes, primitives Gesicht.
»Wie geht's Rosie?«
»Wieder trächtig.«
»George, seien Sie nicht geschmacklos.«
»Sie ist ein entsetzliches Weib, Mrs. Pollyput.«
»Halten Sie den Mund, George! Sie lieben sie. Sie sind sehr glücklich.«
»Wenn Sie meinen.« George klang mürrisch.
»Ja, das meine ich. Es ist Unsinn, so zu tun, als wenn's anders wär'.«
»Es ist einfach so, Mrs. Pollyput. Es hätte alles anders kommen können. Verheiratet fühle ich mich eingesperrt, wie jeder andere Mann auch. Nun sind's bald drei Kinder. Ich könnte – na ja, wenn ich diese Handschrift sehe, kommen mir einfach Gedanken, das ist alles.«
»Wenn Sie Clauds Handschrift sehen, sollten Sie Ihrem

Glück dankbar sein, daß Claud Sie verlassen hat. Gott weiß, was passiert wäre. Bleiben Sie bei Ihrem Leisten, George. Sie haben mal kurz am Schwefel geschnuppert – seien Sie dankbar für Rosie.«
»Sie haben recht. Ich denke wirklich, es war sein unglaublicher Zauber.«
»Er ist im Grunde nicht zauberhaft, er ist ein Clown. Hier auf dieser Postkarte schreibt er, er sitzt auf dem trockenen. Haben Sie sie gelesen? Ich wette, Sie haben's getan. Auf dem trockenen heißt, er ist schon wieder aus 'm Job rausgeflogen oder er hat sich mit seinem Freund verkracht.«
»Oh, Mrs. Pollyput.«
»Er ist Ihnen immer noch was schuldig, stimmt's? Wieviel?«
»Ist doch egal, Mrs. Pollyput. Tut mir leid, daß ich die Karte gelesen habe. Sie brachte einfach Erinnerungen in mir hoch.«
»Zischen Sie ab, George. Grüßen Sie Rosie von mir.«
Schritte verhallten, Gus trompetete, Matilda seufzte.
»Clauds Briefträger?« Sie sah Hugh an. »Ziemlich unansehnlich.«
»Er sucht sie sich um des Kontrasts willen aus. Entsetzlicher Junge.«
»Bezahlen Sie ja seine Schulden nicht.«
»Du liebe Güte, nein!« Wieder seufzte Matilda. »So. Nun wollen wir mal unseren Grips zusammennehmen, Listen und Zeitpläne machen, damit Sie wissen, wann Sie sich hier dünnemachen, wo Sie sich verstecken sollen und wann Sie sicher sind. Sie müssen weiter unsichtbar bleiben, bis Sie Ihr Geld haben und die Suche abgeflaut ist. Wenn Sie dann weiterziehen wollen, können Sie das tun.«
»Wenn Sie das wirklich meinen. Sagen Sie mir, wie Ihr Tag normalerweise aussieht. Ich kann mir das merken. Falls was unerwartet eintritt, kann ich improvisieren, aber ich mache mir Sorgen wegen irgendwelcher Folgen für Sie.«
»Ich habe Ihnen doch gesagt«, gab Matilda zurück, »daß es

mir Spaß macht. Sehen Sie nicht, daß Sie mir was zu tun gegeben haben? Ein bißchen Leben, Herrgott noch mal. Ich habe mich zu Tode gelangweilt.«

»Okay, okay, machen wir also eine Liste. Was von morgens bis abends passiert.«

Matilda stellte eine Liste auf, die mit dem Briefträger begann, der jeden Tag zur selben Zeit kam, wenn sie gerade mit ihrem Frühstück fertig war, so daß er ziemlich sicher sein konnte, daß er einen Tee angeboten bekam. »Das bin ich ihm schuldig. Claud hat sich sehr schlecht benommen.«

»War es die erste Liebe?«

»Für George ja. Clauds erste Liebe heißt Claud. Er kann nur sich selbst verletzen.«

»Und Ihre erste Liebe war Tom?«

»Ja.«

»Sind Sie sicher?«

»Natürlich bin ich das.« Matilda betonte es ganz besonders.

»Es muß andere vor ihm gegeben haben. Waren Sie als Kind nicht verliebt?«

»Nein.« Wieder diese Emphase.

Hugh wartete.

»Die Briefträger arbeiten im Turnus. Wenn George nicht an der Reihe ist, kommen sie, ehe ich auf bin. Ich bekomme sie nie zu Gesicht, also brauchen Sie sich über sie keine Sorgen zu machen.«

»Okay.«

»Die Milch kommt montags, mittwochs und freitags. Sie hören den Wagen, Gus trompetet, und Sie können sich den Blicken entziehen. Die Müllmänner kommen donnerstags vorbei. Man hört sie schon meilenweit. Das ist ungefähr alles. Meine Einkäufe erledige ich in der Stadt oder im Dorf.«

»Wo wir uns begegnet sind.«

»Ja.«

»Noch jemand?«

»Mr. Jones. Er ruft schon aus ziemlicher Entfernung. Er ist ängstlich wegen Gus. Wenn ich nicht antworte, geht er wieder.«
»Sicher?«
»Ja. Recht oft gebe ich keine Antwort. Er kann einem ziemlich auf die Nerven gehen.«
»Ihnen gegenüber zudringlich geworden?«
Matilda wurde rot. »Ich bin zu alt.« Sie begegnete Hughs Blick. »Na ja, er hat's getan, aber ich bin ihm ausgewichen. Man muß freundlich sein. Er ist im männlichen Klimakterium, sagt Claud. Und Louise sagt es auch.«
»Was für Nachbarn sonst?«
»Wenige. Sie winken, wenn sie vorbeigehen, rufen: ›Wie geht's?‹ oder: ›Schöner Tag heute.‹ Gus hält sie mir vom Hals. Niemand legt Wert darauf, gekniffen zu werden. Gus wird Sie warnen.«
»Wie steht's mit Bewegung für mich?«
»Daran habe ich nicht gedacht.«
»Ich werde nachts spazierengehen.«
»Das würde niemals funktionieren. Jeder würde es erfahren. Hunde würden bellen. Man würde Sie sehen.«
»Ich kann doch nicht eingesperrt leben. Ich würde verrückt werden.«
»Im Gefängnis wären Sie auch eingesperrt.«
Darauf stieg Hugh nicht ein. »Ich entscheide es einfach von Mal zu Mal«, sagte er.
»In Ordnung.« Matilda war einverstanden, dann, als ihr noch eine Gefahr einfiel, sagte sie: »Und gehen Sie nie, wirklich nie ans Telefon. Das wäre tödlich.«
»Rufen denn viele Leute an?«
»Nein, aber wenn ich nach London fahre und Ihr Geld hole, und Sie würden ans Telefon gehen, wüßte man, daß jemand hier im Haus ist.«
Hugh ödete dieses peinlich genaue Planen an.
»Angenommen, Sie machen genauso weiter, als ob ich nicht hier wäre – ich lasse mich einfach nicht blicken. Wenn

wirklich jemand kommt, sage ich, ich bin ein Freund von Claud oder so was.«

»Sie sind nicht sein Typ. Ich würde sagen: Mark, ein Freund von Mark.«

»Er hat einen vielseitigen Geschmack?« Hugh war erfreut, nicht das passende Fressen für Claud zu sein.

»Mark ist einwandfrei hetero.« Matilda lächelte. »Da gibt's kein Problem.«

»Ich dachte, dieser Mr. Jones füttert Gus für Sie, wenn Sie wegfahren –«

»Er denkt, ich habe ihn weggegeben.«

»Wird er's nicht rauskriegen?«

»Verdammt! Natürlich wird er das. Wenn ich wegfahre, müssen Sie ihm aus dem Weg gehen.«

»Ich denke, das werde ich schaffen. Was würden Sie jetzt gerade machen, wenn ich nicht hier wäre?«

Matilda sah auf die Küchenuhr. »Ich würde ins Dorf fahren, ein bißchen was einkaufen, heimkommen, eine Kleinigkeit essen, im Garten arbeiten, in der Sonne ein Nickerchen machen, ans Meer fahren, wenn es schön ist.«

»Warum tun Sie dann nicht genau das?«

»Weil Sie da sind.«

»Machen Sie sich um mich keine Gedanken. Ich komme schon klar. Ich bin doch nicht blöd. Sollten Sie nach London fahren, wäre ich Ihnen zutiefst dankbar. Ich schwöre, daß ich mich nicht blicken lasse. Warum fahren Sie nicht runter und machen Ihre Einkäufe – machen weiter wie üblich?«

Matilda guckte zweifelnd, dann willigte sie ein. Hugh sah ihr erleichtert nach, als sie den Weg hinunterfuhr, froh, das Haus für sich zu haben. Der Wirbel, den sie machte, war lästig und um so aufreizender, da er das Gefühl hatte, er müßte dankbar sein.

Er seufzte und machte sich daran, das Haus zu durchstöbern. Er mochte einfach nicht glauben, daß Matilda sich wirklich völlig ausgetilgt hatte. Es mußte Hinweise auf ihr Wesen geben, die sie unbewußt zurückgelassen hatte. Er erinnerte sich, wie er als Kind sein Zuhause erkundet hatte, an seine Entdeckungen unter den Besitztümern seiner Eltern. Der Gedanke an seine Mutter, hübsch, jung, ließ ihn innehalten. Sie hatte alt ausgesehen, als sie von dem Sofa aufblickte, wirklich alt. Die Erinnerung daran, wie sie dasaß, die Augen voller Entsetzen, befreite ihn von jedem Wunsch, Matilda auszuspionieren. Er würde es später tun, in besserer Stimmung. Er schlenderte zurück an den Fluß im Gehölz, Folly hinter ihm her. Wenn er nur lange genug ins Wasser starrte, würde er aufhören, die Hände seiner Mutter vor sich zu sehen, die losen Ringe an den alten Fingern. In seiner Kindheit hatten die Ringe stramm gesessen. Sie hatte fest daran gezogen, um sie abzubekommen. »Probier sie an deinem Daumen auf, mein Schatz«, hatte sie gesagt. »Probier sie an deinem Daumen auf.« Er sah auf seine Hände. Keiner dieser Ringe würde jetzt noch passen. Er saß da und beobachtete, wie das Wasser vorbeiströmte, der Hund neben ihm, gesellig, wachsam, den Blick starr auf eine schwarzgrüne Libelle geheftet, die über dem Wasser hin und her schwirrte.

Und dann schwamm Gus vorüber, stolz paddelnd.

»Gänsemörder«, rief Hugh dem Vogel zu. »Gänseschlächter.« Gus drehte kaum den Kopf und schwamm vorbei, um ein Stück weiter unten ans Land zu steigen und am Ufer Gras abzuweiden.

»Denkt, er ist ein Mensch«, sagte Hugh zu der Hündin. »Denkt, er wär' wie wir, frei, anderen das Leben zu nehmen.« Die Hündin blickte kurz zu ihm auf, dann rollte sie sich ein, gegen seinen Schenkel geschmiegt, die Nase unter ihrem Schwanz, und die Wärme ihres Körpers war tröstlich.

Gus beendete das Grasen, überquerte den Fluß und watschelte zum Haus zurück, an Hugh vorbei, der ihn trompeten hörte, als ein Auto auf dem Weg vorbeifuhr.

Der Ganter ließ ein anderes Geschrei ertönen, als Matilda zurückkam. Hugh hörte ihre zur Begrüßung erhobene Stimme. Von der Hündin gefolgt, ging er ihr entgegen.

»Ich habe für Sie Vorräte eingekauft für die Zeit, wenn Sie allein sind. Dosen und Trockennahrung. Damit Sie nicht einkaufen müssen. Ich werde nicht lange weg sein. Meinen Sie, Sie kommen mit kaltem Essen aus?«
»Aber ja.«
»Wenn Sie Feuer machen, sieht man im Dorf den Rauch, und wenn ich weg bin, könnte jemand kommen und nachsehen.«
»Ich komme schon klar.«
»Es ist ziemlich öde, aber –«
»Weniger öde als im Kittchen.«
»Das ist wahr. Ach, nebenbei, Mr. Jones – der sieht Ufos.«
»Was?«
»Ufos. Er hat's aufgegeben, es der Polizei zu melden, weil sie drüber lachen, aber mir erzählt er's noch. Es ist halt möglich, daß er dann plötzlich aufkreuzt –«
»Und was machen Sie dann?«
»Ich tue so, als würde es mich interessieren. Tom hat's auch so gemacht. Er hat sich's immer angehört; der Preis für eine gute Nachbarschaft.«
»Verstecke ich mich?«
»Er kann lautlos auf nackten Sohlen erscheinen. Es ist gefährlich. Selbst Gus hat ihn gelegentlich überhört.«
»Das Risiko muß ich eingehen.«
»Ja.«
Gus trompetete. »Telefon.« Matilda lief, um es abzunehmen.
»Hallo? Oh, Liebling!« – ein freudiger Begrüßungsschrei. »Wie schön, deine Stimme zu hören. Wo bist du? In England... für wie lange? Oh... bekomme ich dich zu sehen? Oh, ich verstehe... ja, natürlich... zuviel zu tun... nein, nein, natürlich mußt du... ja... nein... wirklich?... na, viel Glück, hört sich nach 'ner glänzenden Idee an, auch vollkommen anständig... was?... ich habe gesagt, auch vollkommen anständig... muß mich beeilen... Wiedersehen.« Er hörte das Telefon ping! machen, als sie ausleg-

te. Mehrere Minuten vergingen, ehe sie wieder nach draußen kam.

»Das war Claud.«

»Zu beschäftigt, um zu Ihnen zu kommen?«

»Ja. Er ist auf ganz was Neues verfallen. Sieht Claud wieder mal ähnlich. Die Idee ist glänzend. Ich hoffe, sie bringt ihm jede Menge Kies.«

»Genau so habe ich mit meiner Mutter gesprochen.« Hugh beobachtete sie.

»Ich auch, aber ich habe meine gehaßt, und sie mich, wogegen Claud –«

»Zu beschäftigt ist.«

»Ich mußte schnell machen, um als erste aufzulegen.«

»Ich hab's bemerkt.«

»Früher habe ich das Gespräch in die Länge gezogen, bis er sagte: ›Ich muß jetzt weg, Mama.‹ Ich habe gelernt. Ich habe gelernt, die erste zu sein, die auflegt.« Sie sah Hugh anerkennungheischend von der Seite an. »Man lernt nur schwer, anderen nicht auf die Nerven zu gehen. Ich war verdammt nahe dran, ihn zu meiner Beerdigung einzuladen, aber –« Sie fing an zu lachen.

»Was ist so komisch?«

»Sein neuer Job. Er kauft alte Grabsteine mit hübschen Inschriften auf, um sie an Amerikaner weiterzuverkaufen. Er fährt rauf nach Yorkshire, wo mehrere Friedhöfe in Parkplätze umgewandelt werden.«

»Wer verkauft sie denn?«

»Oh, das wollte ich nicht fragen!« Matilda brach in fröhliches Gekicher aus. »Ein verarmter Hilfspfarrer vielleicht? Die Kirche von England zahlt nicht gut, und so –«

»Wenn Sie ein paar hier in der Gegend fänden?«

»Dann würde ich ihn natürlich sehen. Er könnte sogar die Nacht über bleiben und das County Hotel um eine Spesenrechnung angehen.«

Hugh sagte nichts.

»Das beweist nur, daß es Zeit ist, abzuhauen.« Matilda

klang geradezu erfreut, wie sie so Enttäuschung in Hoffnung verkehrte.

»Nach London?«

»Ins Jenseits.«

»Wird er wieder anrufen?« Hugh stellte fest, daß er Claud haßte.

»Nein, nein, das war meine Ration.«

13

Zwei Tage vergingen. Es blieb heiß. Matildas Beklommenheit legte sich; sie wurde ruhig. Hugh machte keine Schwierigkeiten. Er aß wenig, schlief viel, brachte mit der Hündin Stunden unsichtbar im Gehölz zu. Bewußt bemüht, sich normal zu verhalten, arbeitete Matilda im Garten, kaufte im Dorf ein, las die Zeitungen, sah fern, ging ins Bett und stand zu ihren üblichen Zeiten auf, machte oberflächlich im Haus sauber und kochte für sich und Hugh. Sie entschloß sich zu handeln.

»Ich muß John/Piers anrufen, er hat in London immer ein Bett für mich. Tom und ich haben immer bei ihm gewohnt. Er war mein Freund, aber dann freundete er sich mehr mit Tom an. Ich rufe heute abend an und mache alles klar. Es ist ein sehr behagliches Haus. Vielleicht kennen Sie ihn? John scheint alle Welt zu kennen, er ist sehr gesellig.«

»Nein, ich habe nie von ihm gehört.«

In dem Telefongespräch nach London war John herzlich erfreut. Natürlich müsse sie kommen. Wann? Bald? »Komm bald, ich will verreisen, komm, ehe ich wegfahre. Ich habe sehr viel zu tun, aber wir können die Abende zusammen verbringen.«

»Das wäre schön.«

»Wie lange kannst du bleiben?«

»Oh, nicht lange, eine Nacht oder zwei.«

»Unsinn, du mußt mindestens zehn Tage bleiben, du mußt

wieder zu deinen Londoner Gewohnheiten zurückfinden. Mrs. Green wird dir das Frühstück ans Bett bringen. Wir werden dich ein bißchen hätscheln.«

»Wäre Montag angenehm?«

»Natürlich. Ich erwarte dich rechtzeitig zum Abendessen. Du nimmst sicher den üblichen Zug?«

»Wahrscheinlich.«

»Montag abend also.« John legte auf.

Matilda sah Hugh an. »Haben Sie ihn gehört? Er hat eine sehr laute Stimme, hat er immer gehabt.«

»Jedes Wort. Was tut er?«

»Irgendeine Abteilung im Schatzministerium. Er wollte in den Auswärtigen Dienst. Seine Erwartungen wurden enttäuscht. Wir lernten uns kennen, als wir jung waren. Seine Tante war eine Freundin meiner Mutter. Er ist reich, ist eher eine alte Frau, liebt seine Bequemlichkeiten, würde nie hierher kommen, dazu ist es nicht vornehm genug. Er liebt die Vogeljagd und das Angeln. Tom und ich kamen nie dahinter, ob er Mädchen oder Jungen mag oder keines von beiden. Diese Seite von ihm existiert nicht, er ist geschlechtslos.«

»Oder er hat sie sorgfältig versteckt.«

»Genau das hat Tom gesagt – sorgfältig versteckt. Er gibt immer vor, er habe was mit dem Geheimdienst zu tun, das ist seine Art von Snobismus.«

»Welche Formen nimmt das an?«

»Er redet, als wisse er Bescheid über Spione, Überläufer aus und nach Rußland, die CIA, den französischen Geheimdienst, selbst den chinesischen. Wenn man ihn reden hört, könnte er ganz allein die gesamte, in einen Regenschirm eingerollte militärische Abwehr sein. Er hat immer einen Regenschirm bei sich, trägt eine Melone.«

Matilda lachte. Hugh sah sie gern lachen; sie hatte kleine Zähne, gar nicht wie ein Pferd.

»Er ist ein komischer Mensch«, fuhr Matilda fort, »auf seine Art gutaussehend. Er redet immer so, als kenne er mich besser als ich mich selber. Er kennt auch die Kinder besser. Er kannte auch Tom besser.«

»Anders vielleicht?«

»Vielleicht ist es das. Eine andere Seite, verglichen mit der, die ich kannte? Menschen sind so viel schwieriger als Tiere.«

»Am liebsten sind Ihnen Tiere?«

»O ja«, sagte sie rasch. »Tieren vertraue ich.«

»Und Tom nicht? Sie haben Tom nicht vertraut?«

Matilda errötete.

»Entschuldigung«, sagte Hugh schnell. »Ich hatte vergessen.«

»Ich habe Tom schon nicht mehr vertraut, bevor ich ihn mit Louise im Bett ertappte. Es gab eine Seite an Tom, die ich nie gekannt habe, und John, auf eine merkwürdige Art, hat sie gekannt. Er weiß mehr von Mark, Claud, Anabel und Louise, als ich je wissen werde.«

»Warum möchte John Piers genannt werden? Haßt er seinen Namen?«

»Nein.« Sie schüttelte den Kopf. »Er möchte Sir Piers werden, das ist feiner.«

»Haben Sie Angst vor ihm?«

»Er ist ein bißchen unheimlich. Claud findet ihn unheimlich. Als die Kinder noch klein waren, tat er so, als wisse er alles über Burgess, Maclean und Philby. Die Kinder nannten ihn ›BurgerMac Filzig‹. Ein alberner Scherz.«

»Wie gut kennt er Sie?« Hugh überlegte, ob Matilda diesem Mann etwas über ihn erzählen würde.

»Wir kennen uns seit unserer Kindheit. Ich erzähle ihm eigentlich nichts mehr, nicht, seit ich Felicity umgebracht habe. Seit dieser Geschichte bin ich sehr vorsichtig.«

»Kann es sein, daß da noch was anderes ist?«

»Was sollte das sein?«

Hugh beobachtete ihr verdutztes Gesicht, und ein winziges bißchen Angst flackerte in ihren Augen auf. Auch sie schien verblüfft zu sein. Ich werde diese Frau schon noch kennenler-

nen, dachte er dann. »Ich werde Ihnen beschreiben, wo das Geld ist.«
»Ja, bitte.«
»Wenn ich Ihnen meinen Wohnungsschlüssel gebe, könnten Sie mir da ein Paar von meinen Schuhen mitbringen?«
»Natürlich.«
»Was werden Sie sonst noch machen?«
»Zum Frisör gehen, einkaufen.«
»Lassen Sie sich nicht verhunzen!«
»Wenn ich so aussehe wie jetzt, führt mich John in kein gutes Restaurant aus. Er sagt nichts und geht mit mir in billige, langweilige Lokale, versteckt mich.«
»Gräßlicher Mensch.«
»Nur eitel. Er zeigt sich gern mit repräsentativen Frauen.«
»Keinen Polackenhühnern.«
»Bestimmt nicht.«
»Ihm sind Tiere nicht das Liebste.«
»Ich glaube nicht, daß er überhaupt Tiere liebt oder Menschen. Er ist die Sorte Mensch, die die Macht liebt. Armer alter Knabe, es wäre schön für ihn, wenn er Sir Piers wäre. Das verliehe ihm eine gewisse Macht. Erst Sir Piers, und nach ein paar Jahren legt Sir Piers dann eine andere Gangart vor. Wer weiß – KCMG, Komtur des Ordens der Heiligen Martin und Georg? Ich glaube, das würde ihm gefallen.«
Sie ist bösartig, dachte Hugh und überlegte, ob Matilda wußte, daß sie diesen Mann nicht mochte, oder ob sie ihre Gefühle zu tief vergraben hatte, als daß sie sich entwickeln konnten.
»Werden Sie Freunde besuchen?«
»Ich habe nur noch ganz wenige in London.«
»Das ist keine Antwort.«
»Wir, oder ich, haben uns verändert. Wir haben nicht mehr viel gemeinsam.«
»Ihre anderen Kinder?«
»Weder Anabel noch Mark sind in London.« Sie streckte

ihren Rücken. »Ich würde es nicht wissen, wenn sie dort wären.«

»Sicher?«

Matilda lächelte. »Haben Sie Ihre Mutter immer auf dem laufenden gehalten?«

»Nein«, sagte er. »Das hat mich nicht gekümmert.«

»Sie hatte ja ihre Katze.« Matildas Unfreundlichkeit war Absicht.

»Sie brauchen mich auch nicht zu Ihrer Beerdigung einzuladen«, sagte er.

»Einstand.« Sie preßte die Lippen aufeinander.

14

Als Matilda abreiste, ansehnlich in ihrer Stadtkleidung, seufzte Hugh erleichtert auf. Er hatte eine Erkundungsreise vor. Er war sich immer noch sicher, daß er irgendwelche Hinweise im Haus fände, die ihn während ihrer Abwesenheit amüsieren würden. In den Schubladen des Frisiertisches lagen die Fotos – Louise, Mark, Anabel und Claud von den Babywindeln bis ins Erwachsenenalter. Er drehte sie um. Manchmal war etwas auf die Rückseite geschrieben – »Mark in Berlin« oder »Picknick in der Nähe von Helston«. In einer gutaussehenden Familie stach Clauds Schönheit deutlich hervor. Er war wie Matilda, aber schön. Er legte die Fotos zur Seite und hatte das Gefühl, er kenne Claud, würde sich aus Louise nichts machen, würde gern mit Anabel vögeln, wäre von Tom gelangweilt und würde Mark, der etwas Selbstgefälliges im Gesicht hatte, richtig verabscheuen. Er suchte nach Briefen, hatte aber keinen Erfolg. Er legte die Fotos zurück. In der Schublade war ein freier Platz, wo möglicherweise Toms Briefe gelegen hatten – jetzt vernichtet? Kein Anzeichen von irgendwas in Matildas Handschrift. Ganz hinten in der Schublade eine vergilbte Ansichtskarte vom Trafalgar Square. »Komm zur gleichen Zeit. Ich nehme dich mit zu der Party. Sie findet statt in der Guildford Street.« Keine Unterschrift, aber Hugh wurde an die Stimme im Telefon erinnert, die er hatte sagen hören: »Du nimmst sicher den üblichen Zug.« Die

Postkarte zeigte eine herrische Handschrift. Er legte sie zurück.

Hugh schlich umher, befühlte das Bett, eine dicke Matratze. Er betrachtete ihre Bücher. Es hatte eine Gedichtphase gegeben. Dann, ziemlich überraschend, die Russen: Tschechow, Dostojewski, Tolstoi. Dann Camus und Sartre. Das Vorsatzblatt jedes Buches war mit Initialen und Datum versehen. Sie hatte sich an Bertrand Russell versucht, war aber nicht weit gekommen, hatte Thomas Mann gelesen, Jane Austen unberührt liegenlassen, war aber mit Shaw fertiggeworden. Graham Greene und Muriel Spark waren gelesen und wiedergelesen. Aufs Vorsatzblatt eines Buches von Ivy Compton-Burnett hatte sie geschrieben: »Erfordert mehr Konzentration als Dostojewski.« In Margaret Drabbles erstem Roman stand in Clauds Handschrift: »Geliebte Mama, versuch das mal, sie kennt deine Art von Verzweiflung.«

Hugh zog Matildas Schubladen auf. Die Kleider waren nicht die einer Frau, die das Bedürfnis nach raffinierten Dessous hatte. Sie trug indische Baumwolloberhemden als Nachthemden, wollene Strumpfhosen im Winter. Die Kleider waren ziemlich abgetragen, unscheinbar. In der mittleren Frisiertischschublade ein Zettel: »Habe den Schmuck zur Bank gebracht, für jeden von euch eine Liste gemacht. Streitet euch nicht – nehmt, was da ist. Die Perlen habe ich verscheuert.« Der Zettel würde keine große Bedeutung haben, wenn Matilda einmal tot wäre, glaubte Hugh. Er fand einen Umschlag mit einer umgeknickten Ecke, als wäre er in die Ecke des Spiegels geklemmt gewesen. Hugh probierte es. Der Knick paßte. Er ging nach unten und stellte den Wasserkessel auf, um den Umschlag über Dampf zu öffnen. Darin stand auf einem einfachen Blatt Papier mit dem Datum des Tages, an dem er ihr begegnet war, eine Mitteilung:

»Geliebte Louise, Mark, Anabel und Claud. Ich habe genug. Bitte laßt mich verbrennen und streut meine Asche in den Fluß. Ich liebe

Euch alle. Ich bin im Vollbesitz meiner geistigen Kräfte. Mein Testament liegt auf der Bank. Auf Wiedersehen. Ich liebe Euch. Fühlt Euch nicht schuldig. Eure Euch liebende Mutter.«

Hugh überlegte, warum sie wohl zweimal geschrieben hatte, daß sie sie liebe. Das roch nach Zweifeln. Er klebte den Umschlag wieder zu und ging zurück in das Zimmer, um ihn wegzulegen. Er schloß die Schublade und streckte sich auf Matildas Bett aus. Folly, die ihm stumm Gesellschaft geleistet hatte, erhob sich und legte sich ächzend neben ihn, drückte ihm die Nase gegen den Hals, ihr Atem warm und feucht.

»Sie muß um die fünfzig sein.« Hugh legte seinen Arm um den Hund. »Die hat sich nicht völlig aus dem Haus getilgt«, flüsterte er dem Hund zu. »Sie hat ihre Sorgen über das zukünftige Verhalten der Kinder zurückgelassen. Scheißpicknick.« Hugh seufzte und wiederholte »Scheißpicknick«, was ihn Hunger verspüren ließ. Matilda würde etwa in diesem Moment in London eintreffen. »Komm, wir holen uns was zu essen und gehen später spazieren.« Er streichelte die Hündin, die mit ihrem Schwanz einen leichten Luftzug erzeugte.

Unten gab er ihr zu fressen, machte Tee und aß eine Dose Thunfisch mit Pfeffer und rohen Zwiebeln, dann legte er sich bis zum Dunkelwerden wieder auf Matildas Bett.

Er verließ das Haus durch die Hintertür, verschloß sie und machte sich, da er ein heftiges Bedürfnis nach Bewegung hatte, auf den Weg über die Felder.

Er spazierte das Tal hinauf, wobei er sich nach den Sternen orientierte. Die Luft war klar, das Land sehr still. Um auf dem Weg über die Felder weder Schafe noch Rinder aufzuscheuchen, ging er im Zickzack, suchte nach Toren, hielt den Schritt bergauf gerichtet. Autos fuhren gelegentlich den Weg entlang, aber er hielt sich unterhalb des Horizonts, bekam beim Gehen immer mehr Selbstvertrauen, spürte, wie seine unbenutzten Muskeln mühelos funktionierten. Kurz vor dem höchsten Punkt des Tales stieß er auf das Dorf – ein Postamt, eine einzige Kneipe, eine Kirche, einzelne Häuser, zwei Bauernhöfe im Dorf selbst. Er überlegte, ob er versuchen sollte, außen herumzugehen, beschloß aber, hindurchzuspazieren. Es war September, es gäbe sicher noch Feriengäste in der Gegend, er würde keinen Verdacht erregen. Das Pub war von geparkten Wagen umstellt, fröhliches Stimmengewirr schallte aus den offenen Fenstern. Hunde bellten, als er an den Bauernhöfen vorbeikam. Folly hängte sich dicht an seine Fersen. Aus den Häusern hörte man Fernseher, Musik und lautes Lachen. Hinter dem Dorf ein gerades Stück Straße, dann ein Wald, ein Zauntritt, ein mit einem Schild markierter Weg. Er kletterte über den Zauntritt und folgte dem Weg, auf dem er ein Liebespaar aufstöberte. Der Weg führte durch den Wald und über ein Stück Moor zum Gipfel eines Hügels, und von dort nach links wieder hinab. Er blieb stehen, um sich zurechtzufinden. Unter und hinter ihm Lichter vereinzelter Häuser und Bauernhöfe, die Scheinwerfer von Autos, die sich die Hauptstraße entlangtasteten, weit weg der rote Lichtschein der Stadt. Rechts von ihm, abseits vom Weg und unter ihm, lag ein langer Stausee, das Silber des aufgehenden Mondes durchschnitt das schwarze Wasser. Er trottete den Hügel hinab ans Ufer des Wassers. Folly trank. Hugh fühlte die Temperatur des Wassers. Er lauschte. Es war nichts zu hören, nur leises Rascheln im Schilf.

Seine Mutter, erinnerte er sich, als er mit der Hand im Wasser dahockte, hatte ihm erzählt, daß sie in ihrer Jugend, als man sie nach Deutschland geschickt hatte, damit sie die Sprache lerne, nachts in den Seen geschwommen war. Er erinnerte sich an ihre Stimme.

»Wir sind nackt geschwommen, Liebling. Wenn wir ritten, nahmen wir die Sättel ab und ließen die Pferde schwimmen. Wir hielten uns an ihren Mähnen fest, und sie zogen uns hinter sich her. Es war romantisch.«

Hugh war entzückt und schockiert zugleich gewesen, außerstande, sich seine Mutter so vorzustellen.

»Nackt?«
»Ja, Liebling, nackte Jungen und Mädchen. Natürlich dachten unsere Eltern, wir lägen alle im Bett.«
»Zusammen?« hatte Hugh gefragt.
Seine Mutter hatte geantwortet: »Sei nicht ungehörig. Natürlich nicht.«
»War es denn damals nicht ungehörig zu schwimmen?«
»Ich empfand es nicht so. Sie waren alle junge Nazis, Kraft durch Freude und so weiter, hübsche Geschöpfe. Ihr Vater war ein Graf – eine Zeitlang sehr für Hitler.«
»Aber Großvater!«
»Dein Großvater hatte mich hingeschickt, damit ich eine gute Aussprache bekäme. Als ich ihm von dieser Kraft durch Freude schrieb, kam er sofort und holte mich nach Hause. Noch nie hatte er sich wegen des Viertels jüdischen Blutes, das meine Mutter hatte, Sorgen gemacht, nie daran gedacht.«
»Arme Mutter.«
»Nun, das Schwimmen war wunderbar, du solltest es irgendwann mal nachts in einem See versuchen.«
Er zog seine Kleider aus und watete ins Wasser, wobei er nicht zu planschen versuchte. Folly kam ihm nach. Sie schwammen zusammen hinaus. Der Hund kam zu nahe heran und kratzte ihn an den Schultern. Hugh schwamm hinaus bis zur Mitte des Stausees, während er an seine Mutter dachte und sich vorzustellen versuchte, wie sie in Deutschland geschwommen war, aber Matilda war es, die ihm in den Sinn kam, die, als sie genug hatte, drauf und dran gewesen war, aufs offene Meer hinauszuschwimmen. Er schwamm zurück zu seinen Kleidern und zog sich an, während Folly sich schüttelte und sich im struppigen Gras am Uferrand herumwälzte.
Langsam wanderte er zurück, erstaunt über die Entfernung, die er auf seinem Spaziergang zurückgelegt hatte. Seine Mutter hatte recht, das Schwimmen war herrlich. Er beschloß, es wieder zu tun. Es war nicht nötig, Matilda davon zu erzählen, die sich nur Sorgen machen und ihr Haar zu

einem Hahnenkamm nach oben schieben würde. Wovon sie wohl genug hatte? überlegte er. Einsamkeit? Die Leute stellen sich darauf ein, alleine zu sein. Langweilte sie sich? Krank war sie sicher nicht. Sie schien das nötige Kleingeld zu besitzen, um ohne übertriebene Sorgen leben zu können. Schuldgefühle? Keine Schuldgefühle – sie erinnerte sich kaum noch, diese Frau ermordet zu haben –, er war fast geneigt, es nicht zu glauben. Was dann? Was? Er war sehr müde, als er in die Nähe des Hauses kam, hatte Lust auf Essen und Schlaf. In seiner Spülküche trompetete Gus aus Leibeskräften. Hugh blieb stehen. Gus konnte ihn noch nicht gehört haben. Folly spitzte die Ohren. Hugh stand am Rande des Gehölzes. Eine Gestalt schlich um das Haus herum, ein kleiner, stämmiger Mann mit Bart. Er spähte durch die Fenster hinein, legte beide Hände trichterförmig ums Gesicht, um hineinzusehen, bewegte sich von einem Fenster zum anderen und drückte mehrmals die Klinke der Hintertür. Gus trompetete.

»Ist ja gut, ist ja gut, ich höre dich. Ist sie weg oder was? Sieht ihr nicht ähnlich, einfach wegzufahren.« Die Stimme klang entfernt walisisch. »Sie kann nicht weg sein, sonst hätte sie mich gebeten, mich um dich zu kümmern.« Jetzt spähte er zum Spülküchenfenster hinein, stellte sich auf einen umgedrehten Eimer, um hineinzusehen. Gus schlug mit den Flügeln.

»Na gut dann, na schön. Ich komme morgen wieder vorbei, hm?« Der Besucher stieg von dem Eimer herunter und drehte ihn wieder um. Hugh beobachtete, wie er wegging, und wartete, bis er nicht mehr zu sehen war, ehe er ins Haus schlüpfte. Gus ließ zur Begrüßung seine kehligen Laute hören.

»Mr. Jones, war er das? Ein Ufo gesehen oder so was? Ich hatte ihn ganz vergessen.«

Weil er kein Licht zu machen wagte, falls der Mann zurückkäme, tastete Hugh sich in der Küche zurecht, fand das Brot, Butter, eine Flasche Bier in der Speisekammer, Käse. Er setzte sich kauend an den Tisch, mit den Gedanken immer noch bei Matilda. Verzweiflung? Selbsthaß? Vielleicht. Hugh zuckte die Achseln, stieg die Treppe nach oben. Er ging in Matildas Zimmer, legte sich mit Folly in ihr Bett. Sie hatte die Laken nicht gewechselt, sie waren zerknüllt, das Kopfkissen roch nach ihrem Haar. Er fühlte sich getröstet. Es war dieses Kissen, auf dem sie mit offenem Munde schnarchte.

15

Das Klingeln des Telefons weckte Hugh. Er hatte verschlafen; es war spät, fast zehn.

Er ließ es klingeln. Matilda hatte er versprochen, nicht ranzugehen. Sie hatten einen Code verabredet. Wenn es dreimal klingelte und dann aufhörte, war es Matilda. Das würde sie zweimal tun. Beim dritten Mal ginge er ran, ansonsten würde er es klingeln lassen.

Als das Telefon zu klingeln aufhörte, ging Hugh nach unten, um Folly hinauszulassen und Gus seinen Brei an der Hintertür zu geben, die er mit der dazwischengestellten Fußmatte am Zufallen hinderte. Er machte Toast und Tee, holte Marmelade und Butter hervor. Essend stand er da und sah Gus zu, der sein Futter vertilgte und dann grasend langsam über den Rasen watschelte.

Als er auf dem Weg einen Wagen hörte, rannte er in die Diele. Folly ihm nach. Der Wagen hielt an der Gartenpforte; er hörte Stimmen. Vorsichtig sah er hinaus. Der Mann, den er hatte um das Haus herumschleichen sehen, stieg aus einem Polizeiwagen. Er knallte den Wagenschlag zu.

»Also, danke schön, Herr Wachtmeister. Jedenfalls schönen Dank fürs Zuhören.«

»Geht schon in Ordnung, Mr. Jones. Jederzeit.«

»Ich erzähl's bloß noch Mrs. Poliport.«

»Tun Sie das. Erzählen Sie's ihr. Sie und Mr. Poliport waren immer dran interessiert, habe ich gehört.«

»O ja, er besonders.«
»Ein netter Herr. Wiedersehen, Mr. Jones. Bis dann.«
»Wiedersehen.« Der Wagen fuhr davon, Schritte kamen den Gartenweg hoch. Hugh zog sich nach oben bis zum Treppenabsatz zurück.
Gus trompetete.
»He, Gus, wo ist denn Matilda?« Der Mann kam an die Küchentür und rief.
»Matilda, he, Matilda, wo sind Sie?« Er hämmerte gegen die Hintertür, stiefelte in die Küche. Hugh schlich zurück in Matildas Zimmer, hob Folly hoch, schloß sie in seine Arme und verschwand im Kleiderschrank, indem er sich bückte und sich zwischen den Mänteln und Kleidern ganz nach hinten durchschob, wo er sich auf einem Berg Kissen niederließ.
Mr. Jones, der mit sich selbst und dem Ganter redete, stampfte geräuschvoll im Erdgeschoß herum.
»Wo ist sie denn, na? Ich bin heute früh schon hier gewesen. Sie war nicht da, mein Junge, nicht da, um mit Jones zu reden. Na, na, trompete doch nicht so. Du kennst mich doch. Heute morgen hast du auch trompetet, aber inzwischen hat sie dich gefüttert. Ah, Wasserkessel heiß. Sie hat gefrühstückt, und die Butter und die Marmelade nicht weggestellt. Komm bloß nicht rein, mein Junge, und mach hier Dreck, du weißt doch, wie sie ist.«
Es trat eine Horchpause ein.
»Matilda? Geht's Ihnen nicht gut oder was, Matilda?«
Dann Schritte auf der Treppe. Mr. Jones kam nach oben. Hugh umfaßte leicht Follys Nase.
»Matilda, sind Sie da drin?« Schritte im Zimmer. »Hat ihr Bett nicht gemacht. Komisch. Eilig weggefahren.« Es wurde auf die Sprungfedern des Bettes gedrückt. »Mann, was für ein bequemes Bett sie hat.« Hugh hielt den Atem an. Plötzlich ging die Schranktür auf, Licht fiel herein. »Hier drin auch nicht. Wird sich kaum in ihrem Schrank verstecken. Muß in der Garage nachsehen.« Dann ein lauter Ruf, als die Schritte

die Treppe hinab verhallten. »Matilda! Ich weiß, ich geh' dir auf den Wecker, Mädel, aber es ist nicht nötig, sich zu verstecken. Ich hab dir doch gesagt, ich mach's nicht wieder, habe ich dir doch gesagt!« Zorn und Schmerz lagen in der Stimme, Enttäuschung. In der Küche rief Mr. Jones zum letztenmal. »Matilda?«

Hugh kroch aus dem Schrank und blickte, in voller Deckung verharrend, auf Mr. Jones hinunter. Klein, untersetzt, ein Bartdickicht, dünne Haarsträhnen von Ohr zu Ohr über seinen breiten Kopf gelegt. Aus Hughs Perspektive sah die Oberseite von Mr. Jones' Kopf aus wie ein kompliziertes Autobahnkreuz. Er stand da und sah sich um, während er mit einer Hand die Strähnen an ihren Platz strich. Dann zuckelte er ab zur Garage, und seine Füße schlappten über den Klinkerweg. Hugh hörte ihn sagen: »Also weggefahren. Wo ist sie hin, Gus? O je, armer Jones, ich hätt's besser wissen sollen. Ich hätte es nie versuchen sollen.« Der Gänserich trompetete und schlug abweisend mit den Schwingen. Mr. Jones kam am Gartentor an. »Sag ihr, mein Junge, ich komm' wieder.« Der Ganter fing wieder an zu grasen, von der ziemlich erregten walisischen Stimme ungerührt. Hugh fluchte. Der Teufel sollte den Mann holen, wann würde er wohl wiederkommen? Offenbar war er scharf auf Matilda. Er brachte Matildas Bett in Ordnung. Wär' ja ein Ding gewesen, wenn Jones reingekommen wäre und ihn darin gefunden hätte. Er setzte sich auf die Bettkante und überlegte, was er tun solle, während er gedankenverloren in dem Buch herumblätterte, das sie offenbar im Augenblick las. *The Ballad and the Source* von Rosamund Lehmann – auf dem Vorsatzblatt Bleistiftnotizen in Matildas Handschrift, aber zittrig:

Ich denke, nur Menschen wie ich tun dies. Ich bekomme ein gesteigertes Wahrnehmungsvermögen. Ich bin sicher. Ich bin high von Hasch, geliebter Claud. Ich habe es in seinem Mantel gefunden, ausgerechnet er! Er hat mir Sicherheit gegeben. Diese Erkenntnis ist schrecklich. *Ich habe es gestern abend gefunden, ich frage mich, ob* — nein, nicht gestern abend — letztes Jahr, *Claud, und dabei fiel mir wieder ein* — es war auf einer Party —

Die Schrift wurde unregelmäßig und brach ab. Hugh roch an dem Buch. Ich bin kein dressierter Labrador, dachte er. Dann erinnerte er sich an den Mantel hinten in Matildas Schrank, kroch wieder hinein.

In den Taschen des Mantels fand er eine beträchtliche Menge Haschisch und ein Päckchen Heroin. Das Heroin spülte er durchs Klo, und das Haschisch steckte er ein. Es wäre interessant zu wissen, warum Matilda Beweise gegen Tom zurückgelassen hatte, während sie sich vor ihrem Picknick mit Stumpf und Stiel aus dem Haus getilgt hatte. Und die Nachricht an Claud? Vielleicht war Claud der einzige, mit dem sie reden konnte. Hugh ging in Gedanken versunken nach unten.

Mr. Jones stand in der Küche.

»Ich dachte, hier muß doch jemand sein«, sagte er. »Wer sind Sie?«

»Mein Name ist Hugh Warner.«

»Der Muttermörder, hm?«

»Ja.«

»Ich heiße Jones.«

»Wie geht's?«

»Normalerweise bittet mich Matilda, daß ich mich um Gus kümmere, wenn sie wegfährt.«

»Das tue ich im Augenblick.«

»Schön.« Mr. Jones schien zu zögern. »Wissen Sie, wann sie zurück sein wird?«

»Nein.«

»Oh.«

»Ich habe gerade das Heroin ins Klo gespült —«

»Du liebe Güte!«

»Ich nehme an, es kommt mit den Ufos hierher.«

»Kluges Köpfchen sind Sie.«

»Matilda scheint dahintergekommen zu sein.«
»Du liebe Güte.«
»Wollen wir die Polizei getrennt oder gemeinsam anrufen?«
»Wozu denn?«
»Sie können denen was von mir erzählen, und ich kann was von Ihnen erzählen.«
»Nein.«
»Nein?«
»Zu aufregend für Matilda. Wann ist sie Tom auf die Schliche gekommen, was sagten Sie?«
»Ich weiß es nicht.«
»Ich wette, sie hat ihr Wissen für sich behalten.« Mr. Jones strich sich sorgsam durchs Haar. »Das tut sie, es ist ihre besondere Gabe. Sie erinnert sich an nichts, was sie vergessen will, wenn Sie verstehen, was ich meine.«
»Hab' schon verstanden.«
Mr. Jones lachte.
»Wieviel Heroin war da?«
»Ein Päckchen.«
»Gut, das ist das, was ich vermißt habe. Tja, na, keine Sorge. Seit Toms verfrühter Herzattacke ist die ganze Geschichte vorbei.«
»Aber Sie haben heute morgen ein Ufo gemeldet.«
»Sie haben also gelauscht? Sie kommen nicht mehr, nicht mehr seit Toms Ableben. Ich mache nur weiter damit und melde bei Gelegenheit eines. Man sollte nie mit irgendwas plötzlich aufhören, das erregt Verdacht bei der Polizei.«
Der walisische Akzent war wieder da. Hugh begann zu lachen.
»Spielen Sie Schach?« fragte Mr. Jones. »Tom war ein sehr guter Schachspieler. Das fehlt mir.«
Hugh nickte.
»Gut. Haben Sie letzte Nacht in ihrem Bett geschlafen? Es hat sich warm angefühlt.«
»Ja.«
»Im Schrank waren Sie?«

»Ja.«
»Es wäre schön, mit Matilda in diesem Bett zu schlafen.«
»Daran hatte ich nicht gedacht.«
»Aber ich.« Mr. Jones seufzte. »Ich hab's ihr vorgeschlagen. Tödlich. Sie war beleidigt. Nahm's übel.«
»Armer Mr. Jones.«
»Ja, armer Jones, armer Jones.«
»Ich nehme an«, sagte Mr. Jones etwas später, als er sich verabschiedete, »Ihnen hat wohl Ihre Mutter gefehlt.«
Hugh gab keine Antwort.
»Ich spiele damit auf Ihr Schlafen in Matildas Bett an, indirekt natürlich. Es ist purer Freud.«
»Natürlich.«
»Und was wissen Sie über Ufos?«
»Nichts.«
»Ha! Nichts, sagt er. Sie kamen den Bach rauf, ein kleines Wasserflugzeug ist es, war es, sollte ich sagen.«
»Wo?«
»Auf dem Fluß. Sie schalteten den Motor aus und landeten auf dem Wasser. So einfach war das.«
»Ihre Idee?«
»Nein, nein, Mann, Tom. Toms Idee, seine Organisation, eine Nebentätigkeit.«
»Na, ich hab's ins Klo gespült.«
»Konnten Ihre Mutter nicht runterspülen. Mußten sie auf dem Sofa sitzen lassen. Das war böse.«
»Heroin ist schlimmer.«
»Da ist was dran. Haben Sie was gegen Haschisch?«
»Nein, ich habe keinen Widerwillen dagegen. Ich denke, es ist harmlos.«
»Der Tod auch. In der Zeitung steht, sie kann nicht viel gemerkt haben. Fürs Merken sind wohl Sie zuständig.«
»Oh, hauen Sie ab.«
»In Ordnung, mache ich, aber können wir nicht bald mal Schach spielen und zusammen einen Joint rauchen, solange Matilda weg ist?«

»In Ordnung.« Hugh fühlte eine gewisse Zuneigung für Matildas Freier. Außer seinem üppigen Bart, dem fetten Bauch und seiner Vierschrötigkeit hatte er schöne, klare, schwarze Augen.

Mr. Jones lief wie ein Krebs den Gartenweg hinunter. »Ich bringe mein Schachbrett mit. Es ist schöner als Toms. Es hat mal meinem Papa gehört. Das Gefühl von Elfenbein ist den Fingern angenehm, steigert das Denken.«

»Prima.« Hugh war amüsiert.

»Und in der gestrigen Zeitung. Sie sind in Rom auf dem Flughafen beim Umsteigen gesehen worden, steht da. Steht im *Daily Mirror*, sehen Sie mal an.«

»Klasse, Dai Jones.«

»Mein Dame ist nicht David, ich heiße ebenfalls Huw, aber Huw, nicht Hugh.« Mr. Jones machte eine Pause, um das wirken zu lassen, dann: »Keine Sorge, es ist die verschwundene Braut vom Strand, auf die sie jetzt versessen sind. Der arme Bräutigam ist außer sich, nackt ist sie und zieht durch die Gegend.«

»Ach ja, ich hatte ganz vergessen, daß ich Konkurrenz habe. Was ist mit dem Mann, der den Hund seiner Frau verspeist hat?«

»Ach der!« Mr. Jones hielt inne, einen Fuß leicht in der Luft. »Diese Frau ist gerissen, das kann ich Ihnen sagen. Sie hat gesagt, der Hund hatte die Tollwut. Der arme Mann liegt auf einer Isolierstation und kriegt schmerzhafte Spritzen in seinen gefräßigen Bauch. Er ist unter Beobachtung, da können Sie mal sehen, gehen Sie bloß nicht das Risiko ein.«

»Sind Sie wirklich Waliser?«

Mr. Jones lachte. »Noch nie dort gewesen. In Tooting geboren. Es ist Mode, das ist alles. Verleiht mir Ansehen.«

»Natürlich.«

»Nicht wie Winchester und Oxbridge, aber es ist billiger zu kriegen.« Mr. Jones kam am Gartentor an. »Sehen uns also dann zum Schach.« Die Pforte schnappte zu, und er war weg.

16

In London traf Matilda am frühen Abend ein und nahm sich ein Taxi nach Chelsea. Sie kurbelte das Fenster herunter, so daß sie London hören und riechen konnte, das Dröhnen des Verkehrs, Absätze, die übers Pflaster klapperten, Motoren, die aufheulten, während sie darauf warteten, daß die Ampeln umschalteten. Das beständige Geschnatter im Taxifunk, plärrendes Musikgedudel aus offenen Läden, Ausrufe in fremden Sprachen, Menschen vieler Nationen, die über die Straße rannten, ehe das Ampellicht wechselte. Gerade, als sie dachte, nun ertrüge sie es nicht mehr, bog das Taxi in Johns Sackgasse an der Grenze zwischen Chelsea und Fulham ein.

John kam aus dem Haus, bezahlte das Taxi, nahm ihren Koffer, beugte sich herunter, um sie zu küssen.

»Wunderbar, dich zu sehen, Matty, absolut phantastisch. Komm rein und trink was.« Er benutzte ein neues Rasierwasser, bemerkte sie zu ihrer Zufriedenheit. Bis jetzt hatte er dasselbe wie Tom gehabt. Sie überlegte, ob das wohl Takt oder Zufall war. Er führte sie in sein Wohnzimmer. »Setz dich, Matty, du mußt müde sein. Was möchtest du trinken? Whisky? Wodka? Sherry? Gin? Ich trinke Wodka, paßt zum Wetter. Wodka mit Tonic?«

»Ja, gern.« Sah John wieder mal ähnlich, eine Auswahl anzubieten, aber die Wahl selber zu treffen.

»Du hast das Zimmer neu eingerichtet.« Sie nahm ihren Wodka mit einer Scheibe Zitrone entgegen. Er muß diese Zitrone schon länger in Scheiben geschnitten haben, dachte sie, wollte sie bloß nicht wegwerfen.

»Ja, gefällt's dir? Ich habe mir dieses neue Sofa zugelegt. Die alten Stühle habe ich verkauft. Sie haben einen sehr guten Preis erzielt.«

»Sie waren ein bißchen wackelig.« Matilda hatte das Bedürfnis, sich zu behaupten. Das hier war London, was sie gerade geschnuppert hatte, man mußte auf Draht sein.

»Ja, mußte ein bißchen was in sie investieren. Sie sind nach Amerika gegangen.«

»Wie so vieles.«

»Wie so vieles, ja. Ich habe das ganze Haus ein bißchen verändert, hoffe, es wird dir gefallen. Ich schlafe jetzt hinten. Das Gästezimmer liegt vorn.«

»Oh, gut, wie klug von dir. Es muß ja fast wie ein neues Haus sein.« Matilda trank ein Schlückchen. »Was für ein entsetzlich starker Wodka. Könnte ich etwas mehr Tonic bekommen?«

John nahm ihr Glas. In dem neuen Gästezimmer würde es keine Erinnerungen an Tom mehr geben, dachte sie, während sie Johns Rücken betrachtete, so jung für sein Alter, so eine gute Figur. Sie wußte, er machte Gymnastik. John goß ein wenig Tonic nach. Er überlegte, wie sehr sie noch um Tom trauerte.

»Ich habe mir gedacht, heute abend essen wir zu Hause und gehen morgen aus, es sei denn, du hast was anderes vor.« Er reichte ihr das Glas zurück.

»Keine Pläne. Abendessen hier ist wunderbar. Ich möchte mich lieber nicht sehen lassen, bis ich mir die Haare habe machen lassen.«

»Du siehst sehr hübsch aus, wie immer.«

»Mein Haar sieht aus, als wäre ich ein Huhn.« Sie konnte nicht sagen »Polackenhuhn«, und während sie es sich verkniff, überlegte sie, wieso.

»Eine zerzauste Henne.« John lächelte.

Meine Güte! dachte Matilda. Er ist langweilig.

»Du *weißt* doch, du magst es, wenn deine Frauen gut gekleidet sind. Ich werde mir die Haare machen lassen und ein anständiges Kleid anziehen. Ich habe ein neues.« Er würde nicht wissen, daß sie ein abgelegtes von Anabel anzöge und Schuhe, die mal Louise gehört hatten.

»Wie sehen deine Pläne aus?« John, ihr gegenübersitzend, sah sie spöttisch an. Sie hielt sich gut, dachte er. Er hoffte, das Kleid wäre von Anabel, denn aus Louises Geschmack machte er sich nichts. Die ältere von Matildas Töchtern kleidete sich ziemlich auffallend. Anabel, deren Erscheinung allein schon eine Aufforderung war, mit ihr ins Bett zu gehen, hatte einen zurückhaltenderen Kleidergeschmack.

»Meine Haare, ein paar Einkäufe, irgendwelche Ausstellungen, auf die ich Lust haben könnte, nichts Großartiges, bloß mal kurz in London reinschnuppern.« Als suchte sie nach einem Taschentuch, tastete Matilda in ihrer Handtasche nach Hughs Schlüssel.

»Ich gebe dir einen Hausschlüssel. Damit du kommen und gehen kannst, wann du willst. Noch einen Drink?«

Der Mann hat den sechsten Sinn, dachte Matilda. Himmel! Ich muß vorsichtig sein. »Nein, keinen mehr. Darf ich vor dem Abendessen ein Bad nehmen?«

»Natürlich. Wir essen kalt. Nimm dir Zeit. Es eilt nicht.«

Matilda sah ihn an. »Lieber John, es ist schön, dich zu sehen, und du siehst so gut aus, immer noch so eine wunderbare Figur.«

»Piers. Ich spiele Squash. Versuch dich dran zu erinnern: Piers. Und ich arbeite im Garten –«

Sie ging nach oben. Er folgte mit ihrem Koffer.

»Ich hoffe, du wirst dich wohl fühlen.«

»Das werde ich bestimmt.«

Wie gespreizt wir sind. Auch er benimmt sich so, als wäre er vorsichtig. Ich muß verrückt sein. Matilda drehte das Badewasser auf, begann auszupacken, hängte Anabels Kleid in den Schrank, warf ihr Nachthemd aufs Bett, verstaute ihre wenigen Kleidungsstücke in der Kommode. Sie legte sich in die Wanne. Ich muß sehr vorsichtig sein, überlegte sie. Wenn ich den Schlüssel benutzt habe, schicke ich ihn per Post an mich selbst zurück. Es war dumm, Angst vor John zu haben, aber noch dümmer wäre es, irgendein Risiko einzugehen. Besser ich tu' ihm seinen Willen und nenne ihn Piers, wenn es das ist, was er will.

Beim Abendessen vermittelte er ihr einen Überblick über neue Bücher, Theaterstücke, Filme, Ausstellungen, aktuelle Ereignisse. Die Angelsaison war gut an einem Fluß namens Test, trotz der langen Trockenperiode, Vogeljagd in Minsmere, gemeinsame Freunde. Matilda hörte zu, sagte »Ja?«, »Nein!«, »Ach, wirklich?«, »Wie ungewöhnlich!« und »Wie äußerst interessant!«, während sie die köstliche geeiste Gurkensuppe, Lachsmousse mit Ratatouille, was sie selbst nicht zusammen serviert hätte, und Gebirgserdbeeren mit Kirschwasser verzehrte. Sie hätte sie lieber pur gehabt, brach aber in Ausrufe des Entzückens darüber aus. Die Wahl des Weines, die John getroffen hatte, war untadelig – ein Niersteiner. Brandy lehnte sie ab, akzeptierte Kaffee.

Ohne zu fragen, ob sie etwas dagegen habe, schaltete John das Radio zu einem Konzert ein, das er hören wollte. Sie ist nicht musikalisch, sie kann sich's ruhig gefallen lassen, dachte er.

Matilda, die die Symphonie, die gespielt wurde, zufällig kannte und liebte, lauschte bis zum Schluß, und als er den Apparat ausschaltete, bemerkte sie: »Ich liebe diese Symphonie, ziehe sie so sehr der sechsten vor, du nicht auch?«

»O ja, die sechste wird viel zu oft gespielt.« Das verdammte Weibsstück, dachte John, und blickte auf Matildas schwächliches und unentschiedenes Kinn. »Noch Kaffee? Ein Brandy jetzt vor dem Zubettgehen?«

»Nein, Piers, nein danke. Warst du schon verreist?«

Wenn sie lächelte, veränderte sich das Kinn, war nicht mehr schwächlich. Er fragte sich, warum, wie er's schon oft getan hatte, da er Menschen gern genau kannte.

»Ich wollte gerade, aber dann platzte diese Warner-Geschichte hinein. Ich fahre nächste Woche, nur eine kleine Verzögerung, das ist alles.«

»Wo fährst du denn hin?« Matilda sorgte dafür, daß ihre Stimme ungerührt blieb, indem sie sich weigerte, den Namen Warner zur Kenntnis zu nehmen.

»Tschechoslowakei.«

»Angeln?«

»Nein, nein, beruflich. Der Kerl ist, scheint's, in Prag, was alles ein wenig kompliziert.«

»Was denn für ein Kerl?« Mit gleichgültiger Stimme hob sie ihre Kaffeetasse und blickte hinüber zu John/Piers, dem zukünftigen Ritter.

»Hugh Warner, der, den man den Muttermörder nennt. Du hast doch bestimmt die Zeitungen gelesen. Hat seiner Mutter mit einem Tablett den Schädel eingeschlagen.«

»Oh, natürlich.« Matilda hoffte, daß nicht zu sehen war, wie ihr Herz gegen ihren Brustkorb pochte. »Natürlich habe ich von ihm gelesen. Aber mehr amüsiert hat mich der Mann, der den Hund seiner Frau verspeist hat. Er muß doch so was wie pervers sein, meinst du nicht auch?« Sie stellte ihre Tasse auf den Tisch neben sich, triumphierte innerlich, als sie nicht klapperte.

»Er ist kein Perverser.«

»Aber John – einen Hund zu verzehren!«

»Ich rede von Warner. Der ›Aß-den-Hund-seiner-Frau‹-Mann hat es bestimmt aus Reklamegründen gemacht. Nein, ich spreche von Warner.«

»Was hat er denn mit dir zu tun?«

»Das Ministerium ist interessiert. Der Mord an seiner Mutter war nur eine Tarnung.«

»Es muß was sehr Ernstes sein bei so einer verzweifelten Tarnung.« Matilda gab atemloses Interesse vor. »Erzähl mir mehr – worum geht's?«

»Das kann ich nicht, Matty.« Sie haßte es, wenn er sie Matty nannte. »Du solltest doch inzwischen wissen, daß ich nicht rede.«

»Ein zweiter Burgess und Maclean? Ein Philby? Sie haben ihre Mütter nicht umgebracht, oder? Du meine Güte, wenn man die Zeitung liest, würde man so was nie annehmen.«
»Sei nicht albern, Matty. Es ist eine Art – nennen wir es eine Parallele.«
»Nenn's, wie du willst, Johnnie. Woher weißt du, daß er in Prag ist?«
»Ich kann's dir nicht sagen, aber er ist dort. Warum nennst du mich plötzlich Johnnie? Das hast du doch noch nie getan. Nenn mich Piers.«
»Du nennst mich Matty, und ich hasse es. Fährst du nach Prag, um mit ihm zu sprechen?«
»Auch das kann ich dir nicht sagen. Bohr nicht so, Matty. Ich sage Matty zu dir. Ich möchte es und habe es schon immer getan. Es wäre schwierig, sich jetzt umzustellen.«
»Ich bin sicher, daß ich dich gebeten habe, es nicht zu tun. Bestimmt habe ich das.«
»Nein, nie und nimmer.« John erinnerte sich sehr wohl des Anlasses, als sie ihn darum gebeten hatte, an den Tonfall ihrer Stimme. Es war alles lange her, aber deutlich.
»Dann muß es jemand anderer gewesen sein. Was für ein faszinierendes Leben du führst. Fährst nach Prag, um dem Muttermörder zu begegnen. Wirst du ›Buh!‹ machen, oder macht er's?«
John lachte. »Behalt's für dich.«
»Selbstverständlich.« Was für ein komischer alter Kerl er doch ist, dachte Matilda. Ein echter BurgerMac Filzig. »In den Zeitungen liest man jeden Tag von einem neuen Ort, an dem er gesehen worden ist, aber von Prag war noch nie die Rede. Warum bist du der Meinung, daß er da ist?«
»Ich kann nicht weiter darüber reden, Matilda. Du kennst mich.«
»Das frage ich mich. Was ist sein Beruf? Der Mann, der den Hund verspeist hat, ist Bauunternehmer.«
»Ich glaube nicht, daß da irgendein Zusammenhang besteht.« John erhob sich und goß sich noch einen Brandy ein.

Wie diese Londoner das wegstecken. Matilda schüttelte den Kopf, als John ein stummes Angebot machte.

»Halt die Sauregurkenzeit.« Matilda lächelte. »Was hat er beruflich gemacht?«

»Er hat was mit Verlagen zu tun, wohnte nicht weit von hier.« John nannte die Adresse, die Matilda sich eingeprägt hatte, das Haus, dessen Schlüssel sich in ihrer Handtasche befanden.

»Ach wirklich? Keine schlechte Gegend inzwischen. Sie ist recht schick geworden. Unsere Mütter meinten noch, sie liege jenseits des Erlaubten, arme alte Snobs. Bist du mal dort gewesen?«

»Selbstverständlich nicht. Die Polizei hat meinen Leuten erlaubt, sich mal umzuschauen. Nichts zu sehen natürlich.«

Matilda gähnte, wobei sie ihre Hand vor den Mund legte.

»Was für eine interessante Tätigkeit du hast, faszinierend«, wiederholte sie sich.

»Nicht schlecht.« John betrachtete ihre Hand. Hände zeigten das Alter eher als Gesichter. Sie war sechs Monate jünger als er, oder war es ein Jahr?

»Ich muß ins Bett.« Matilda stand auf. »Ein langer Tag morgen.«

»Wollen wir uns dann hier treffen, ehe wir essen gehen?«

»Ja, gern.«

»Würdest du gern im Wheelers speisen? Sie haben Austern. Ich habe angerufen.«

»Lieber John, ich fände es wunderbar. Entschuldigung – Piers.« Matilda hielt ihm eine Wange zum Kuß hin. »Gute Nacht, alles Gute.«

John küßte die dargebotene Wange – recht fest, nicht wabbelig. »Gute Nacht, alles Gute.«

»Wie leicht wir ›alles Gute‹ sagen. Meinen wir es auch?«

»Natürlich tun wir das, Matilda. Was kannst du sonst meinen? Man wünscht einem alten Freund immer alles Gute.«

»Ich habe einen Witz gemacht, Piers, einen Witz.« Matilda begab sich gemessenen Schrittes hinauf ins Bett, entschlossen, nicht zu hetzen. In ihrem Zimmer zog sie oben aus ihrem Nachthemd das Band heraus, knüpfte Hughs Schlüssel daran fest, hängte sie sich um den Hals und zog sich das Federbett bis ans Kinn. Es sah John ähnlich, daß er das teuerste Federbett von Harrods hatte. Sie vermißte das Gewicht von Bettüchern und Decken und vermißte, mit einem plötzlichen schmerzlichen Stich, den Druck eines Hundes in ihrem Kreuz. Sie durfte nicht an Stub denken, das machte einen schwach.

Schlaf stellte sich nicht ohne weiteres ein. Sie lauschte, wie John unten herumhantierte, einmal, zweimal die Haustür abschloß, die Fenster verriegelte. Sollte ein Feuer ausbrechen, dachte sie, kommen wir hier nie raus. Die Schlüssel lagen schwer zwischen ihren Brüsten. Als sie Johns Schritte auf der Treppe hörte, nahm sie die Schlüssel fest in ihre Hand.

»Alles in Ordnung, altes Mädchen? Hast du alles, was du brauchst?« rief er vom Treppenabsatz.

»Ja, danke. Herrliches neues Federbett.«

»Harrods. Schlaf gut.«

»Danke, gleichfalls.« Sie drehte sich auf die Seite, weg vom Fenster, gestört vom Licht der Straßenlaterne. Eine Zeit, die ihr wie Stunden vorkam, lag sie wach und grübelte. Würde Hugh vorsichtig sein – sich versteckt halten? War Gus in sicheren Händen? Der Hund? Hatte sie irgendwas vergessen? Das ungewohnte schwere Essen brauchte seine Zeit, um in ihrem Magen zur Ruhe zu kommen. Sie stand auf und schlich auf Zehenspitzen ans Fenster. Es ließ sich nur einen schmalen Spalt öffnen, nicht genug, als daß auch nur ein dünner Einbrecher hindurchkriechen konnte. Sie kniete sich hin und atmete die Straßenluft, lauschte auf das Tosen der Großstadt, die nie zur Ruhe kam.

In ihrer Kindheit hatte sie aus dem Haus ihrer Großeltern den Geräuschen gelauscht, hatte gehört, wie Züge in der Ferne kreischten, Schleppdampfer auf dem Fluß tuteten, Taxitüren zuschlugen, das Quietschen von Schornsteinkappen, die sich im Wind drehten, mal so herum und mal so, wie die

Köpfe von Rittern in Rüstungen. Das Gesetz zur Reinhaltung der Luft hatte ihnen ein Ende gemacht. Sie erinnerte sich auch, wie sie einmal, als sie noch sehr klein war, Schafe gehört und eine Herde gesehen hatte, die durch die Straße ihrer Großeltern zum Hyde Park getrieben wurde. Sie wollte sich an diesen frühen Morgen erinnern, war erfreut, daß sie es tat. Morgen hole ich sein Geld, dachte sie, und dann schlage ich ihn mir völlig aus dem Kopf, solange ich hier bin. Sie schlief ein, die Schlüssel in der Hand, mit offenem Mund schnarchend.

Auf der anderen Seite der Treppe stand John, von seiner Blase geweckt, in seinem Badezimmer. Brummig dachte er, daß er in seiner Jugend die Nacht durchgehalten hätte. Dann hob er lauschend den Kopf. Gott du Allmächtiger, wie sie schnarcht. Mit meinem Gehör ist jedenfalls noch alles in Ordnung. Wie hatte Tom das nur all die Jahre ertragen können? Ein bißchen unverschämt, ihn »Johnnie« zu nennen. Klimakterische Dreistigkeit, muß Nachsicht üben. Irgendwie war sie ihm ein bißchen nervös vorgekommen, war mit was beschäftigt. Weint möglicherweise immer noch Tom nach. Es war ein Jammer gewesen, diese Herzattacke.

17

Am Morgen saß Matilda im Bett und aß das Frühstück, das ihr Johns Haushälterin heraufgebracht hatte. Mrs. Green war eine Frau, die, obwohl äußerlich modern, eine Hausmütterchenatmosphäre um sich verbreiten konnte, wenn sie wollte. Auf dem Tablett, das auf Matildas Knien thronte, waren Kaffee, weiche Eier, Toast, Butter, Orangenmarmelade und eine Stoffserviette.

»Es ist schön, Sie zu sehen. Ist Ewigkeiten her, nicht wahr? Sie verwöhnen mich.«

»Viel zu lange, Madam.« Matilda wußte sehr gut, daß dieses »Madam« ein Scherz war, daß Mrs. Green sie hinter ihrem Rücken beim Vornamen nannte.

»Das ist köstlich. Und das Essen gestern abend war ein Traum.«

»Freut mich, wenn es Ihnen geschmeckt hat.« Mrs. Green strich Matildas Federbett glatt. »Er wollte die Ratatouille zu der Mousse, sagte, sie müsse gegessen werden. Wird ein bißchen knickerig, unser Mr. Leach, möchte nicht, daß etwas verkommt.«

»Es war eine sehr gute Ratatouille.«

»Ich dachte nur, ich sag's. Ich möchte nicht, daß Sie annehmen, es sei meine Idee gewesen.«

Matilda kaute knirschend ihren Toast, goß sich Kaffee ein, köpfte die Eier. Da mußte noch was nachkommen.

»Es ist sein Alter, Madam.«

Matilda zog eine Augenbraue in die Höhe, sah Mrs. Green an.
»Das männliche Klimakterium, Madam.«
»Ja und –«
»Echt, Madam, Mr. Green hat's auch.«
»Wow!«
»Natürlich hätte Mr. Poliport nie –«
»Er hat's nicht erlebt, Mrs. Green.«
»Oh, Madam.«
»Denken wir nicht drüber nach.«
»Nein, Madam, natürlich nicht. Aber ich dachte halt, ich sag's, für den Fall, daß Mr. Leach ein bißchen drollig wirkt.«
»Nicht drolliger als sonst.«
»Na gut. Natürlich bin ich mit Mr. Green zum Doktor gegangen. Jetzt nimmt er Tabletten. Davon wird er ruhiger.«
»Weibliche Hormone?«
»Ach, die kennen Sie.« Mrs. Green war enttäuscht.
»Ich glaube eigentlich nicht, daß Mr. Leach Tabletten braucht, jedenfalls noch nicht. Aber er hat Sie, die ein Auge auf ihn hält, der Glückliche.« Sie sah, daß auch Mrs. Green John für glücklich hielt.
»Möchten Madam vielleicht telefonieren? Ich kann's Ihnen hier einstöpseln.«
»Oh, gern. Ich muß etwas wegen meiner Haare unternehmen.«
»Ich habe mein Glück versucht und für Sie um elf bei Paul einen Termin gemacht.«
»Mrs. Green, ich könnte Sie küssen.«
»Ihre Freundinnen Lalage und Anne sind ebenfalls in London, aber Mrs. Lucas und Mrs. Stern sind weg, Madam.«
»Sie haben für mich spioniert!«
»Ihre Wünsche vorhergeahnt, Madam.«
»Lassen Sie doch dieses ›Madam‹, Mrs. Green. Ich weiß, daß Sie mich vor Ihrem Mann und allen anderen Matilda nennen.«

Mrs. Green lachte. »Ich hole das Telefon. Möchten Sie Ihr Kleid für heute abend gebügelt haben?«

»Nein, es ist dieses schwarze Ding von Anabel. Meinen Sie, ich werde darin gut aussehen?«

»Wenn's Anabel steht, steht's auch Ihnen. Sie haben dieselbe Größe.«

»Haben Sie Anabel in letzter Zeit mal gesehen?«

»Nein«, sagte Mrs. Green, die sie gesehen hatte und sie für ein egoistisches, nichtsnutziges Flittchen hielt, weil sie ihre Mutter so vernachlässigte.

»Ich auch nicht. Sie lebt wohl sehr gern in Deutschland.«

Mrs. Green gab einen nichtssagenden Ton von sich und ging das Telefon holen. »Kommen Sie nicht zu spät zu Ihrem Termin. Sie wissen ja, Paul –«

»In Ordnung, ich denk' dran.« Matilda rief Lalage an.

»Lalage? Ich bin's. Morgen Lunch?«

»La Green hat mich schon gewarnt«, kreischte die Stimme aus dem Telefon. »Natürlich, Herzchen, morgen Lunch. Komm hierher. Anne hat mir eine Nachricht hinterlassen. Übermorgen Lunch bei ihr. La Green hat sie angerufen. In Ordnung?«

»Klar.«

»Sehen uns morgen, muß mich beeilen. Ich lass' mir's Gesicht machen, bin schon spät dran, 'bye.«

»Sie läßt sich ihr Gesicht machen, Mrs. Green.«

»Warten Sie nur, bis Sie es sehen.« Mrs. Green zeigte ihre Zähne.

»Oh, Mrs. Green, noch mal gestrafft? Wirklich?«

»Ja. Kostet 'n Tausender, glaube ich. Ihr Mann besteht aus Geld – Diamanten – 'n neues Auto auch.«

»Nur jetzt keinen Neid. Ich muß aufstehen. Ich muß mich um meine Haare kümmern. Sehen Sie sich die bloß an.«

»Sie hat jetzt blondes Haar.«

»Danke für die Warnung. Und Annes?«

»'selbe alte Rot.«

»Ah.«

»Lassen Sie Ihres, wie es ist.«

»Tu' ich, tu' ich. Kann auf dem Lande gar nichts anderes machen, selbst wenn ich wollte.«

Matilda zog ihr Kleid an, das mehrere Jahre alt war, aber zeitlos. Sie hatte es sich mit Anabels Hilfe zu Toms Beerdigung gekauft. Als sie zusammen mit Anabel beim Einkaufen war, hatte sie kaum einen Blick darauf geworfen, weil sie innerlich voller Entsetzen dem Flugzeug mit Toms Sarg entgegengesehen hatte. Während der ganzen Zeit, die notwendig war, um die Verbrennung in die Wege zu leiten, das Kleid zu kaufen und auf die Ankunft von Louise, Mark und Claud zu warten, hatte der Sarg im Wohnzimmer gestanden.

Louise hatte gesagt: »Warum denn hier, um Gottes willen, Mutter? Warum kann er denn nicht in der Krematoriumskapelle stehen?«

»Ich will ihn hier haben. In der Kapelle wäre er einsam, am falschen Ort. Er hat doch an nichts geglaubt.« Dann hatte Claud zu Louise »Halt den Mund« gesagt, und Mark, der mit Louise einer Meinung gewesen war, hatte ebenfalls den Mund gehalten. Matilda zog den Reißverschluß des Kleides zu.

»Sehe ich anständig aus?« fragte sie Mrs. Green.

»Sehr tschick.« Mrs. Green sprach »chic« wie in Chicago aus. Sie hatte es bei Matilda gehört, als die noch jünger, glücklicher war.

»Es ist nicht neu. Was Kleider angeht, bin ich geizig. Auf dem Lande lebe ich in Jeans.«

»Sie sehen großartig aus.« Mrs. Green sah Matilda nach, als sie aus dem Haus ging. »Und lassen Sie sich von diesem Paul nicht die Frisur verhunzen.«

»Mach' ich schon nicht.«

Matilda stieg in einen Bus, der die King's Road hinunter-, die Sloane Street hinaufschaukelte und -donnerte, in Knightsbridge hineinschlingerte, zum Piccadilly hochächzte. Durch Seitenstraßen lief sie zu Paul's Salon.

Als sie in den Friseursalon trat, war die Stille nach dem Lärm auf der Straße eine Erholung. Paul kam ihr entgegen.

»Hallo, Paul.«
»Ich sehe, ich habe Schwerstarbeit vor mir. Evie, schamponiere Mrs. Poliport, dann bring sie zu mir. Muß eben noch 'ner Franzmännin 'n bißchen was runterschnippeln, dann bin ich gleich bei Ihnen.«
»Sie wird Sie hören, Paul.«
»Und wenn schon. Diese Franzmänninnen und Krauts kommen nur ein-, zweimal. Lohnt nicht, sich deswegen Gedanken zu machen, ich habe nicht die Zeit dazu.«
»Er verändert sich nicht, was?«
Matilda ließ eine flotte Haarwäsche über sich ergehen und fühlte sich erleichtert, als Evie fertig war und ihr ein Handtuch wie einen Turban um den Kopf schlang.
»Na, was haben wir denn hier?« Angewidert raffte Paul Matildas nasse Haare nach oben. »Wer hat's denn das letzte Mal geschnitten? Hat 'ne Maus dran rumgeknabbert?«
»Sie haben es geschnitten.«
»Niemals.«
»Doch, als Sie zum Schaufrisieren ins Grand Hotel gekommen sind.«
»Ach, ich erinnere mich. Da hatte ich keinen guten Tag. Robert und ich hatten uns gekracht.«
»Passen Sie diesmal besser auf. Ich hoffe, Sie haben sich nicht gerade eben gekracht.«
»Wir haben uns getrennt. Ich bin jetzt völlig friedlich, seit ich mit einem schwermütigen Dänen zusammenlebe.«
»Gute Nachricht.«
»Möchten Sie 'ne Tönung?«
»Nein, möchte ich nicht.«
»Alle Ihre Freundinnen lassen sich tönen. Muß ja nicht Rot sein, nicht wahr. Nur ein Ideechen Gold ins Silber. Es würde Ihnen stehen.«
»Nein, danke.«
»Ehrlich? Warum sollen wir Sie nicht ein bißchen verschönern?«
»Ehrlich, Paul, lassen Sie es.«

»Wie recht Sie haben. All die alten Signoras sehen um Jahre älter aus als Sie, Ihr Haar wirkt wahnsinnig vornehm zu Ihrer Haut. Wie machen Sie das?«

»Ach, kommen Sie, Paul. Konzentrieren Sie sich. Schnippeln Sie, schnippeln Sie, aber geraten Sie nicht in Verzükkung.«

»Sehr schön.« Pauls müder Blick begegnete im Spiegel Matildas. »Ich werde mir große Mühe geben. Sie kommen zwar nicht sehr oft, aber ich freue mich, wenn Sie's tun.«

»Wie nett Sie das sagen.«

Paul schnitt konzentriert, kämmte mal in die eine Richtung, mal in die andere, schnitt winzige Stückchen Haar ab, die Schere, rasiermesserscharf, blinkte zwischen seinen Fingern.

»Haben Sie in letzter Zeit Anabel oder Louise gesehen?«

»Nein, Paul. Ich glaube, sie gehen im Ausland zum Frisör. Sie sind schon seit Ewigkeiten nicht mehr in England gewesen.«

»Nein«, stimmte Paul zu, der Anabel erst vor ein paar Tagen die Haare geschnitten hatte. »Sie haben beide so wunderschönes Haar wie Sie, aber ich glaube, keine von beiden wird Ihre Farbe bekommen.«

»Warum nicht?«

»All die Tönungen. Die Mädchen vergessen die Farbe, mit der sie geboren wurden. Sehr wenige weiße Köpfe heutzutage. Na, wie finden Sie's? Paßt zu Ihrem Kopf.« Er hielt einen Spiegel hin, damit sie es sehen konnte. »Janey, föne Mrs. Poliport, und bring sie dann wieder zu mir.«

Janey führte Matilda davon und bürstete und fönte.

»Schon besser.« Paul schnippelte noch einmal hier und einmal da. »So, wunderbar.«

»Danke. Ich fühle mich bereit, der Welt die Stirn zu bieten.«

»Sehen wir uns bald wieder?«

»Ich weiß nicht, wann ich wieder in London sein werde, wenn überhaupt.«

»Na dann, auf Wiedersehen —« Paul enteilte bereits zu einer

anderen Kundin. Matilda war vergessen. Sie zahlte die astronomische Summe, die verlangt wurde, gab den Mädchen Trinkgeld, ging die Treppe hinunter auf die Straße und schlenderte langsam zum U-Bahnhof Green Park.

Als sie die Treppe hinunterging, hob die heiße Luft, die von unten heraufwehte, ihre neue Frisur in die Höhe und blies sie in alle Richtungen. Sie löste einen Fahrschein zur Gloucester Road und stieg hinab in die Eingeweide von London. Es war Zeit, Hughs Geld zu holen. Sie wollte die Sache erledigt haben, hinter sich, damit sie sie vergessen konnte.

Als sie in dem Zug saß, eng zusammengequetscht mit jungen Ausländern, die mit Päckchen beladen waren und sich über den Lärm des Zuges hinweg gegenseitig anschrien, atmete Matilda tief, um ihre Nerven zu beruhigen, und sagte sich immer wieder Hughs Anweisungen vor, um sicher zu sein, daß sie sich richtig an sie erinnerte. An der Gloucester Road stieg sie aus und ging bis zu Hughs Wohnung zu Fuß. Lange, ehe sie in die Gardens einbog, hatte sie seine Schlüssel in der Hand, einen für die Haustür, den anderen für die Wohnung.

Die Polizei würde die Wohnung nicht mehr überwachen, aber Johns Hirngespinste vom Abend zuvor machten sie nervös. Wenn verdächtige Leute auf der Straße wären, würde sie an dem Haus vorbeigehen. Aber wer war oder war nicht verdächtig? Die wenigen Leute, die unterwegs waren, sahen ganz normal aus. Als sie an dem Haus ankam, steckte sie den Schlüssel in die Tür, öffnete sie und ging hinein.

Der Hausflur war dunkel und trist, die Treppe steil und mit schäbigen Teppichen ausgelegt. Sie zählte die Stufen, als sie langsam nach oben stieg – fünfundachtzig, sechsundachtzig, siebenundachtzig. Bei siebenundachtzig war sie auf dem kleinen Treppenabsatz und vor der Tür, an der neben der Klingel noch immer eine Visitenkarte hing, auf der »Hugh Warner« stand.

Matilda horchte.

Kein Laut. Niemand kam herauf oder ging hinunter. Hugh hatte gesagt, fast jeder in dem Haus sei jeden Tag von früh bis spät zur Arbeit fort. Sie steckte den Finger unter die linke Kante des Teppichs auf dem Treppenpodest und fand die Schnur. Darin hat er nicht gelogen, dachte sie. Sie zog. Unter dem Teppich kam ein Briefumschlag hervor. Sie steckte ihn in ihre Handtasche. Zwei Stufen darunter, in der Teppichfalte über der Stufe, brachte eine zweite Schnur noch einen Umschlag zum Vorschein. Zwei Stufen weiter ein letzter Ruck, und sie hatte den Rest des Geldes. Sie atmete heftig. Sollte sie in die Wohnung gehen oder nicht? Es war eigentlich nicht notwendig; er kam auch ohne Schuhe zurecht. Die Neugier siegte. Sie schloß rasch auf und machte die Tür hinter sich zu. Die Wohnung wirkte unberührt, obwohl die Polizei sie durchsucht hatte. Sie glaubte nicht an Johns Burger-Mac-Filzig-Leute.

Sie blickte sich neugierig in Hughs Zuhause um. Bücher. Er war erheblich belesener, als man den Eindruck hatte. Ein paar gute Bilder. Ein Stapel Schallplatten, ein sehr schöner Plattenspieler. Ein Badezimmer, das ihren Neid erregte. Sehnsüchtig blickte sie auf einen griechischen Badeschwamm, entschied sich, ihn dazulassen. Auch Kleider mußte sie dalassen. Das Schlafzimmer war behaglich. Sie betastete vorsichtig das große Bett. Die Wohnung war freundlich. Das Foto einer Frau, die von einem Gartenstuhl in die Kamera lächelte, eine schwarze Katze in den Armen – unübersehbar seine Mutter, die Nase weiblich, aber groß.»Tja, Mutter.« Matilda sah diese Version Hughs an.»Damals hattest du keine Angst.« Auf der Straße knallte eine Wagentür zu. Sie hörte Stimmen, ein Schlüssel wurde ins Haustürschloß gesteckt. Sie sah sich nach einem Versteck um, schlich sich aus der Sichtweite der Tür. Schritte stampften die Treppe hinauf, ein Mann und eine junge Frau, die miteinander redeten.

»Mein Gott, was für eine Treppe! Wie hoch denn jetzt noch? Mir tun die Beine weh.«

»Letzte Etage, tut mir leid.«

»Ooh!« kam ein Kreischer. »Du hast mir nicht gesagt, daß hier der Muttermörder wohnt.«
»Doch, Dummerchen, du warst nur zu besoffen, um's zu hören. Komm schon.«
»Es ist gruselig.«
»Sei nicht albern. Er ist doch nicht da.«
Die Schritte bewegten sich weiter die Treppe hinauf. Matilda atmete aus. Sie schnappte sich ein Paar Schuhe vom Ständer, verließ die Wohnung und rannte hinunter auf die Straße. Auf der Gloucester Road kaufte sie einen Einkaufsbeutel und tat die Schuhe hinein. Die Verkäuferin warf einen kurzen Blick auf sie, dann auf die nächste Kundin, während sie ihr die Hand mit dem Wechselgeld entgegenstreckte.

In einem Obstgeschäft fragte sie nach dem nächsten Postamt und spazierte den Bürgersteig entlang ruhig darauf zu. Sie schwitzte nachträglich vor Angst. Auf dem Londoner Pflaster taten ihr die Füße in den ungewohnten Schuhen mit den dünnen Sohlen weh. Sie hoffte, sie fiel nicht auf in dem Gewühl aus Fremden, die sich in Richtung U-Bahn schoben und drängelten.

»*Qu'est qu'elle fait ces jours, Madeleine?*«
»*On dit qu'elle fait le trottoir.*«
»*Pas vrai, elle s'est bien installée avec un Suisse?*«
»*Elle doit s'ennuyer!*«
Hatten Madeleine vielleicht die Füße auf dem *trottoir* weh getan? Matilda kämpfte sich in das Postamt hinein, stellte sich an eine Schlange an, die sich langsam auf den Schalter zuschob. Ihre Füße schwollen unerträglich an, derweil sie mit Hughs Schlüsseln in der Hand wartete. Während die Schlange langsam vorrückte, löste Matilda die Schlüssel von ihrem Nachthemdband und steckte es in ihre Handtasche. Als sie schließlich am Schalter ankam, sah sie sich einem Inder gegenüber, dessen traurige Augen durch sie hindurchblickten.

»Einen eingeschriebenen Umschlag bitte, mittlere Größe.« Grazile Finger schoben den Umschlag zu ihr hin. Sie zahlte. Er würde sie nicht wiedererkennen, dieser hinter dem Schalter eingesperrte Mensch, der so unendlich viel würdevoller als der nasepopelnde Mr. Hicks war. Mr. Hicks, der sich als was Besonderes vorkam mit seiner krätzigen Nase und kittfarbenen Haut, würde diesen Mann mit Nigger oder Brikett anreden.

»Nächster bitte.« Der Inder winkte ganz leicht mit drei Fingern. Sie hielt die Schlange auf mit ihrem Gestarr.

»'tschuldigung.« Matilda wurde rot, eilte an einen Schalter, adressierte den Umschlag an sich selbst, legte die Schlüssel hinein, nachdem sie sie erst in ein Telegrammformular eingewickelt hatte, leckte den Umschlag an, verschloß ihn, indem sie fest draufdrückte, und warf ihn ein. Von Erleichterung übermannt, ging sie hinaus auf die Straße und wartete auf ein Taxi, das gerade einige arabische Damen vor einem Hotel ablud. Nachdem sie Johns Adresse genannt hatte, lehnte sie sich zurück und schlüpfte aus ihren engen Schuhen.

Am Abend im Wheelers aß sie gierig ein Dutzend Austern und eine Seezunge und lauschte entzückt Johns Schilderungen eines Angeltages am Test, sich bewußt, daß sie, ordentlich frisiert, in Anabels Kleid mehr als nur passabel aussah, und froh darüber, daß Louise ihre Schuhe eine Nummer größer kaufte als sie.

»Das Londoner Pflaster ist der Tod für meine Füße, lieber John, sieht man es mir auch im Gesicht an – Piers, meine ich?«

»Du siehst jünger aus, als ich dich je gesehen habe seit Toms Tod, wenn ich so sagen darf. Du siehst großartig aus, Matty. Was machst du eigentlich die ganze Zeit?«

»Einfach leben, John – Piers.«

»Es ist sehr schwer für dich gewesen, ihr beiden wart euch so nahe.«

»Furchtbar. Ich habe mir lange Zeit gewünscht, tot zu sein, eigentlich wünsche ich es mir immer noch.«

»Man sollte an die Kinder denken.«

»Louise, Mark, Anabel und Claud haben ihr eigenes Leben.«

»Sie kommen dich doch besuchen.«
»Nein. Jeder von ihnen war nach der Beerdigung ein einziges Mal zu Besuch, dann waren sie nicht mehr gesehen.«
»Ich hätte gedacht –«
»Keiner wohnt in England. Sie sind alle schwer beschäftigte Leute.«
»Fährst du sie denn besuchen?«
»Bis jetzt nicht.«
»Wirklich? Es ist drei Jahre her seit Toms Tod. Ich hätte gedacht –«
»Ich habe keine besondere Lust zu verreisen. Die Staaten sind so weit weg. Paris hasse ich. Frankfurt kann ich auch nicht leiden.«
»Tom hat Paris geliebt.«
»Ich war nie mit ihm dort.«
»Ja, ich weiß.«
»Wieso?« fragte Matilda scharf. »Woher wußtest du das? Wir waren ziemlich unzertrennlich.«
»Wahrscheinlich hat er es mir erzählt. Ja, ja, so muß es gewesen sein.« John warf Matilda einen durchtriebenen Blick zu. »Es schadet nichts, wenn ich's dir jetzt erzähle. Ich habe gewußt, daß du nie mit ihm dort warst. Er hat's mir natürlich erzählt.«
»Was meinst du damit, natürlich?«
»Tom hat kleine Aufgaben für meine Dienststelle übernommen. Sie haben ihm seine Reisen bezahlt.«
Matilda wurde rot. »John, du gehst zu weit mit deinen Hirngespinsten. Jetzt erzähl mir bloß nicht, Tom war ein Spion. Das ist zu häßlich von dir.«
»Mein liebes Mädchen –«
»Ich bin kein Mädchen, weder deins noch irgend jemandes. Ich bin zu alt, um alberne Spionagespielchen mit dir zu spielen. Es war ja mal komisch, aber wenn du Tom auf diese Art mit hineinziehst, ist es das nicht. Es ist ungehörig, es ist schlimmer als geschmacklos.«
»Es tut mir leid, wenn ich –«

»Das will ich hoffen. Wir haben über dich wegen Burgess, Maclean und Philby gelacht, und du hast mich gestern abend zum Lachen gebracht mit deinem Rendezvous in Prag mit dem Mann, der seine Mutter ermordet hat.« Matilda hütete sich, »Hugh« zu sagen. »Aber ich sage dir, John, es ist nicht komisch, wenn du andeuten willst, Tom sei so was wie ein Agent gewesen; das ist empörend.«

»Entschuldigung, meine Liebe. Es ist eine Schwäche von mir. Verzeih mir.« John gab dem Ober ein Zeichen, ihm die Rechnung zu bringen, während er den Blick von ihr abwandte, erfreut, daß sie nichts wußte, keinen Verdacht hegte. Er war diese drei Jahre über nicht sicher gewesen, ob Matilda an Toms Herzattacke glaubte. Es war bedauernswert gewesen. Schön, sich von Matildas Ahnungslosigkeit zu überzeugen. Sie waren miteinander sehr vertraut gewesen, diese beiden.

Matilda sah zu, wie John die Rechnung bezahlte, und dachte, daß die Kosten für dieses Essen zehn Familien aus der dritten Welt monatelang über Wasser halten würden. Sie war immer noch wütend.

»Es ist eine gefährliche Schwäche, John, und verletzend.«

»Ich bitte um Verzeihung, Matty, es tut mir wirklich leid. Wie kann ich das wiedergutmachen? Soll ich dir erzählen, daß ich nicht nach Prag fahre, um diesen Muttermörder zu treffen, sondern nur zum Angeln?«

Matilda sah ihn zweifelnd an. Sie hatte an dieser Prag-Flunkerei ihr Vergnügen gehabt; sie hatte sich dadurch sicher gefühlt.

»Ich glaube, du kannst Wahrheit und Dichtung nicht auseinanderhalten, und das macht auch nichts, aber du solltest achtsamer damit umgehen. Du hast mir wehgetan.«

»Matty, es tut mir leid. Sollen wir gehen? Mit den Entschuldigungen zum Ende kommen.«

»Laß uns ein Stück spazierengehen. Ich werde dir ein Geheimnis verraten. Ich trage ein Paar von Louises Schuhen. Auf diesem Pflaster schwellen meine Füße an.«

John hakte sie unter und sagte heiter: »Und ich verrate dir auch eines. Ich schlafe mit einem Revolver unter dem Kopfkissen – immer schon.«

Matilda brach in Gelächter aus. Auch John lachte, allerdings war er immer noch ein bißchen verärgert über ihre, wie er meinte, kleinkarierte Reaktion wegen Tom.

»Ich habe ihn bei irgendeiner Gelegenheit mal Tom gezeigt, und er sagte: ›Erzähl's bloß nie Matty, sie würde sich vor Angst in die Hose pinkeln.‹«

»Er hat nie Matty zu mir gesagt.«

»Nein, natürlich nicht.«

»Und ich glaube auch nicht an den Revolver.«

»Das brauchst du ja auch nicht.«

Matilda fand diese Antwort doppeldeutig und beschloß, ihren Besuch abzukürzen. London war ihr plötzlich zu groß, zu laut, alles in allem zuviel für sie. Zuviel für ihre Füße.

»Ich werde sehr bald wieder heimfahren müssen.«

»Du bist doch eben erst angekommen.«

»Ich finde nichts an London, John, nicht mehr. Piers, wenn du es möchtest.«

»Es ist schön, dich zu sehen. Nun renn nicht gleich wieder davon, wo du schon mal da bist.«

»Wie schade, daß man bei mir in der Nähe nicht angeln kann. Wäre das nicht schön, wenn's das gäbe?«

Sie ist beleidigt, dachte John. Na egal, sie hat sich die Herzattacke erspart, die zu arrangieren für mich lästig gewesen wäre. Ich habe sowieso keine Lust, bei ihr zu wohnen.

»Wann mußt du aufbrechen?«

»In ein paar Tagen, wenn ich so lange bleiben darf.«

»Das weißt du doch. Ich fahre nicht vor Samstag nach Prag. Heute ist Dienstag.«

»Dann fahre ich am Donnerstag.«

»Warum rufst du nicht an?«

»Es gibt niemanden zum Anrufen. Ich lebe solo.«

»Ja, natürlich.«

»Rate mir nicht, wieder zu heiraten.«

»Fiele mir nicht im Traum ein.«
»Louise, Mark, Anabel und Claud haben's mir geraten.«
»Dummköpfe.«
»Und du bist ein Engel.«
»Mit Schwächen.« Sie waren vor Johns Haus angelangt, und er griff nach seinem Schlüssel. »Ein Schlummertrunk? Brandy?«
»Nein. Für mich das Bett. Danke dir, ich habe cinen wunderbaren Abend gehabt.« Matilda ließ ihn allein und überlegte später im Bett, ob er nun tatsächlich mit einem Revolver unter dem Kopfkissen schlief oder nicht. Sie fühlte sich ängstlich und beunruhigt und wünschte sich, sie wäre daheim.

In seinem Zimmer las John eine Weile, überprüfte, ob sein Revolver genau an Ort und Stelle lag, ehe er die Nachttischlampe ausknipste. Er lag lächelnd da. Matilda war herrlich naiv. Er dachte nach und fragte sich, ohne mehr als leise amüsiert zu sein, mit was für einem Kerl sie wohl zusammenhauste und warum sie seine Schuhe in einem Einkaufsbeutel mit sich herumschleppte. Größere Füße als Toms und weder Marks noch Clauds Stil. Es war möglicherweise irgend jemand, den man überhaupt nicht vorzeigen konnte. Er brachte seine Gedanken auf die Reise nach Prag. Da gab es verschiedene Rätsel, die, wenn man eine Nacht drüber schlief, klarer sein konnten. Es war ärgerlich, daß er so viele kleine Aufgaben selbst erledigen mußte. Tom Poliport hatte sich als unersetzlich erwiesen, auch wenn er nur ein so kleines Rädchen gewesen war.

Matilda, unruhig und außerstande zu schlafen, fielen Hughs Schuhe ein. Sie hatte den Einkaufsbeutel in der Diele stehenlassen. Du lieber Gott! Was für eine Blödheit, dachte sie, als sie auf Zehenspitzen nach unten schlich, um ihn zu holen. Wie dusselig, so herumzutappen, obwohl Mrs. Green doch erst am Morgen wieder da wäre.

18

Beim Frühstück war Matilda gut gelaunt. John steckte den Kopf zur Tür herein.
»Dinner heute abend?«
»Ja, sehr gern, Piers.«
»Was machst du heute?«
»Lunch bei Lalage. Ein paar Einkäufe. Wir werden nicht bis in die Puppen lunchen, wie ich sie kenne.«
»Grüße sie von mir.«
»Tu' ich.«
Später machte sie sich auf den Weg, warf einen raschen Blick bei Habitat und Peter Jones rein, ehe sie einen Bus zum Piccadilly bestieg. Sie überquerte die Straße und ging auf dem Weg zu »St. Fortnum's, Piccadilly«, wie Tom immer gesagt hatte, bei Hatchard's vorbei. Sie hatten dort füreinander Geschenke gekauft, als sie sich den Hof machten, aber heute störte sie die Erinnerung nicht. Sie hatte die hochhackigen Schuhe vom Tag zuvor abgelegt und schlenderte in Espadrilles herum. Sie kaufte für Claud eine Gänseleberpastete und gab den Auftrag, sie in seine Wohnung in New York zu schicken. Der Verkäufer gab ihr eine Karte, auf die sie schrieb: *Iß dies zur Erinnerung an mich. Mama.* Er würde sie mit seinem Lover essen, wenn sie nicht unterwegs schlecht wurde, was sie beinahe hoffte. Sie zahlte mit Scheck.
Ein kurzer Abstecher in die Jermyn Street und das sorgsame Aussuchen eines Hemdes für Louise bei Turnbull &

Lasser. Louise würde etwas anderes vorziehen und das Hemd ihrem Mann schenken, dessen Gesichtsfarbe besser dazu paßte als Louises. Matilda wußte, daß Louise sich fragen würde, ob ihre Mutter das Hemd im Hinblick darauf ausgesucht habe, und sich sagen würde, ihre Mutter sei nicht raffiniert genug, um so etwas Niederträchtiges zu tun. Sie zahlte per Scheck und ließ das Hemd nach Paris schicken.

Flott spazierte sie weiter zu Liberty's, wo sie für Anabel zwei Halstücher erstand, passend zu ihren häufigsten Stimmungen: Geilheit und Übersättigung. Anabel würde wissen, was gemeint war. Auch hier zahlte sie mit Scheck. Ein Taxi zu Foyle's, wo sie in englischer Übersetzung ein Buch des russischen Dichters kaufte, der sich jüngst in den Westen abgesetzt hatte, und es an Mark senden ließ, der es auf sein Präsentiertischchen legen würde. Sie zahlte per Scheck.

Das Einkaufen brachte ihre Stimmung auf die notwendige Höhe, um Lalage mit einem leidlichen Quantum an Gelassenheit begegnen zu können, wo sie zum Lunch wohlberechnete zehn Minuten zu spät eintraf.

»Liebling, du hast dich verspätet! Was um alles in der Welt hast du denn an deinen Füßen?« Lalage küßte Matildas Wange, wobei es ihr gelang, sie von Kopf bis Fuß zu mustern. »Liebling, komm rein. Ich sehe, du bist bei Paul gewesen. Seine Preise werden jede Woche astronomischer.«

»Ganz schön happig«, gab Matilda ihr recht. »Na, wie fühlt man sich denn, wenn man blond ist?«

»Ach, Herzchen, das ist meine natürliche Farbe. Daran mußt du dich doch erinnern. Dein Vater hat mich immer Blondie genannt.«

»Dieser Dreißiger-Jahre-Cartoon?«

»Sei nicht ungezogen. Komm rein und erzähl mir alles.«

Beim Essen hörte Matilda zu. Lalage plauderte mit vollem Mund über sich. In der Zeit, die sie mit Drinks und dem ersten Gang verbrachten, erzählte sie Matilda in ungeheurer Ausführlichkeit von ihrer Gesichtsstraffung, jedem Stich, jedem Abnäher und dem Preis.

»Ich dachte, nach dem letzten Mal würdest du es nicht noch mal machen lassen müssen. Das hast du jedenfalls gesagt.«
»Es hat halt nicht so hingehauen. Ich hatte einen kleinen Galopp. Schwörst du, daß du's niemandem erzählst? Dabei ging's kaputt.«
»Wem sollte ich's denn erzählen?«
»Du könntest es John erzählen, du wohnst doch bei ihm.«
»Mach' ich nicht, wenn du's nicht willst.«
»Im Grunde macht's mir nichts aus. Nur, mit wem ich den Galopp hatte. Nach seiner Attacke fiel mir das Gesicht nach unten, und ich mußte es wieder hochziehen lassen.«
»Und wer war der galoppierende Herr Major?«
»Nicht der Major, Herzchen, der Bruder. Der, der seine Mutter umgebracht hat. Du kennst ihn bestimmt – Warner.«
Matilda schluckte ihre Suppe hinunter und lachte.
»Lalage, nun hör aber auf. Er hat seine Mutter vor vier Wochen umgebracht. Du kannst nicht in dieser kurzen Zeit mit ihm geschlafen, dir dein Gesicht reparieren lassen und dich erholt haben.«
»Du bist mit deinen Zeiten durcheinander geraten. Woher weißt du das überhaupt?« Lalage, deren Mimik durch die Menge geraffter schlaffer Haut eingeschränkt war, schaffte es, verärgert auszuschauen.
»Ich lese die Zeitungen, gucke in die Glotze, höre Radio.«
Lalage, nicht aus der Fassung gebracht, lächelte. »Dann werde ich ihn erst in ein paar Monaten verwenden. Na schön, es war ein anderer. Aber ich bin Hugh Warner mal begegnet. Ich fand ihn große Klasse. Die riesige Nase ist so sexy. Hast du ihn mal kennengelernt? Sein Bruder ist ein ziemlicher Langweiler.«
»Ich glaube nicht.«
»Ich fürchte, er ist tot, das muß er sein, sonst hätte man ihn schon geschnappt.«
»Die schnappen nicht jeden.« Matilda war entzückt von der Gelassenheit ihrer Stimme. »Jack the Ripper hat man auch nie geschnappt.«

»Na ja, der fiel nur über Nutten her, das war was anderes. Ich nehme an, damit haben sie sich gar nicht richtig abgegeben. Die eigene Mutter ist was anderes.«

Matilda ließ einen Brummton hören. »Also, mit wem hattest du deinen Galopp?«

»Ach, er ist an der deutschen Botschaft. Er kennt Anabel.« Lalages Blick war bissig.

»Viele Leute kennen Anabel. Deswegen hat sie nicht unbedingt mit ihnen geschlafen. Sie ist keine Nutte.«

»Nun mal langsam, meine Liebe, das habe ich nie gesagt.«

»Mit deiner Stimme hast du es angedeutet.«

»Nein, Liebling, nein. Anabel ist reizend. Sie kommt viel rum. Sie ist so hübsch, daß die Leute notgedrungen über sie reden. Es ist ein Jammer mit ihren Haaren.«

»Sie ist jung, es ist egal, was sie mit ihren Haaren anstellt.« Wie schnell, dachte Matilda traurig, kriegt man Krach. Was tue ich denn hier, daß ich mit dieser boshaften, alten Zicke rede, sie ist überhaupt nicht meine Freundin.

»Toms Haar habe ich immer geliebt, die Art, wie es nach vorne fiel.« Lalage räumte ihre Teller ab, holte den nächsten Gang. »Genau dieselbe Farbe wie Anabels, oder?«

Lalage hatte Matilda den Rücken zugewandt, die dasaß und sich zwang, still zu sein, sich zwang, nicht aufzustehen und in dieses frisch geliftete Gesicht zu schlagen, das wußte, daß Toms Haar nur nach vorn fiel, wenn er sich beim Vögeln vorbeugte. Dann fiel's nach vorn, sonst nie. Sie war erstaunt, wie nachsichtig sie auf die Bestätigung dessen reagierte, was ein Verdacht gewesen war. Na und? Wenn er mit Lalage geschlafen hatte, war's auch egal. Früher hätte sie Lalage umzubringen versucht; jetzt würde sie ihr nicht mal eine kleben.

Sie beendeten das Essen zur Begleitmusik von Lalages anderen Affären, ihrem neuen Pelzmantel, ihrem neuen Wagen, einem erhofften Diamanten. Als Matilda sich in Lalages Schlafzimmer die Haare kämmte, die Füße bequem in ihren Espadrilles, gelang es ihr, mit unbeschwertem Lachen zu sagen: »Alles neu, Liebling, Gesicht, Kleider, Wagen, Liebhaber, alles bis auf den alten Geldsack. Es ist sehr klug von dir, daß du ihn nicht sausen läßt.«

»Mein Mann ist nicht bloß ein alter Geldsack, Matilda. Du bist ekelhaft.«

»Ja, ich weiß. Danke für den Lunch. Paß auf dich auf. Und viele Grüße an deinen Mann. Ich vermute, er ist inzwischen ein echter Kojak, der arme Bertie.«

Matilda überquerte die Oxford Street und schlenderte hinunter zum Curzon-Kino, in dem ein erotischer Film aus Deutschland lief. Während sie sich auf ihrem Platz niederließ, dachte sie gedankenverloren, Tom muß besoffen gewesen sein, als er mit Lalage geschlafen hat. Sie hatte keinen Zweifel, daß er's getan hatte. Erstaunt war sie, daß es ihr nichts ausmachte. Nach der ersten Hälfte des Films döste sie weg, nahm dann ein Taxi zu John und aalte sich in einem heißen Bad, ehe sie sich zum Ausgehen umkleidete. Wenn Tom wirklich mit ihren Freundinnen geschlafen haben sollte, war das Leben ein bißchen ärmer geworden. Zeit zu gehen, Zeit fürs Picknick.

»Würdest du lieber im Mirabelle oder in The Connaught speisen?« rief John vom Treppenabsatz her.

»Entscheide du, John, Piers, meine ich.«

»Also das Mirabelle, und The Connaught morgen.«

»Du verwöhnst mich.« Matilda ließ Wasser in die Badewanne nachlaufen. Bei John zu wohnen war so, als hätte sie einen reichen, bedürfnislosen Gatten, oder würde er vielleicht als Gatte mehr fordern? Irgendwo wußte Matilda insgeheim, was er fordern würde. Sie beschloß, ihn beim Essen mit einer etwas gepfefferteren Version des Lunchs bei Lalage zu unterhalten.

John überraschte sie damit, daß er mit ihr vor dem Abendessen ein Konzert in der Festival Hall besuchte.

»Du kannst deine Füßchen ausruhen, während ich mir die Musik anhöre.«

»Auch ich liebe Musik, das weißt du –«

»Das hast du doch nie getan.« Er fuhr gut und manövrierte seinen Wagen mühelos durch den Verkehr.
»Seit Toms Tod habe ich viel Radio gehört. Und so lernt man unwillkürlich die Musik kennen, schätzen und lieben.«
»Sehr schlecht fürs Gehör, es sei denn, man hat ein sehr gutes Radio.«
»Das habe ich nicht. Trotzdem habe ich etwas Musik kennengelernt und viel über Tagesereignisse erfahren. Manchmal höre ich den ganzen Tag Radio, es hilft mir.«
»Hilft wobei?« John parkte den Wagen und hoffte, Matilda werde nicht während des Konzerts einnicken.
»Hilft mir, am Leben zu bleiben, solange ich das muß.«
»Natürlich mußt du das. Du bist doch kein Selbstmordtyp.«

Das denkt er sich so, der arme alte Kerl. Matilda war froh, daß das ganze Konzert aus Musik von Mozart bestehen sollte, einem großartigen Aufheiterer. Beethoven, Johns Lieblingskomponist, war eher deprimierend. Sie hatte keine Lust, Tränen auf Anabels Kleid tropfen zu lassen. Sie ärgerte John damit, daß sie das ganze Konzert hindurch hellwach und kerzengerade dasaß, ohne mit dem Kopf zu nicken oder mit den Fußspitzen aufzutippen, und einige gescheite und spontane Kommentare über den Dirigenten abgab. Als sie sich ihm am Schluß zuwandte und ein entwaffnendes Dankeschönlächeln schenkte, stellte er erstaunt fest, wie rührend ähnlich sie der Matilda war, die er vor ihrer Ehe gekannt hatte. Während er sie zu dem Restaurant fuhr, war er freundlich und nachsichtig gestimmt. Sie war kein unangenehmer Umgang; heute abend sah sie zweifellos vorzeigbar aus.

Während des Essens erzählte Matilda John, was Lalage über Anabel gesagt oder angedeutet hatte.
»Sie ist halt so, Matty, ich würde ihr gar keine Beachtung schenken. Sie ist eifersüchtig auf dich, das ist alles.«
»Eifersüchtig auf *mich*?«
»Ja. Der arme Bertie ist der langweiligste aller Langweiler.

Kein Wunder, wenn sie ein langes Gesicht bekommt und es sich wieder straffen lassen muß.«

»Aber so reich.«

»Das gebe ich zu. Er ist ekelerregend reich, tut nichts Interessantes damit, verdient nur noch mehr Geld, damit Lalage es ausgeben kann.«

»Kein Grund für sie, auf Anabel herumzuhacken. Wie soll sie denn mit diesem Deutschen schlafen können, wenn er in London und sie in Frankfurt ist?«

»Es gibt diese moderne Erfindung namens Flugzeug.«

»Es ist also wahr?«

»Und was wäre, wenn?« John, der Anabel ziemlich oft mit dem Deutschen gesehen hatte, war nicht gewillt zu lügen.

»Ich sollte mir nichts draus machen.« Matilda sah sich im Restaurant um. »Sie ist ein schönes Mädchen. Soviel ich weiß, schläft sie viel herum. *Sie* sollte hier sein, nicht ich, es ist ein guter Rahmen für sie. Ich gehöre nicht mehr her. Das Pflaster ist eine Katastrophe für meine Füße, und ich fühle mich fehl am Platz. Anabel ist hier richtig, ich nicht.«

»Hat Lalage durchblicken lassen, daß sie mit Tom geschlafen hat?«

»Nein«, sagte Matilda zu rasch, womit sie John in seiner Kenntnis bestärkte.

»Möchtest du einen Brandy?«

»Nein danke, er würde mich nicht schlafen lassen.«

»Hast du letzte Nacht gut geschlafen?«

Matilda überlegte, ob er sie gehört hatte, als sie wegen Hughs Schuhen nach unten geschlichen war. »Ach, ich wende immer Clauds Rezept an, wenn ich nicht schlafen kann.«

»Wie geht das?«

»Sich Briefe an die *Times* ausdenken über die Hüte der Königin. Du mußt einen Brief schreiben, der die Monarchin nicht herabsetzt, jedoch deinen Abscheu vor ihren Kopfbedeckungen ausdrückt. Ohne unpatriotisch zu erscheinen, ist das unmöglich. Aus Verzweiflung schläfst du ein und schnarchst.« Matilda lachte, und John grinste sie an.

»Sicher, daß du keinen Brandy haben möchtest? Hast du was dagegen, wenn ich einen trinke?«

»Natürlich nicht. Ein Brandy wird dir in deinem Supernadelstreifen hervorragend stehen. Der Ansturm der Jahre hat dich sehr vornehm werden lassen, Piers.« Gelegentlich brachte Matilda gern Schmeicheleien an.

»Du siehst selbst sehr hübsch aus.«

»Das sind die paar kurzen Atemzüge von London, die du mir gewährst.«

»Bleib länger. Bist du denn nicht einsam, so allein in deinem Landhaus?«

»Ich habe einen Hund und einen Gänserich. Ich bin eine Landpomeranze.«

»Aber doch keine einsame?« Sie tut ja sehr geheimnisvoll mit diesem Kerl, dachte John, als er Brandy bestellte. Ich nehme an, er ist gut im Bett, kann aber »mir« und »mich« nicht auseinanderhalten.

»Ganz und gar nicht einsam. Ich habe nichts dagegen, am Donnerstag wieder nach Hause zu fahren.«

Er muß gut sein, dachte John. Wenn ich die Zeit dazu habe, muß ich rausfinden, wer er ist.

Was für eine langweilige Unterhaltung das ist. Da ist mir Gus jeden Tag lieber. Matilda schluckte ein Gähnen hinunter. Ihre Schlafenszeit war längst durch.

»Du hast doch früher eine Katze gehabt.«

»Sie ist tot.«

»Tut mir leid.«

»Braucht dir nicht leid zu tun. Tot ist tot. Tom ist tot, und unsere Katze ist tot. Es wird nicht lange dauern, da bin ich auch tot. Der größte Teil von mir ist gestorben, als Tom starb. Wir hatten uns vorgenommen, gemeinsam zu sterben.«

»Sterbekontrolle.«

»Ja. Hat Tom es dir erzählt?«

»Muß er wohl. Er wollte abtreten, solange es noch schön ist. Er bekam seinen Wunsch erfüllt.« John roch an seinem Brandy. Wenn Tom sich gewünscht hatte, jung zu sterben, war die Herzattacke in der rue Jacob wirklich nicht von großer Bedeutung. Wenn ich ein schlechtes Gewissen hätte, was nicht der Fall ist, dachte John, wäre kein Grund dafür vorhanden.

»Tja, es war *unser* Wunsch. Ich bin übriggeblieben. Verflucht noch mal«, fauchte Matilda, und der Zorn ließ sie recht hübsch erscheinen.

Wer es auch ist, der in diese Schuhe paßt, er hat Glück – wenn einem die Sache Spaß macht, was ich von ihr zufällig weiß. John beobachtctc, wie Matilda Farbe bekam, erfreut, daß sie an die Herzattacke glaubte, daß keine Notwendigkeit bestand, eine für sie zu arrangieren.

»Du und Anabel seid euch sehr ähnlich.« Er goß den Brandy hinunter.

»Anabel und ich? Liebe Güte, nein.«

»Nicht äußerlich vielleicht. Sexuell.«

»Was für eine ungewöhnliche –« Matilda verstummte.

»Anschuldigung?«

»Ja. Ich habe nie herumgeschlafen.«

»Du hättest sehr leicht diesen Weg einschlagen können, wenn Tom dich aus den Augen gelassen hätte.«

Matilda ließ es dabei bewenden, erleichtert, daß John im Begriff war, die Rechnung zu begleichen.

»Morgen esse ich mit Anne zu Mittag. Ich frage mich, was sie zu erzählen haben wird.«

»Sie wird auf Louise herumhacken, heute war Anabel dran. Auch Louise ist sehr schön, wenn auch nicht so sexy.«

»Ich werde versuchen, mich auf sie einzustellen.«

»Ich würde die Mädchen sich selbst schützen lassen, wenn's meine wären.«

Aber das sind sie nicht, dachte Matilda. Ihr tat John leid, unverheiratet, kinderlos, geschlechtslos. Was tat er wohl an langen Winterabenden?

»Du bist ein Rätsel«, sagte sie später, als sie ihm einen Gutenachtkuß auf die Wange gab. John fühlte sich geehrt, aber nicht zufrieden, und ehe er zu Bett ging, überprüfte er seinen Terminkalender und stellte zu seinem Verdruß fest, daß er unmöglich dran denken konnte, Matilda vor November zu besuchen. Quadratflosse muß warten, dachte er, als er das Licht ausknipste und nach seinem Revolver tastete.

In ihrem Zimmer dachte sich Matilda keine Briefe an *The Times* aus, sondern gratulierte sich dazu, daß sie zu dem Zeitpunkt, da die Schecks, die sie den Tag über ausgeschrieben hatte, geplatzt wären, tot sein würde. Sollte Mark sich damit herumplagen. Es würde ihm guttun, wenn er das Gefühl hatte, er habe immer recht gehabt mit seiner Meinung, daß seine Eltern weltfremde, hilflose Menschen gewesen seien. Was ihren Gastgeber John betraf: Wenn er früher daran gedacht hätte, sich Piers zu nennen, wäre jedem, der an ihrer Entourage interessiert war, wie zum Beispiel Claud, eine wahre Lustbarkeit an Verwirrung und Gespött durch die Lappen gegangen. Matilda gefielen die Worte »an ihrer Entourage interessiert« und grübelte friedlich über sie nach, ehe sie schnarchte.

Auf Matildas Schnarchen lauschend, lag John da und dachte über sie nach, erinnerte sich an die Zeit, als sie beide jung gewesen waren. Es war zu spät gewesen, sie festzuhalten, selbst wenn er es gewollt hätte, als sie zu ihm gerannt war, nachdem sie Felicity umgebracht hatte. Er war froh gewesen, daß sie Felicity getötet hatte; sie war eine Nervensäge. Die verzweifelte Matilda, so fassungslos vor so langer Zeit. »Ich hatte solche Angst, daß ich in den Schnee gepinkelt habe. Es war so kalt –« Die Kälte hatte ihr mehr zu schaffen gemacht als der Mord. Er hatte ihr Brandy zu trinken gegeben, sie zu Tom mitgenommen. Und jetzt, dachte er, ist sie über fünfzig und schnarcht wie der Teufel.

19

Auf dem Weg zum Mittagessen bei Anne schlenderte Matilda von Chelsea aus zu Harrods. Sie hatte die Idee, Anabel damit zu überraschen, daß sie ihr ein wirklich wunderschöncs Kleid hinterließ, das sie nur einmal getragen hatte. Sie würde ein Kleid aussuchen, das sowohl Anabel als auch Louise stünde. Sie würden es finden, feststellen, was es gekostet hatte, und es beide haben wollen. Sie würden sich streiten, wer es bekäme. Anabel, die Skrupellosere und Entschlossenere, würde es kriegen. Adrenalin würde fließen, die Beerdigung in Fahrt bringen. Später würde Louise sich von ihrem Mann ein noch teureres Kleid kaufen lassen, und der Groll würde auf ihn überspringen, während Mark, der inzwischen den Bankdirektor aufgesucht haben würde, außer sich wäre. Nur Claud wäre entzückt. Von allen meinen Kindern liebe ich Claud am meisten, dachte Matilda, als sie Harrods durch den Eingang am Hans Place betrat und durch die Herrenabteilung zu den Fahrstühlen bummelte.

Es machte ihr Freude, Verschiedenes anzuprobieren und zu einem Entschluß zu kommen. Geholfen wurde ihr dabei von einer Verkäuferin, die noch nicht unfreundlich zu älteren Damen war. Matilda gab ihr zu verstehen, daß das Kleid für Anabel sein sollte, nachdem sie selbst es einmal getragen hatte.

»Ich ziehe es heute abend an, dann kann meine Tochter es haben.«

Matilda entschied sich gegen Weiß und Schwarz, zögerte

ein bißchen vor einem limonengrünen, das Anabel stehen würde, jedoch zu ihrem weißen Haar peinlich aussähe.

»Ich habe ein dunkelrosafarbenes da, das Ihnen stehen würde.«

»Zeigen Sie's mir.«

Das rosa Kleid stand ihr wirklich. »Ich nehme es. Anabel wird wunderschön drin aussehen.«

»Wie ist es mit der Länge?« Matilda trug ihre Espadrilles. »Mit hohen Absätzen dürfte es ziemlich kurz sein.«

»Ich hasse hohe Absätze, sie schaden nur. Ich trage diese Dinger hier, um mir Schmerzen zu ersparen. Was soll ich machen?« Sie war bekümmert. Sie wollte das Kleid. Mit hohen Absätzen sähe es lächerlich aus, zu kurz.

»Wenn Sie's in der Schuhabteilung mal versuchen würden, vielleicht finden sie da ein Paar Ballerinas. Die sind ziemlich flach. Ich trage sie oft nach einem langen Arbeitstag. Mir schwellen die Füße an.«

»In Ihrem Alter?«

»Ja.«

»Kann ich gleich gehen und mal nachsehen, und wenn ich Erfolg habe, zurückkommen und dann das Kleid bezahlen?«

»Selbstverständlich, Madam.«

»Nehmen Sie einen Scheck?«

»Selbstverständlich.«

Es klappte mit den Ballerinas, und Matilda verließ Harrods mit dem Kleid und den Schuhen in der Tasche, leicht im Herzen und erleichtert um einen Scheck über mehrere hundert Pfund. Auf ihrem Weg zu Anne in Mayfair spazierte sie über den Montpellier Square auf den Park zu.

Als sie am Serpentine entlangschlenderte, kam sie an der Stelle vorbei, wo sie vor langer Zeit Felicity aufs Eis und in den Tod gestoßen hatte, ohne sich auch nur andeutungsweise an den Vorfall zu erinnern. Sie war erfüllt von der Euphorie, Geld auszugeben, das sie nicht hatte. Sie hatte Spaß an den Massen junger Leute, die herumspazierten, dasaßen, im Gras lagen, in einem Fall offen kopulierten. Ihr gefielen die Boote,

Enten, Kinderwagen, herumrennenden kleinen Kinder. Sie erfreute das Rufen und Schreien vom Lido her, die Papierdrachen in der Luft, orangefarbene, blaue, rote und grüne Drachen, die durch den Spätsommerhimmel segelten und herabstürzten und sie einen Moment lang an das blaue Segel erinnerten, das sie bei ihrem mißglückten Picknick auf dem Meer gesehen hatte. Das nächste Mal wäre sie sicher allein.

Anne wohnte in Mayfair; Chelsea oder Kensington kamen für sie nicht in Frage. Es war bekannt, daß, wenn sie dem Umzug in eines dieser Viertel zugestimmt hätte, ihr Gatte mit ihr längere Ferien verbracht, ihr ein Haus auf dem Land geschenkt hätte.

»Ich kann nur in Mayfair leben, nirgendwo sonst«, war ihr Aufschrei gewesen. »Es ist so nahe an den Geschäften.« Es hieß, man könne sie mit dunkler Brille und Kopftuch auf Wochenmärkten bis in Lambeth einkaufen sehen – ein unbestätigtes Gerücht.

»Schön, dich zu sehen, Liebling.« Anne küßte Matilda.

»Was hast du denn an deinen Füßen, um Gottes willen?«

»Espadrilles.«

»Liebling, so kannst du dich doch nicht sehen lassen, die Leute lachen über dich.«

»Und wenn?«

»Oh, du warst *einkaufen*! Laß doch mal sehen.« Annes Stimme hatte den Ton einer Frau, die tagtäglich zur Kirche geht und eine abtrünnige Freundin dabei ertappt, wie sie aus der Messe kommt. Sie verband Überraschung mit Vergebung. Matilda zeigte ihr das Kleid und die Ballerinas.

»Das ist nicht dein Stil, weißt du, ist das die neue Mode? Diese Babyschuhe?«

»Ja. Ich habe gestern bei Lalage geluncht.«

»Liebling, du weißt, die redet die meiste Zeit über ihr Gesicht.«

»Ich hab's bemerkt. Wie geht's der Familie?«

»Ganz gut. Peter ist in Griechenland, Humphrey ist segeln.

So langweilig, und der Tod fürs Haar. Er bittet mich ständig mitzukommen, aber das ist nicht drin, weißt du?«

»Warum nicht?«

»Nun ja, es wird einem übel, man langweilt sich, das Haar wird ganz fürchterlich karottenfarben, weißt du, und es ist schwierig, zur Normalität zurückzukehren, weißt du.«

»Woher soll ich das wissen?«

»Nun, Liebste, man kann es weiß tragen, aber zum augenblicklichen Zeitpunkt kann man es nicht, weißt du.«

»Wie geht es Vanessa?«

»Vanessa hat irgendeinen entsetzlichen Mann in deiner Himmelsgegend. Möglicherweise kennst du ihn, Bobby irgendwas. Sie ist auf dem Bett-Trip mit ihm, jemand hat gesagt, sie treibt es sogar am Strand. Sie möchte ihn heiraten. Du weißt, wie Mädchen sind, du hast ja selbst zwei.«

»O ja, der Groschen ist gefallen. Ich habe sie am Strand gesehen. Sie wollten eine Grillparty veranstalten. Sie hat nackt gebadet und unentwegt gesagt, alles sei super, super.« Matilda nahm einen dargebotenen Sherry entgegen.

»›Super‹ ist ihr neuestes Wort. Wie man diese Ausdrücke haßt! Zum augenblicklichen Zeitpunkt ist es ›super‹. Man selber hat diese Modewörter ja nie gehabt, davor wurde man von seinen Eltern behütet.«

»Hast du Prinzessin Anne denn oft gesehen?«

»Warum sollte ich das? Wir bewegen uns nicht in diesen Kreisen, auch wenn man nicht weit davon entfernt ist, weißt du. Wie geht es Claud?«

»Ich dachte, du würdest nach Louise fragen.«

»Warum? Man ist mehr an Claud interessiert. Ganz wie Tom, weißt du – seine Umgangsformen, seine Gewohnheiten, du weißt schon.«

»Was denn für Gewohnheiten?«

»Man vermutet ja, es sind die Gene, weißt du. Claud hat Toms geerbt – sicher hast du es bemerkt – es sind alles die Gene.« Matilda wartete auf ein unausgesprochenes »weißt du«, das am Ende des unausgesprochenen Satzes in der Luft

hängen bliebe. Was tue ich hier? Wer ist diese gräßliche Frau? Wo ist die Anne, die einmal jung, hübsch, voller Leben war? Wer ist dieses fade Weib?
»Claud lebt in den Staaten. Ich sehe ihn nie.«
»Man könnte ihn wohl nicht ganz einfach mal besuchen, oder? Man sieht das.«
»Sieht was?«
»Man sieht an Claud, was du an Tom offensichtlich nie bemerkt hast. Du hast dich bewundernswert darüber hinweggesetzt. Das fanden wir alle, weißt du.«
»Willst du damit andeuten, Tom war schwul?«
»Matilda!«
»Tja, Claud ist es, ›man‹ weiß das. Du scheinst andeuten zu wollen, Tom war's auch.«
»Wußtest du das nicht?«
Matilda setzte ein breites Lächeln auf. »Nein, und du wußtest es auch nicht. Ich wette, du hast versucht, Tom ins Bett zu kriegen, und er hat dir einen Korb gegeben, und jetzt behauptest du, er war schwul.«
»Wenn du nicht eine von den ältesten Freundinnen wärst –«
»Wie alt bist du, Annie?«
»Nun –«
»'selbe Alter wie ich.«
»Ein Gutteil jünger. Ich habe geheiratet, als ich sechzehn war.«
»Anne, bitte! Nicht mit mir. Wir sind alt, dem Tod näher als der Geburt, es ist Zeit, bereit zu sein. Du kannst dir nicht endlos weiter die Haare färben, alberne Ausdrücke wie ›man‹ anstatt ›ich‹ oder ›wir‹ benutzen und ewig böses Blut machen.«
»Man sollte denken«, sagte Anne, und ihr Gesicht paßte nicht zu ihrem Haar, »daß von dem Leben, wie du es führst, dein Gehirn weich geworden ist. Du solltest öfter nach London kommen und dich auf dem laufenden halten.«
»Auf dem laufenden womit?«
»Mit dem Leben natürlich. Mit dem Leben, weißt du.«

»Mich interessiert mehr der Tod, und das sollte er auch dich. Dir bleibt nicht mehr viel Zeit, um für den armen alten Humphrey hübsch zu sein. Warum bindest du die Haare nicht nach oben und gehst mit ihm segeln? Warum gehst du nicht hin und wieder mit ihm ins Bett? Zu 'ner netten Rollerei?«

»Zum augenblicklichen Zeitpunkt möchte ich das nicht.«

»Nicht während des Mittagessens, aber wenn er vom Solent zurückkommt? Warum nicht wie Vanessa sein? Sie hat ihren Spaß, ich habe sie gesehen. Sexy.«

»Du hattest immer schon den Zug zum Vulgären, schon in der Schule.«

»Das ist ganz die alte Anne. Ich gehe jetzt. Ich halte es nicht mehr aus. Tut mir leid. Ich gehöre nicht mehr her. Ich haue ab –«

»Verläßt du London?« Plötzlich Matilda gewahr werdend, nahm Anne ihre Hand.

»London und das Leben. Schöne Grüße an Humphrey.« Matilda griff zu der Harrods-Tüte mit dem Kleid.

»Werd nicht nervös, Matilda. Du weißt, du –«

Matilda gab ihr einen raschen Kuß. »Entschuldigung, ich muß gehen, tut mir wirklich leid.«

Ohne das Mittagessen zu beenden, stieg Matilda in den Lift und fuhr nach unten, war sich bewußt, daß sie sich in ihrem Bedürfnis, dort wegzukommen, schlecht benahm. Dummkopf, ich bin nicht aufs Klo gegangen, dachte sie, während sie die heißen Bürgersteige entlang rasch zum Piccadilly lief, ins Ritz, wo sie in der Ruhe der Damentoilette ihre Notdurft verrichtete, sich die zitternden Hände wusch und die Haare kämmte. Vielleicht hatte er mit Lalage geschlafen, aber schwul war er nicht.

Matilda stand an einem Waschbecken, ließ sich kaltes Wasser über die Hände laufen und überlegte, wie sie den Nachmittag herumbekäme, bis sie zum Abendessen mit John zurückfahren konnte. Das rinnende Wasser weckte in ihr das Verlangen, noch mal zu pinkeln. Während sie auf dem Toilettensitz saß, fielen ihr Zeiten auf Partys ein, wo mit ihr niemand hatte reden oder tanzen wollen und sie viel Zeit in Toiletten zugebracht hatte. Einmal hatte es eine Party gegeben, die war anders gewesen. Sie versuchte sich zu erinnern, warum, inwiefern sie anders gewesen war. Wo hatte die Party stattgefunden? Wann? In welchem Jahr? Das Gedächtnis ließ sie im Stich. Ich kann hier nicht den ganzen Nachmittag sitzen. Das ist lächerlich. Sie wusch sich noch mal die Hände und setzte sich dann ins Foyer, um zu sich zu kommen. Sie empfand Zorn darüber, daß gestern Lalage aus dem Hinterhalt geschossen und getroffen hatte und heute Anne. Sie hatten wie Vögel angegriffen, wenn einer aus dem Schwarm verletzt ist. Am liebsten hätten sie mich umgebracht, dachte Matilda. Wie schockiert sie wären, wenn sie wüßten, daß ich die Absicht habe, mich umzubringen. Ich bin schon ausgestorben, ein Polackenhuhn, ein Haubenhamburger. Sie lächelte und fing den Blick eines alten Mannes auf, der in der Nähe saß. Er zwinkerte kaum wahrnehmbar. Er hörte seiner Tochter zu. Es mußte seine Tochter sein, denn sie sprach ihn auf französisch mit »Papa« an. Papa solle hier sitzen bleiben und sich eine Weile ausruhen, während sie ihre Einkäufe bei Fortnum's, Elizabeth Arden und Liberty's erledige. Er könne sich ausruhen und Tee bestellen, in einer Stunde sei sie wieder zurück. Inzwischen müsse er sich ausruhen. Mit einem freundlichen Winken rauschte sie auf klappernden hohen Absätzen davon.

»Ist Altsein sehr langweilig?« fragte Matilda auf französisch.

»Je m'emmerde, Madame.«

Matilda wechselte in den Sessel neben ihm.

»Darf ich Ihnen erzählen, was ich persönlich damit machen werde?«

»Je vous prie«, höflich.

»Ich werde nicht alt werden«, sagte Matilda. »Ich werde mich umbringen.«

»Haben Sie vielleicht Krebs?«

»Nein, nein. Ich weigere mich nur, die Schrecken des Alters zu ertragen. Ich habe alles gehabt, was ich wollte. Ich habe beschlossen aufzuhören.«
»Wie wollen Sie aufhören?«
Matilda schilderte in groben Zügen ihr Picknick.
»Ich wünschte, ich könnte Sie begleiten«, sagte der alte Mann, »aber ich habe zu lange gewartet. Ich kann ohne Hilfe nicht gehen, ich kann nichts tun ohne Hilfe. Es ist unwürdig. Nur meine Katze versteht das. Ich habe eine Katze in Paris.«
Matilda erzählte ihm von Gus.
»Das ist ein Problem.«
Matilda stimmte ihm zu, während sie an Gus dachte, sein Trompeten und seine über den Weg schlappenden Füße. Sie hatte Folly vergessen, wie sie Hugh vergessen hatte.
»Meine Tochter ist einkaufen gegangen. Ich muß hier sitzen und warten. Alleine kann ich nicht mehr laufen. Ich bin ein Gefangener des Alters.«
Um ihn aufzuheitern, erzählte ihm Matilda von ihren Einkäufen, von den Geschenken für ihre Kinder, von dem Kleid, das sie am Vormittag gekauft hatte, damit die Mädchen sich darüber stritten.
»Das hört sich gar nicht nach Todessehnsucht an.«
»Alle meine Schecks werden platzen.«
»Und Sie werden tot sein, wenn es passiert?«
»Darum geht's.«
»*Quelle révanche.*«
»Es ist mein ältester Sohn, er ist ein so korrekter, ehrbarer Mensch –«
»Wie sein Vater vielleicht?«
»Nein, kein bißchen.«
»Was man einen ›Pfundskerl‹ nennt?«
»Ja, genau das. Da kommt Ihre Tochter. Danke, daß Sie mir zugehört haben. Ich hätte Ihnen noch gerne von meinen beiden Freundinnen erzählt.«
»Von denen die eine gesagt hat, sie habe mit Ihrem Mann geschlafen, und die andere, daß er homosexuell war?«

»Woher wissen Sie das?«
»Das ist ein alter Trick. Ich wünsche Ihnen einen glücklichen Tod.«
»Auf Wiedersehen.«
Matilda verließ ihn, wieder heiterer gestimmt, nahm sich ein Taxi zur Hayward Gallery und von dort, auf dem Rückweg zu John, zur Tate. Es hätte sie gefreut, wenn Claud diesen alten Mann kennengelernt hätte. Sie verrichtete rasch ein kleines Gebet für Claud, entließ es aus ihrem Inneren wie eine Comicblase. Wenn es »irgend jemanden« gab, der es hörte, vielleicht würde er etwas für Claud tun?
Während sie auf dem Bürgersteig vor Johns Haus darauf wartete, daß ihr der Taxifahrer das Wechselgeld herausgab, begann sie zu summen:

>»Es steht ein kleines Hotel
>An einem Zauberquell,
>Ich wollte, wir wären da, zusammen.«

»Mum und Dad haben dieses Lied immer gesungen.« Der Taxifahrer zählte Matilda das Wechselgeld in die offene Hand. »Sagten, sie hätten dazu getanzt.«
»Ich auch.« Matilda teilte das Trinkgeld vom Wechselgeld ab.
»Stehend aneinandergeklammert?«
»Ja, wir haben uns beim Tanzen umarmt. Wir haben uns aneinandergeklammert.«
»Furchtbar, das macht man doch –«
»Im Bett?« Matilda lachte. »Wir haben uns oft stehend umarmt. Ich finde es Quatsch, getrennt von seinem Partner zu tanzen.«
Sie gab ihm das Trinkgeld. Er fuhr lachend davon. »Komisches altes Mädchen.«

20

Wenn Matilda gewußt hätte, daß Hugh die Nächte mit Spaziergängen über Land und mit Baden im Stausee verbrachte, wäre sie vielleicht besorgt gewesen.

Er kam vor Morgengrauen nach Hause und schlief bis zum Mittagessen, denn dann kam Mr. Jones, um Gus zu füttern – eine Aufgabe, die er übernommen hatte – und um ein Schwätzchen zu machen. Worüber Mr. Jones plaudern wollte, das war Matilda.

»Ich liebe die Frau.« Huw Jones saß am Küchentisch, den Bart in die Hände gebettet.

»Erwidert sie das?« Hugh machte gerade eine Kanne Tee.

»Nein. Sie war in Tom verliebt, das denkt sie jedenfalls.«

»Sie wollte sterben, weil sie ohne ihn nicht leben kann.«

»Das ist die oberflächlichste Lesart.«

»Oh, und was verbirgt sich darunter?«

»Wer weiß? Kennt meine Matilda sich selbst?« Mr. Jones streckte rhetorisch fragend eine Hand aus. »Sie hat ein großes Talent, Dinge zu verdrängen.«

»Ihre Matilda?«

»Leider nein. Es gab einen Versuch, ein kurzes Gerangel eher, aber –«

»Aber was?«

»Sie stieß mich die Treppe runter. Ich hätte mir die Knochen brechen können. Ich hatte versucht, sie in die Arme zu nehmen, aber sie schubste mich weg.«

»Was haben Sie denn oben im Haus gemacht?«
»Es war das Schwimmerventil vom Klo. Sie hatte mich gebeten, es zu reparieren. Ich sah ihr großes Bett in ihrem Zimmer, das Bett, in dem Sie geschlafen haben, eine Entweihung ist das. Ich dachte, es wäre schön, sich mit Matilda auf dem Bett herumzuwälzen, deshalb habe ich – aber sie schubste mich weg, und abwärts ging's. Sie hat gelacht! Gelacht«, stöhnte er.

»Wann war das?«

»Vor mehreren Jahren. Seit damals halte ich mich zurück.«

»Aber Sie lieben sie?«

»Ja. Albern, nicht?«

»Kommt drauf an.«

»Natürlich ist es albern. Sie ist verrückt. Sie möchte sterben. Sie möchte nicht alt werden und Platz auf der Erde wegnehmen. Ich liebe sie. Ich würde für sie sorgen.«

»Sie wären auch alt.«

»Ach! Wir wären gemeinsam alt, aber sie haßt das Alter, lehnt es ab. Sie möchte die Kurve kratzen. Das ist anmaßend!«

»Was ist mit ihren Kindern? Können die sie nicht aufhalten?«

»Ihre Kinder!« Mr. Jones streckte einen Finger in die Höhe. »Louise, schön, verheiratet, zwei hübsche Kinder, Ehemann mit Geld, lebt in Paris. Louise, die ist imposant, die ist was Besonderes. Sie hat einen Geliebten, alles sehr diskret. Dann ist da Mark.« Mr. Jones streckte einen zweiten Finger in die Höhe. »Ein richtiger Scheißkerl, eine großspurige Stütze des Establishments, ständig auf Konferenzen. Ich lese seinen Namen in der Zeitung. Dann ist da Anabel. Sie ist sprunghaft, ein Flittchen, schwierig, natürlich schön.« Er hob einen dritten Finger. »Ah, Anabel!« Ein vierter Finger fuhr nach oben. »Claud. Der Jüngste, eine Sissy, ein Homo. Und keiner von ihnen«, Mr. Jones schlug auf den Tisch, daß Folly bellte und Gus trompetete, »keiner von ihnen macht sich die Mühe, die Mutter zu besuchen.«

»Vielleicht ermuntert sie sie nicht dazu.«
»Sicher, aber sie sollten den Versuch machen. Ich besuche meine Mutter in Tooting, und das ist auch noch ungeheuer langweilig.« Huw Jones lachte, Tränen rollten aus seinen schwarzen Augen und flossen in seinen Bart. »Sie ist so langweilig«, rief er fröhlich, »trotzdem fahre ich hin. Sie jammert, sie weint, sie ist einsam.«

Hugh lachte mit ihm, während er das Wasser in die Teekanne goß und sie auf den Tisch stellte.

»Ich habe meine Mutter ständig besucht.«

»Aber Sie haben sie umgebracht.«

»Ich weiß, aber sie war nicht langweilig.«

»Erzählen Sie dem alten Jones darüber.« Die schwarzen Augen hörten auf zu zwinkern, das Lachen hörte auf.

»Nein danke.«

»Okay. Und nun haben wir eine Verlegenheitspause und denken nach, worüber wir sonst reden könnten.« Mr. Jones war verstimmt.

Während er Toast zubereitete, fragte Hugh: »Und Tom, wie war er wirklich?«

»Matildas Tom?«

»Nein, Ihrer.«

»Meiner? Ein amüsanter Mann. Liebte Matilda so sehr, wie er konnte. Ich habe nur die Ufo-Seite von ihm gekannt.«

»Und wie war die?«

»Er hatte Kriegserfahrung, verstehen Sie? Brachte Leute in Booten aus Frankreich rüber in die Flußmündung hier, und auch in einem kleinen Wasserflugzeug. Und später dann fing er an zu schmuggeln, nicht sehr oft, nur ab und zu. Er war ein geheimnisvoller Mensch. Ich glaube, er erledigte ein paar Aufgaben für diesen Typen, bei dem Matilda wohnt, aber ich bin mir nicht sicher.«

»Weiß sie es denn?«

»O nein, nein, nein. Tom brachte auch Haschisch mit. Er hat's genauso gern geraucht wie ich. Aber kurz bevor er starb, wurde er hereingelegt. Wer auch immer das Haschisch schickte, er hat auch Heroin geschickt. Tom sagte, er wäre in eine Falle gelockt worden, jemand habe ihm was anhängen wollen –«

»Warum hat er's nicht vernichtet?«

»Hat er ja, er hat es vernichtet, ins Klo getan, genau wie Sie. Aber mir hat er gesagt, er hätte ein Päckchen aufgehoben, um den Kampf aufzunehmen –«

»Den Kampf gegen wen?«

»Das weiß ich nicht. Tom fuhr nach Paris und kam nie wieder. Und es gab keine kleinen Boote oder Wasserflugzeuge mehr, nichts.«

»Wußte Matilda davon?«

»Nichts. Ich glaube, sie wußte nichts.«

»Deshalb langweilt sie sich.«

»Matilda ist einsam, sie hat verschrobene Ideen. Sie ist nicht mehr jung, hat nichts, wofür sie leben möchte, und so verliebt sie sich in den Tod. Genau das ist es«, rief Huw Jones. »Ich bin ein kluges Köpfchen. Die Unterhaltung mit Ihnen hat mich darauf gebracht, was Matilda haben möchte. Sie wünscht sich den Tod, weil sie etwas haben möchte, was sie noch nie gehabt hat, eine großartige Schlußfolgerung.« Mr. Jones war hingerissen.

»Aber den bekommen wir alle. Der Tod ist die einzige Gewißheit.«

»Aber wir lieben ihn nicht alle, nicht wahr? Liebe ist es, was sie haben will.«

»Ich dachte, sie hätte Liebe erfahren.«

»Ich glaube«, sagte Huw Jones traurig, »daß sie entdeckt hat, daß sie Liebe nie wirklich bekommen hat.«

»Das kann nicht stimmen.«

»Sie hätte mich lieben können, aber sie wollte es nicht mal versuchen. Ich liebe sie. Ich kümmere mich um Gus, wenn sie wegfährt. Ich würde sterben für sie. Ich habe Tom nie an sie verraten. Ich liege ihr zu Füßen und kriege überhaupt nichts ab.«

Hugh stellte das Teegeschirr zusammen, trug es zur Spüle.

»Die Frau liebt Gus, sie liebt nicht den armen Jones.«
»Wollen wir Schach spielen?« Hugh hoffte, eine Schachpartie werde seinen Besucher ablenken. Er fand dieses Gespräch über Matilda peinlich.
»Okay.« Mr. Jones stellte die Figuren aufs Brett. »Wir spielen Schach und hören auf, über Matilda zu reden, die glaubt, alte Leute sollten nicht zum Leben ermutigt, schwache Babys nicht in Brutkästen gelegt werden. Ich glaube, insgeheim denkt sie, es ist gut, wenn bei einem Brand in einem Altersheim viele alte Leute ersticken, wenn bei Ausflügen alter Leute an den Bussen defekte Bremsen versagen, wenn sie die Grippe kriegen und zu Hunderten sterben. Sie ist eine grauenhafte Frau, genau wie Hitler, und ich liebe sie, und ich hasse sie und ihren Tod. Ich möchte sie in meinen Armen halten und mich auf diesem Bett herumwälzen.« Unter Tränen, die ihm die Wangen herunterliefen, stellte Huw Jones die Schachfiguren auf. »Ihr Zug.« Seine Stimme klang traurig.

Hugh zog seinen Damenbauern. Ich könnte diesen Mann nicht trösten, dachte er, er liebt seinen Schmerz.

Als das Telefon klingelte, was es hin und wieder tat, sahen sie einander an, zählten, wie oft es klingelte, und warteten, daß es wieder aufhörte.

»Der Apparat ist kaputt.«

»Ich habe ihn ihr zusammengeklebt. Stub hat ihn umgeschmissen, konnte sein Klingeln nicht ertragen, armer, alter Hund.«

»Sie könnte sich einen neuen besorgen. Es sieht unordentlich aus.«

Über seinem nächsten Zug grübelnd, murmelte Huw Jones: »Sie ist keine ordentliche Frau. Das Haus ist normalerweise ein Chaos. Sie fühlt sich chaotisch, also ist der Tod logisch, ordentlich.«

Hugh, der an seine Mutter dachte, rief barsch: »Ich finde ihn nicht ordentlich.«

Hughs Gedanken zur Kenntnis nehmend, griff Huw mit einem Läufer an.

Sie hörten nicht den Lastwagen, der auf dem Weg ausrollte, obwohl Folly die Ohren spitzte und Gus trompetete.

»Hallo«, sagte Claud. »Wo ist Mama?«

»In London.« Hugh sah auf.

»Ich habe angerufen.« Claud blickte von einem Mann zum anderen. »Vor einer Stunde. Ich dachte, sie ist nur mal kurz weggegangen. Sie fährt doch nie weg.«

»Ist sie aber.« Hugh nahm die ganze Schönheit Clauds in sich auf in seinen zerrissenen Jeans, dem abgetragenen Wildlederjackett, den Gucci-Schuhen, seine dunkelbraunen Augen im sonnengebräunten Gesicht, das unwahrscheinlich gelbe Haar, Matildas Mund.

»Sie ist weg, sie ist bei –« begann Mr. Jones.

»Bei Loverboy Sir Piers in spe.«

»Er ist nicht ihr Lover.« Mr. Jones sprach brummig, eifersüchtig.

»Nein? Warum sind Sie nicht ans Telefon gegangen? Waren Sie hier?« Claud sah von einem zum anderen. »Oh, ich *verstehe*!« rief er. »Der Muttermörder. Versteckt Mama Sie? Ziemlich mutig von ihr, kühn, verdammt kühn. Wann kommt sie zurück?«

»Übermorgen.« Mr. Jones' Stimme verbarg nicht die Abneigung. »Warum sind Sie hier?«

»Ich wollte ihr meinen Fund zeigen. Ich habe einen Lastwagen voll mit den *erlesensten* Grabsteinen aus Delabole und Serpentine. Sie würden ihr gefallen. Sie standen in einem Ort in Cornwall, von dem ich gehört hatte.«

»Geklaut?«

»Nein, Jonesy, doch nicht geklaut. Sie wurden gerade – äh – entfernt, nebeneinander aufgestellt. Parkplätze jetzt, keine Friedhöfe. Wir gehen mit der Zeit, in die Neue Welt.«

»Sie kommt ja wieder.«

»Ich kann nicht warten, muß sie in den Container packen lassen. Schade. Sie hätten ihr gefallen. Sie fährt doch nie in dieser Jahreszeit weg. Tut mir leid, daß ich sie verpaßt habe. Muß die Steine verladen lassen.«

»Sie—«

»Sie hat einfach aufgelegt, als ich sie anrief, hat mir das Wort abgeschnitten. Ich wollte gerade sagen, vielleicht käme ich vorbei, konnte es nicht sicher sagen.« Er betrachtete Hugh eingehend, leise lächelnd. Matildas Mund, Clauds Mimik. »Na dann, ein andermal. Grüßen Sie sie schön von mir. Das hier ihr neuer Hund? Sie kann nicht leben ohne Tiere.« Er streichelte Folly den Kopf, während sie sich auf die Hinterbeine stellte, die Vorderpfoten gegen seinen Schenkel stemmte und mit dem Schwanz wedelte. »Also den Platz vom alten Stub eingenommen?« Er tätschelte den Hund und blickte dabei von einem Mann zum anderen, die Frage »Den Platz von meinem Vater eingenommen?« in den Augen. »Wie geht's der tödlichen Krankheit meiner Mama?«

»Der *was*?«

»Wie geht's ihrem Leben? Wette, Sie haben sie aufgeheitert.« Er sah Hugh an. »Ich soll's ja nicht sagen. Einen richtigen geilen Kerl, das ist es, was sie braucht; viel besser für sie als ihre Schwärmerei für —«

»Für wen?« Mr. Jones' Stimme verriet Angst.

»Für den Tod, den Burschen mit der Sense. Genau den — buchstabiert sich T-O-D. Tschüß dann.«

Sie horchten auf seinen raschen Schritt, das Zuknallen der Lastwagentür, das Starten des Motors, der langsam leiser wurde.

»Scheißkerl! Er hätte ihr doch sagen können, daß er kommt.«

»Er hat erwartet, daß sie hier wäre.«

»Hat's einfach vorausgesetzt.«

»Er hat aber angerufen. Wir sind nicht rangegangen.«

Mr. Jones war wütend. »Junger Stiesel.«

»Es wird besser sein, es Matilda nicht zu erzählen«, sagte Hugh leise und stellte die Schachfiguren zur Seite.

»Oh, viel besser«, stimmte Mr. Jones zu, »viel besser, wenn überhaupt was besser ist.«

»Schlimmer wäre ihre Enttäuschung. Ich habe es genauso gemacht –«
»Ihre Mutter war nicht wie Matilda, Sie haben sie getötet.«
»Ach, halten Sie doch den Mund über meine Mutter, Sie fürchterlicher Dummkopf.«
»Man denkt, ein andermal geht auch. Sie haben recht, auch ich mache es so. Aber meine Mutter ist so langweilig, so einsam, sie jammert mir die Ohren voll.«
»Scheiß auf Ihre Mutter.« Hugh kippte das Schachbrett auf den Boden.

21

John gefiel das neue Kleid, das merkte Matilda sofort. Er äußerte sich selten zu ihren Kleidern. Als sie vom Berkeley Square, wo er den Wagen geparkt hatte, zu Fuß zu The Connaught gingen, bemerkte sie außerdem, daß sie in flachen Schuhen nicht nur bequem laufen konnte, sondern daß auch John so größer, vornehmer wirkte. Heute abend trug er einen dunkelgrauen Flanellanzug, ein cremefarbenes Hemd und eine schwarze Krawatte. Er hielt lose ihren Arm umfaßt, während er sie auf das Restaurant zuführte.

Sie nahmen an einem Ecktisch Platz und tranken etwas, ehe sie bestellten. Matilda erzählte John von ihrem Tag. Er lachte.

»Du solltest Anne und Lalage nicht ernst nehmen.«

»Tu' ich aber. Ich leide ihretwegen. Es ist ein raffinierter Trick von ihnen.«

»Unsinn.«

»Sie haben ihre Technik verfeinert, den Schwachpunkt festzustellen.«

»Du solltest gegen Nadelstiche gefeit sein.«

»Bin ich aber nicht. Früher war ich mal besser darin, als Tom noch lebte, kam besser mit London zurecht. Jetzt ermüdet es mich. Ich habe meine Vitalität eingebüßt.«

»Das kann man kaum behaupten.« John hatte die Schilderung ihres Einkaufsbummels in Erstaunen versetzt. »Du hast nie so viel in zwei Tage hineingestopft. Früher hättest du zwei Wochen dafür gebraucht.«

»Das Alter schleicht sich unmerklich ein.«
Das ärgerte John, und er griff zur Speisekarte. »Was möchtest du essen?«
Matilda, die seine Verärgerung spürte, studierte folgsam ihre Speisekarte, wobei sie über seinen Ton leicht errötete. Sogleich tat es John leid. »Du siehst zehn Jahre jünger aus, als man in unserem Alter aussieht.« Es gab so wenig zwischen ihnen, daß er das gefahrlos sagen konnte.
»In unserem Alter. Ja.« Matilda warf ihm ein dankbares Lächeln zu. »Ich habe dich immer um deine Sicherheit beneidet.«
»Ich habe Tom immer für einen sehr glücklichen Mann gehalten.«
Matilda unterdrückte ein Gähnen hinter ihrer Speisekarte. Warum mußten sie eigentlich solchen Schwachsinn reden? Nachdem wir uns ein ganzes Leben lang kennen, dachte sie, könnten wir doch wenigstens ein fesselndes Thema gemeinsam haben. Sie blickte auf die Speisekarte und sehnte sich danach, zu Hause bei Gus zu sein, eine Schüssel Zwiebelsuppe zu essen, in einem gegen die Teekanne gelehnten Buch zu lesen.
»Ich werde Muscheln essen, danach Lachs. Ich bekomme nie anständigen Fisch, obwohl ich so nahe am Meer wohne.«
»Freust du dich, daß du nach Hause fährst? Bist du nicht einsam?«
»Nein.« Matilda sah John direkt in die Augen. »Kein bißchen.« Ihr kam der Gedanke, daß John womöglich dachte, sie hätte einen Liebhaber. »Ich lebe gern allein, ich bin inzwischen daran gewöhnt. Du weißt ja, wie es ist. Natürlich bin ich nicht einsam.«
John bestellte Birkhuhn. »Willst du nicht deinen Entschluß ändern und auch Birkhuhn essen? In deiner Weltgegend gibt es doch keine Birkhühner. Und vorneweg Austern.«
»Na schön. Ich schließe daraus, daß du Rotwein trinken möchtest. Na schön. Vorneweg Austern.«
»Genau so ist es, du errätst meine Gedanken.«

Sie bestellten Birkhuhn mit Streichholzkartoffeln. John ließ eine zweite Flasche Wein kommen. Matilda trinkt mehr als früher, dachte er, wobei er beobachtete, wie sie trank, nicht nur einen Schluck auf einmal, sondern zwei, ja drei, und daß sie ihr Glas oft leertrank. Der Wein brachte ihr Aussehen vorteilhaft zur Geltung. Er erzählte ihr von einer herrlichen Villa, in der er im Frühling gewesen war.

»In Frankreich?«

»Nein, in Italien. Wunderschöne wildwachsende Blumen im April, man kann noch so viele verschiedene Orchideenarten dort finden.«

»Mir wäre es lieber, wenn du nicht zu meiner Beerdigung kommst, John, Piers meine ich.«

»Was?«

»Ich sagte, mir wäre es lieber, wenn du nicht zu meiner Beerdigung kommst.«

»Ich habe dir gerade was von Italien erzählt. Hast du nicht zugehört?«

»Nur halb. Ich bin besessen vom Tod.«

»Na schön, reden wir darüber. Warum möchtest du nicht, daß ich komme?«

»Du kommst mir zu nahe. Du glaubst, ich habe einen Liebhaber.«

»Ich hatte den Gedanken.«

»Mr. Jones hat einen Annäherungsversuch gemacht.«

»Dieser Kerl mit dem Bart, dieser dicke, glatzköpfige Bursche? Was für eine Frechheit.«

»Nein, das war es nicht. Er ist nicht fett, er ist untersetzt. Für seine Glatze kann er nichts. Eigentlich war es von ihm sehr lieb.«

»Lieb!«

»Du redest, als ob —«

Matilda verstummte, weil ihr klar wurde, wie unklug das war, was sie gerade sagen wollte. Ich gehöre nicht zu John, dachte sie. Er darf gar nicht auf diese Idee kommen. Sie trank noch etwas Wein.

»Ich bin gleich beschwipst.«

Aber John sah zum Eingang hinüber. Matilda folgte seinem Blick.

»Oh, du lieber Gott!«

Herein schlenderte, cool, jung, schön, Anabel, ihr folgte ein sehr großgewachsener Schwarzer mit einem ganz ungewöhnlich schönen Gesicht. Anabel lachte zu ihm hoch, ihre Zähne, größer als Matildas, blitzten, ihr Gesicht strahlte vor Glück über ihre Eroberung.

»Was für ein wunderschöner junger Mann. Wer ist es?« Matilda war auf einen Schlag nüchtern.

»Ein ziemlich großer Fisch bei der UNO.«

»Ist seine Frau schön?«

»Ja, eine sehr intelligente Frau.«

»Arme Anabel.«

Aber Anabel hatte sie gesehen. Sie kam herangeeilt.

»Ma! Einfach super, dich zu sehen! Kein Wunder, daß ich dich telefonisch nicht erreichen konnte, du warst die ganze Zeit hier oben bei deinem Beau. Wie geht's dir, Piers, Liebling? Das ist Aron, Ma, ist er nicht wunderschön?« Matilda ergriff eine feste Hand. »Oh, Ma, was für ein Kleid! Du siehst wunderbar aus, sieht sie nicht wunderbar aus?« Ihre großen Augen wanderten von John zu ihrem Begleiter. »Wunderbar!«

»Wollt ihr euch nicht zu uns setzen?«

»O nein, Liebling, das geht nicht. Wir sind nur auf einen Drink da. Wie geht's zu Hause? Wie geht's Stub? Wie geht's Prissy?«

»Die sind schon lange tot.« Matilda spürte keinen Zorn.

»Und Gus?«

»Der lebt.«

»Er wird dann also der nächste sein, oder?« Anabel stieß die Worte mit kreischendem Gelächter hervor.

Als Anabel und ihr Freund gegangen waren, fing Matilda an zu lachen. »Es ist das Erstaunen. Das Erstaunen, das ich jedesmal empfinde, wenn ich ihr begegne, daß ich dieses Mädchen in meinem Bauch getragen habe.«

John lächelte.
»Wie lange ist sie schon in London? Du weißt doch immer alles.«
»Ungefähr drei Monate.«
»Das kleine Miststück. Konnte mich telefonisch nicht erreichen. Ich vermute, die anderen sind auch in England gewesen?«
»Claud nicht, den habe ich nicht gesehen.«
»Seine Zähne sind besser als Anabels, und er läuft nicht mit offenem Mund in der Gegend herum. Er hat mich angerufen, du brauchst ihn nicht in Schutz zu nehmen.«
»Laß die Krallen drin, Matty. Anabel hat wahrscheinlich Polypen. Du bist ihre Mutter, du hättest dich darum kümmern sollen. Wie lange ist er schon hier?«
»Mädchen mit vorstehenden Zähnen kriegen immer Männer, sie sehen so liebenswert damit aus. Ach, Claud – er ist nach Yorkshire gefahren.«
»Möchtest du noch was trinken?«
»Ich verstehe, warum die Leute zu Alkoholikern werden. Sie lernen zu akzeptieren. Nein danke, nicht mehr.«
»Du mußt lernen, deine Kinder zu akzeptieren.«
»Warum sollte ich das?« Matilda war plötzlich äußerst ungehalten. »Warum? Ich mag keines von ihnen, außer Claud. Laß sie zu meiner Beerdigung kommen. Dich will ich nicht dabei haben, aber die Kinder. Wie kann sie nur sagen, sie weiß nicht, was mit Stub und Prissy passiert ist?«
»Vielleicht hast du es ihr nicht erzählt.«
»Da bin ich sicher.«
»Na also.«
»Nix na also. Ich möchte nach Hause.«
»Wir gehen schon.« John winkte dem Ober. »Ich bringe dich heim.«
»Nicht zu dir, zu mir. Ich muß zurück. Es gibt nichts als verletzen, verletzen, verletzen in London.« In einer unbewußten Geste wölbte Matilda die Hände über ihre Brüste, dann faltete sie sie vor sich auf dem Tisch.

»Weißt du, daß mal irgend jemand irgendwo seine Hände über meine Brüste gelegt und gesagt hat: ›Chimborasso Catapaxi hat mein Herz gestohlen –‹«

»Ich möchte meinen, das haben viele Jungen getan.« John unterschrieb die Rechnung und zählte Münzen fürs Trinkgeld ab. »Das war dasjenige von den Gedichten, das unsere Generation zitiert hat wie *A Shropshire Lad* und die ein oder zwei heiklen Sonette, die wir in der Schule durchgenommen haben.«

»Wie erfrischend du bist.« Matilda stand auf. John folgte ihr nach draußen und dachte, daß sie nach all dem Wein erstaunlich sicher auf ihren Beinen stand.

Als sie in Chelsea ankamen, schlug Matildas Stimmung um. Sie summte und sang Stückchen von Cole Porter. John fiel mit ein.

»Ein herrlicher Abend, so lehrreich.« Sie sah zu, wie er den Wagen abschloß, während sie in ihren flachen Schuhen auf dem Bürgersteig stand, der noch warm war vom langen heißen Sommer. John öffnete die Haustür, und sie gingen hinein.

»Ein Schlummertrunk?«

»Lieber ein Alka-Seltzer.«

»Ich hole dir eins.«

Matilda schleuderte die Schuhe von den Füßen und spreizte ihre Zehen.

»Du und deine Füße.« John stand in der Tür, das Alka-Seltzer in der Hand, und lächelte nachsichtig.

»Meine Bauernfüße.« Sie zog an den Zehen ihrer Strumpfhose, um den Druck zu lindern.

»Hast du schon mein Schlafzimmer gesehen?«

»Nein.«

»Herrlich, wie wenig neugierig du bist, Matty. Komm, sieh's dir an.« Matilda folgte ihm über den Treppenabsatz.

»Neue Gardinen.«

»Sehr schön. Wo hast du diesen Stoff her?«

»Aus Paris.«

»Irgendwie paßt er nicht zu dir –« Sie war verwirrt. »Eher Toms Geschmack.«

»Er hat ihn mir besorgt.«

Nur noch ein Stich ins Herz, dachte Matilda, die sich nichts anmerken ließ. Verlaß dich auf John.

Als sie sich das rosa Kleid über den Kopf zog, wurde ihr von der vorübergehenden Dunkelheit schwindlig. Hoppla! Ich hab' einen Schwips! Vorsichtig hängte sie das Kleid auf einen Bügel, drehte es in alle Richtungen, um zu sehen, ob sie es mit Essen bekleckert hatte. Sie zog Schlüpfer und BH aus. In ihrem Kopf summte es, es war schwierig, klar zu denken.

Im Bad rührte sie das Alka-Seltzer an und trank die unbekömmliche Mixtur, während sie auf dem Badewannenrand saß und darauf wartete, sich übergeben zu müssen.

Nach ein paar Minuten zog sie ihr Nachthemd an und legte sich ins Bett. Sie ließ die Nachttischlampe brennen. Wenn sie sie ausknipste, würde es sich in ihrem Kopf drehen.

Sie sprach ein kleines Gebet, in dem sie um Schlaf bat.

Kein Schlaf.

Sie lag da und dachte über Anabel nach. So schön. Ein grauenhaftes Mädchen alles in allem. Sie hatte nie ein Verhältnis zu ihr bekommen, auch nicht zu Louise oder Mark, nur zu Claud, und auch da nur gelegentlich. Es ist mein Fehler, warf sie sich vor. Ich komme nicht näher an sie heran, als meine Mutter an mich herangekommen ist. Ich bin nicht erwünscht. Was hätte ich zu Anabel sagen können? Etwas Freundliches, Liebevolles, Mütterliches. Ich habe nichts davon empfunden. Ich war reizbar. Sie kommt mir nie nahe. Ich hätte mich mit diesem Mann anfreunden sollen, dann wäre er netter zu Anabel, würde sich ihrer weniger leicht entledigen. Ich habe nichts dagegen, daß sie mit einem Schwarzen herumzieht. Warum sollte ich? Stub war auch schwarz.

Das ist es. Betrunken sah Matilda ihr Wesen offenliegen. Ich komme nur mit Tieren zu Rande. Ich vertraue nur Tieren. Stub, Prissy, Gus, all den Tieren in ihrer Vergangenheit, so anspruchsvoll wie Kinder, aber nie gemein. Wow! Schwarze, braune, gescheckte Tiere. Ah! Sie liebte sie.

Mannomann, dachte sie, ich schlafe nie mehr ein. Sie zog sich ihren Morgenmantel über, knipste das Licht aus, öffnete das Fenster und lehnte sich hinaus. Irgendwo in London lag die schöne Anabel in den Armen dieses Mannes. Ich beneide sie. Ich hoffe, er tut ihr nicht weh. Dann läßt sie es an jemand anderem aus, irgendeinem weißen Blödmann. Anabel, so selbstsicher, aber keine große Tierliebhaberin. Matilda erinnerte sich, wie Anabel einmal ein Kaninchen in einem Eimer ersäufte. Grauenhaftes Kind. In gewisser Weise war sie wie Tom. Dieser unerwartete Gedanke brachte Matilda zum Weinen. Sie lief weinend im Zimmer auf und ab. »Tom, Tom, o du armer Tom, habe ich dich geliebt?«

Matilda war sich so unsicher, daß sie unruhig wurde. Ich muß laufen, dachte sie, und zog ihre Hausschuhe an. Sie wickelte sich fest in den Morgenrock, nahm den Hausschlüssel, schlich auf Zehenspitzen die Treppe hinunter und trat auf die Straße.

Von dem leisen Geräusch geweckt, sah John hinaus auf den Treppenabsatz und überlegte, was zum Teufel Matilda jetzt schon wieder vorhatte.

»Was in aller Welt geht da vor?« rief er gereizt.

»Ich mache einen Scheißspaziergang.« Matilda schlug die Haustür zu.

»Wenn sich jemand so mir gegenüber benähme«, sagte Matilda laut auf der leeren Straße, »ich würde ihn nie wieder in mein Haus lassen.« Weinend lief sie den Bürgersteig entlang, während sie sich hübsche Dinge zurechtlegte, die sie zu Anabel hätte sagen sollen, kluge, intelligente Dinge, die sie zu dem schönen schwarzen Mann hätte sagen können. Aron – ein wunderbarer Name – ausgewogen, biblisch, vornehm. Bei Gott, dachte sie, er ist sexy, kein Wunder, daß Anabel – hoffe wirklich, sie genießt es, die Glückliche.

Sie lief flott, vorbei am Royal Hospital, weit von Johns Haus entfernt. Das Alka-Seltzer wirkte. Sie wandte sich nach links, durch den Burton Court in die Smith Street, die King's Road hinunter. Eine Witwe in vorgerücktem Alter, sah sie sich die King's Road in ihrem Morgenmantel entlangspazieren, inzwischen nüchtern. Es war ein Jammer, daß sie Tiere am meisten liebte, aber so war's nun mal. Irgendwann, sie konnte sich nicht erinnern, wann, hatte sie beinahe einmal Menschen geliebt. Es muß ein Augenblick der Leidenschaft gewesen sein. Leidenschaft war etwas so ungeheuer Seltenes. Tiere waren besser, sicherer. Nun war sie fast wieder an der Sackgasse angelangt. Der Hausschlüssel? Sie hatte ihn in der Hand. Ich könnte es nicht ertragen, ihn noch mal zu wecken, dachte sie, als sie rasch ins Haus schlüpfte. Über Tom mag er verfügt haben, aber über mich verfügt er nicht. Sie schloß die Tür und schlich hinauf ins Bett.

22

In der Eisenbahn blätterte Matilda *Harper's* durch, ein Luxus, den ihr John samt *The Times* und *Guardian* erstanden hatte. Er hatte ihr einen Sitzplatz gesucht, ihr einen Abschiedskuß gegeben, war gegangen, ehe der Zug losgefahren war, und hatte sie aus seiner Erinnerung gestrichen, ehe er bei seinem Wagen angekommen war.

Auch Matilda hatte John vergessen, als ihr langsam zu Bewußtsein kam, daß sie während der vier Tage in London weder Nachrichten gehört noch eine Zeitung gelesen hatte. Das war ihr auch schon früher passiert. Normalerweise stellte sie fest, daß sie nichts versäumt hatte und das, was es an Neuigkeiten gab, frisch und interessant war.

Sie hatte kaum an Hugh gedacht, seit sie in seiner Wohnung gewesen war. Und als sie jetzt den *Guardian* überflog, kam es ihr albern vor, daß sie sich die Mühe gemacht hatte, ihm ein Paar Schuhe zu beschaffen. Jeder Mensch mit ein bißchen Grips wäre längst verschwunden und über alle Berge. Auch das Geld hatte er eigentlich nicht nötig. Ein Mensch, der so raffiniert war, daß er ein Versteck unter dem Treppenhausteppich eines Hauses voller Wohnungen hatte, wäre klug genug, inzwischen das Weite gesucht zu haben. Die Wahrscheinlichkeit bestand, und als der Zug aufs offene Land hinausfuhr, hoffte sie, es wäre wirklich so.

Matilda legte *Harper's* weg. Das Magazin bestand aus nichts als einem Katalog der Läden, in denen sie gewesen war. Der Zug nahm Tempo auf und schaukelte am Kennet-Avon-Kanal entlang. Harrods, Fortnum's, Habitat und Liberty's kamen ihr mehr wie Museen vor als Orte, an denen Menschen wie sie einkauften. Es freute sie, daß sie ihren Kindern Geschenke geschickt und daß sie in einem Blumengeschäft in Kensington alles in die Wege geleitet hatte, daß an John ein exotischer Farn samt Dankeschönbriefchen geliefert würde. Außerdem würde sie in einem Brief um Vergebung bitten. Eine Schar Gänse, die sie vom Zugfenster aus über einen Wirtschaftshof laufen sah, machte ihr ungeheure Angstgefühle. Wenn Hugh verschwunden wäre, würde Gus verhungert sein, wenn sie zurückkam? Sonst, wenn sie wegfuhr, bat sie normalerweise Mr. Jones, ein Auge auf Gus zu haben, aber Hugh kannte Mr. Jones nicht und hatte Gus bestimmt sich selbst überlassen. Nervös, als ließe das den Zug schneller fahren, suchte sie in ihrer Handtasche nach den Wagenschlüsseln. Den Rest der Fahrt behielt sie sie in der Hand.

Angst krampfte ihr den Magen zusammen. Sie schüttelte den Kopf, als der Kellner im Gang vorbeikam und »Erstes Mittagessen«, dann »Zweites Mittagessen«, dann »Kaffee, Tee, Eis« rief. Sie konnte an nichts anderes als an den verhungernden Gus denken. Sie hatte Hugh den Maisbehälter gezeigt. Vielleicht hatte er eine große Schüssel Mais und einen Eimer Wasser hingestellt, ehe er verschwunden war. Wenn er Gus sich selbst überlassen hatte, würde der Fuchs aus der Gegend ihn sich geholt haben.

Dann wieder: Vielleicht war Hugh ja noch da. Er hatte Essen für ein paar Tage. Das einzige, was knapp war, war Milch. Sie hatte ihm das Versprechen abgenommen, vorsichtig zu sein, ruhig zu sein, sich verborgen zu halten. Sie fragte sich, wie sie sich in diese Lage gebracht hatte, es war verrückt. Bestimmt, dachte sie, die Wagenschlüssel fest in der Hand, war inzwischen etwas passiert, was die Polizei alarmiert hatte. Der Hund könnte gebellt haben, Hugh könnte gesehen, nach einer Verfolgungsjagd festgenommen worden sein und jetzt »der Polizei bei ihren Nachforschungen helfen«. Warum hatte sie nicht Zeitung gelesen oder Nachrichten gehört? Natürlich hatte John einen Witz gemacht, als er gesagt hatte, daß er den Muttermörder in Prag treffen wolle. Er las Zeitung, setzte voraus, daß sie das gleichfalls tat, und hatte einen Witz gemacht. O Gott, dachte Matilda, er denkt bestimmt, ich bin verrückt. Vieleicht bin ich's ja auch. Es wird höchste Zeit, daß ich wieder mein Picknick plane, oder ich ende in der Klapsmühle. Zu langweilig für Louise, Mark, Anabel und Claud. So viel mache ich mir aus ihnen, daß ich ihnen das nicht aufbürde. Die Wagenschlüssel bohrten sich in ihre Hand.

Sie bemühte sich, ruhig zu werden und sich zu überlegen, wie sie sich der Polizei gegenüber verhalten sollte, wenn man ihr sagte, daß sie Hugh gefunden hätten. Das beste wäre, verwirrt, überrascht und empört zu sein. Und als ihr einfiel, daß Hughs Schuhe in ihrem Koffer waren, dachte sie, wie belastend, ich muß sie aus dem Fenster werfen, und stand schon auf, um nach ihrem Koffer im Gepäcknetz zu greifen, als sie bemerkte, daß der Zug die Fahrt verlangsamte. Sie hatte ihr Ziel erreicht.

23

Das Auto stand dort, wo sie es stehenlassen hatte, genau wie vorher, nur ein bißchen staubiger. Jemand hatte in den Staub auf die Rückfenster geschrieben:

Der Fahrer dieses Wagens ist ein Sexfanatiker.

Matilda steckte den Schlüssel ins Schloß. Es war keine Luft im Wagen. Sie kurbelte die Fenster herunter, startete den Motor und wartete im Leerlauf. Ihre Handfläche fühlte sich vom Umklammern der Schlüssel wund an. Während der Motor auf Touren kam, dachte sie, ich werde nie erfahren, ob diese beiläufig fallengelassenen Andeutungen über Tom wahr sind. Als sie aus dem Bahnhofsparkplatz herausfuhr, sagte sie sich, es sei ihr egal, ob er ein Gelegenheitsspion gewesen sei, herumgehurt habe oder schwul gewesen sei. Jetzt war alles vollkommen bedeutungslos.

Auf der Fahrt durch die Stadt sah sie, wie Gesichter vor Lachen aufleuchteten, als die Leute die Mitteilung auf dem Rückfenster lasen. Es ist toll, wenn man einen soliden Eindruck macht, dachte sie. Dann dachte sie, es müsse selbst die Herzen der Polizei erweichen, die bestimmt auf sie wartete. Wenn Hugh irgendwelche Dankbarkeit empfindet, hat er ein Fenster eingeschlagen, um es wie einen Einbruch aussehen zu lassen, alles ein bißchen in Unordnung gebracht, nicht zu sehr, nur gerade ausreichend.

Sie hielt, um Milch zu kaufen, dann fuhr sie schnell die Straße entlang, die von abgeernteten, auf den Pflug wartenden Getreidefeldern gesäumt war, zwischen deren Stoppeln Fasane leuchteten. Nach der Eisenbahnfahrt fühlte sie sich heiß und klebrig, freute sich darauf, in alte Kleider zu schlüpfen. Es schien ihr warm genug zum Baden, für einen Ausflug ans Meer. Sobald sie mit der Polizei fertig wäre, würde sie hinfahren.

Auf den fünf Kilometern Fahrweg von der Hauptstraße bis zu ihrem Häuschen hielten sich Urlauber zäh auf der Straßenmitte, entschlossen, sich nicht ihren Lack an den hohen Böschungen dieser fremdartigen ländlichen Gegend zu zerkratzen. Ihre Besorgnis erschreckte Matilda, die es gewohnt war, die Straßenbreite ganz nach Gefühl einzuschätzen.

Sie öffnete das Tor, fuhr in die Garage. Sie schaltete den Motor aus. Stille, dann ein lautes Trompeten und das Platschen von Gus' Füßen, der ihr entgegenlief.

»Es geht dir also gut, du mein schönes, mein wunderbares Tier.«

Gus schlug mit den Flügeln, schiß.

»Ganz allein?« Sie streichelte ihm den Hals. Gus trompetete lauter und lief ihr zur Hintertür ein kleines Stück voraus. Matilda lauschte. Keine Menschenseele zu sehen, kein Streifenwagen, keine Überraschungen. Sie kam sich im Stich gelassen vor. Hugh war verschwunden, so wie sie sich's gedacht hatte, wie sie es gehofft hatte.

Mein Gott, sagte sich Matilda, was für eine Schwindlerin ich doch bin. Ich bin ungeheuer enttäuscht. Was soll ich denn mit seinen Schuhen und seinem Geld machen? Er hätte doch warten und mir vertrauen können.

Verärgert tastete sie nach dem Schlüssel unter dem Fußabtreter und schloß die Tür auf. Das Haus war aufgeräumt und leer, so leer wie neulich, als sie die Tür zugeschlossen und sich zu ihrem Picknick auf den Weg gemacht hatte.

»Verdammt und zugenäht und zur Hölle mit dieser Grillparty«, sagte sie zu Gus, der den Hals zur Tür hereinreckte, seine blauen Augen begegneten ihren. »Diese verdammte Vanessa und ihr Bobby.«

»Ich habe Sie nicht so schnell zurückerwartet.« Hugh, gefolgt von Folly, trat an Gus vorbei ins Haus. »Hallo!« Er beugte sich herunter und küßte sie auf die Wange. Matilda brach in Tränen aus.

»Was ist los?« Hugh trat einen Schritt zurück, während Folly aufsprang, aufgeregt mit dem Schwanz wedelte und an Matildas Londoner Kleidung kratzte. »Wofür die Tränen?«

»Ich hatte gedacht, mich würde die Polizei erwarten. Ich war völlig drauf eingestellt.«

»Völlig nervös?«

»Ja.«

»Keine Polizei, tut mir leid. Hatten Sie das gehofft?«

»Ich dachte, Sie wären verschwunden.«

»Tut mir leid, bin ich nicht.«

»Ich habe Ihr Geld und ein Paar Schuhe mitgebracht.«

»Oh, wunderbar, ich brauche Schuhe. Gut gemacht.«

»Aber ich hatte absolut das Gefühl, Sie wären weg oder man hätte Sie geschnappt. Ich habe alles deutlich vor mir gesehen.«

»Und jetzt sind Sie enttäuscht.«

»Gott, nein, ich bin –« Matilda machte sich vor, daß sie nicht wisse, was sie fühlte.

»Erzählen Sie mir nicht, daß Sie erfreut sind.«

»Sehr«, flüsterte Matilda. »Sehr erfreut.«

»Ah.« Hugh nahm ihr Gesicht in seine Hände und küßte sie sanft auf den Mund. »Schön, Sie wiederzusehen, Sexfanatiker.«

Matilda kicherte. »Irgendein ungezogenes Kind.«

»Haben Sie sich amüsiert?« Hugh füllte den Wasserkessel und stellte Tassen auf den Tisch, während Matilda, in ihren Londoner Kleidern, ihm zusah.

»Eigentlich nicht. Nein. Ich habe gut gegessen, Einkaufsbummel gemacht, Leute gesehen –«

»Freunde?«

»Früher waren sie mal Freunde.«

»Nun nicht mehr?«

»Die eine Freundin ließ durchblicken, Tom sei schwul gewesen, eine andere, daß sie mit ihm geschlafen habe, und der Freund, bei dem ich gewohnt habe, hatte die Dreistigkeit, die Andeutung zu machen, daß Tom ein Spion gewesen sei.«

Hugh lachte. »Stark oder schwach? Indien oder China?« Er hatte einen Teelöffel in der einen, eine Teebüchse in der anderen Hand.

»Starker indischer.«

Hugh goß den Tee auf.

»Ohne Sie war es ganz schön langweilig hier. Wenn Mr. Jones nicht gewesen wäre, wäre ich wahrscheinlich abgehauen.«

»Sind Sie ihm begegnet? O du liebe Güte!«

»Ja. Am Tag nach Ihrer Abreise. Er kam her, um Ihnen zu erzählen, er habe ein Ufo gesehen. Er und ich spielen Schach miteinander.«

Matilda schleuderte ihre Schuhe von den Füßen, setzte sich an den Küchentisch. »Früher hat er mit Tom gespielt.«

»Das sagte er.«

»Hat er irgend jemandem erzählt, daß Sie hier sind? Für wen hält er Sie?«

»Er sagt, er kriegt nie jemanden außer Ihnen zu Gesicht, weil die Leute ihn für verrückt halten. Mir gefällt er. Er spielt sehr merkwürdig.«

»Tom hat gesagt, er schummelt.«

Matilda nahm die Briefumschläge aus ihrer Handtasche und gab sie Hugh. »Wie sind Sie darauf gekommen, es an so einem allgemein zugänglichen Ort zu verstecken?«

»Mein Bruder und ich haben uns immer Orte ausgedacht, wir haben Wettkämpfe abgehalten, als wir Kinder waren.«

»Der Major mit der Nase?«

»Ja. Das Leben war damals einfacher. Wir haben uns vertraut. Es war wie mit Mr. Jones. Er vertraut mir. Ich vertraue ihm.«

»Wann hat er das Ufo gesehen?«
»Am Tag Ihrer Abreise. Er kommt gleich zu einem Spiel und zum Abendbrot rüber.«
»Das ist nicht ungefährlich.«
»Ich kann ihm nicht sagen, daß er nicht kommen soll. Es würde ihn aufregen.«
»Ein Geheimnis zwischen zwei Menschen ist ein Geheimnis, aber nicht zwischen dreien. Mehr als dreien, möchte ich sagen. Er ist wirklich verrückt.«
»Nein, nein«, sagte Hugh beruhigend. »Er ist exzentrisch. Er unterhält sich gern. Er ist einsam.«
Matilda gab einen Unmutslaut von sich, stellte ihre Tasse ab und ging hinauf, um ein Bad zu nehmen, zu dem sie sich sehr viel Wasser einließ, fast heißer, als sie es ertragen konnte, um die Andeutungen über Tom wegzuspülen. Als sie herunterkam, lagen Hugh und Mr. Jones auf dem Rasen und plauderten im Dunkeln. »Mr. Jones, Huw, wie nett.«
Mr. Jones rappelte sich hoch, klein, stämmig, mit seinem Bart, der am Kinn grau war, braun an den Seiten, und seinen schwarzen Augen, aufmerksam und strahlend.
»Ich habe ein Fläschchen mitgebracht.«
Mr. Jones hielt Matildas Hand in seinen beiden und drückte sie beruhigend, ehe er sie losließ.
»Ach, wie nett.« Sie versuchte sich zu begeistern.
»Keinen Gänsewein, Whisky.« Mr. Jones lächelte schüchtern. »Aus dem Pub.«
»Ich hole Gläser.« Hugh verschwand im Haus.
»Wie war London?« fragte Mr. Jones höflich.
»So so.«
»Also schön, wieder heimzukommen?«
»Ja.«
»Es hat mich gefreut, Hugh hier zu finden, als ich Sie besuchen kam. Ich wäre enttäuscht gewesen, wenn ich das Haus leer gefunden hätte.«
Hugh kam mit einem Tablett mit Gläsern und Wasser zurück.

Mr. Jones ignorierte ihn. »Es ist wichtig, Hugh zu helfen.«
»Helfen? Inwiefern denn?«
»Ach, ihm beistehen.« Mr. Jones streckte die Hand aus, nahm von Hugh ein Glas entgegen und reichte es an Matilda weiter. »Ich bin interessiert an allem, was außergewöhnlich ist.«
»Was meinen Sie damit?«
Mr. Jones nahm das Glas, das Hugh ihm hinhielt. »Ein kleines bißchen Wasser. Es ist außergewöhnlich, seine Mutter umzubringen.« Er nippte mit gesenktem Blick an seinem Drink.
Matilda konnte Hughs Gesicht nicht sehen. Sie stieß den Atem aus. »Ihr gerissenen alten Halunken.«
Mr. Jones trank einen Schluck Whisky. »Ich bin weder gerissen noch verrückt. Ich höre Radio und lese die Zeitung. Ich kümmere mich nur um meine Angelegenheiten. Sie sollten das wissen, Matilda. Hugh weiß es.«
»Nach all den Jahren sollte ich es sicherlich wissen.«
Mr. Jones sah erst Hugh, dann Matilda ernst an. »Es schien mir, daß es nicht meine Pflicht wäre, gegen Ihren Besucher Anzeige zu erstatten, und Tom hat mich auch nie angezeigt, also, sei nicht unfair, habe ich gedacht, als ich Hugh Warner hier fand, sei nicht unfair.«
»Wir, ich meine, ich habe nie geglaubt –« Matilda zögerte.
»Nie an die Ufos geglaubt?«
»Tja, nicht richtig.«
»Auch gut, niemand sonst glaubt dran, also glaube ich wiederum nicht an den Muttermord. Man *kann* es nicht«, Mr. Jones beugte sich vor, um Matilda eine Hand aufs Knie zu legen, »man kann nicht alles glauben, was man in der Zeitung liest oder im Radio hört, das ist eine Tatsache.«
»Das stimmt.«
»Und wohlgemerkt«, Mr. Jones lachte, »ich nehme an, er hat es Ihnen nie erzählt.«
»Nein. Ich bin erst nach seinem Tod dahintergekommen.«
»Na, dann wissen Sie's jetzt. Tut mir leid.«

»Die letzten Tage hat fast jeder, den ich getroffen habe, Andeutungen über einen Tom gemacht, den ich nicht gekannt habe. Ich dachte, das wäre das gehässige London, aber nun tun Sie's auch.« Matilda hielt inne. »Er hat alles mögliche vor mir verborgen.«

»Es nicht erzählen heißt nicht unbedingt, es verbergen. Er wußte es, und ich wußte es. Wenn er mir wegen der Ufos Ärger gemacht hätte, hätte ich ihm das übelgenommen. Ich hätte ihn gestoppt, und so sagte er nichts, das ist alles.« Mr. Jones trank seinen Whisky aus, stellte sein Glas auf den Rasen und sprang auf die Füße, ohne seine Hände zu gebrauchen. »Schach spielen wir ein andermal«, sagte er zu Hugh, gab Matilda die Hand und schlenderte beschwingt davon.

»Tja!« Matilda lehnte sich auf dem Rasen zurück und streckte die Beine aus. »Soll mich doch der Teufel holen! Was für ein Trottel ich gewesen bin. Es wäre mir nicht mal im Traum eingefallen, daß er und Tom Partner waren.«

»Sie sehen schockiert aus.« Hugh nahm Folly in seine Arme. »Sie müssen doch eine dunkle Ahnung gehabt haben.«

»Nichts. Erst nach Toms Tod fand ich –« Sie zögerte.

»Beweise.« Hugh lächelte verschlagen. »Haschisch und Heroin.«

»Sie haben geschnüffelt.«

»Sie haben doch sicher nicht das Gegenteil erwartet?«

»Ziemlich unfein.« Matildas Stimme war scharf. Dann kicherte sie. »Was haben Sie denn gefunden?«

»Heroin. Ich hab's ins Klo gespült. Und was haben Sie mit dem Haschisch gemacht?«

»Geraucht.«

»Alles?«

»Nein.«

»Wo ist es?«

»Auf der Bank.«

»Und Sie sagen, unter einem Treppenläufer sei einfallsreich.«

»Ich hatte nicht mehr viel. Ich hab's in ein silbernes Ziga-

rettenetui meines Großvaters getan und für Claud aufbewahrt. Er mag das Zeug.«
»Wieviel haben Sie verbraucht?«
»Weiß nicht. Es hat ein paar Monate gereicht, nachdem Tom –« Sie setzte sich plötzlich auf. »Meinen Sie, Tom hatte seine Herzattacke wirklich in der rue Jacob, oder denken Sie, es ist in Louises Bett passiert? Sie wohnt gleich um die Ecke, sie könnte ihn auf die Straße gejagt haben.«
»Seien Sie nicht gehässig«, schrie Hugh sie an. »Denken Sie nicht schlechter, als Sie müssen. Er war vielleicht auf dem Weg zu ihr.« Er war sehr wütend.
»Ja, Sie haben sicher recht. Es gehen einem so furchtbare Gedanken durch den Kopf. Deshalb habe ich auch Haschisch geraucht. Die Halluzinationen sind meistens schön.«
Hugh füllte ihr Glas neu, gab es ihr in die Hand. »Erzählen Sie mir von Louise.«
Matilda sah ihn nicht an. Sie saß da, das Glas in der einen Hand, während sie mit der anderen Gus streichelte, der sich neben sie gestellt hatte.
»Sie war unser erstes Kind, ein Kind der Liebe. Tom war vernarrt in sie. Ich war schwanger, als wir heirateten. Ich mag kleine Kinder nicht besonders. Ich ziehe Tiere vor.« Gus ließ sich mit verdrehtem Hals neben ihr nieder, und blaue Augen blickten zu ihr auf. »Tom sorgte für das Kind besser als ich. Er wechselte ihre Windeln, wusch sie, fütterte sie, legte sie zu sich ins Bett, wenn sie schrie, schmuste mit ihr, war wirklich wunderbar. Sie betete ihn an. Es war immer nur Tom, den sie liebte, nicht mich. Schließlich waren sie wahrscheinlich so intim miteinander, daß das Windelnwechseln schlicht ins Vögeln überging. Ich hätte nicht überrascht sein sollen.«
Hugh sagte nichts, betrachtete ihr Gesicht, so wie es auch der Gänserich tat.
»Ich liebte Tom«, sagte sie leise. »Sie haben mich nicht gesehen, als ich sie beide in meinem Bett fand, also, in unserem Bett, nehme ich an. Ich machte einen Spaziergang und dachte nach. Ich konnte nicht aufhören, Tom zu lieben. Ich liebte

Louise, nicht so sehr wie Claud, aber ich liebte sie wirklich, und so kam ich zu dem Entschluß, daß ein halber Tom besser sei als gar kein Tom. Ich habe ihm nie gesagt, daß ich's wußte.«

»Weiter.«

»Ich dachte, wenn Louise heiratet, würde es aufhören.«

»Und?«

»Nein, es hörte nicht auf.« Sie wurde rot. »Es wurde nur noch mehr daraus. Tom brachte viele neue raffinierte Stellungen mit heim. Ich tat so, als merkte ich nichts.« Sie warf Hugh einen kurzen Blick zu. »Ich hatte Spaß daran. Ich kam mir ein bißchen komisch vor, weil ich neue Seiten am Sex durch meine Tochter kennenlernte, aber es ist wahr, es gefiel mir.« Sie lachte Hugh an. »Ich erzähle Ihnen aber auch alles, stimmt's?«

Hugh hatte das Gefühl, er habe genug von Louise, es sei besser, Louise zu verlassen, solange sie noch anziehend roch. »Erzählen Sie mir von Jones. Haben Sie mit ihm geschlafen?«

»Sagt er das?«

»Nein, aber ich war mir nicht sicher.«

»Ich hab's nicht getan. Er wollte es gern, und es gab eine Zeit, da hätte ich vielleicht nicht widerstanden. Er ist so ein Gegensatz zu Tom, all die Haare und die kurzen Beine, aber Anabel – oh!« Matilda brach in kreischendes Gelächter aus, das sie mit der Hand vor dem Mund zu unterdrücken versuchte.

»Anabel?« fragte Hugh nach.

Matilda liefen Lachtränen aus den Augenwinkeln, und sie keuchte. »Es ist so lieblos, darüber zu lachen. Anabel war gekommen. Es war, als Tom schon einige Zeit tot war, ein Jahr vielleicht. Mr. Jones war behilflich, so nett, jätete den Garten. Ich hatte ihn furchtbar verkommen lassen. Anabel war bei mir in der Küche. Sie hatte gerade mit arroganter, herrschsüchtiger Stimme gesagt: ›Ma, du solltest dich zusammenreißen. Was du brauchst, ist Sex. Es ist sehr schlecht, plötzlich aufzuhören und ihn völlig aufzugeben. Du hast es mit Hasch versucht‹, sagte sie – ich weiß nicht, woher sie das wußte –, ›du hast es mit Hasch versucht, und es bringt dir nichts, was du haben mußt, ist Sex. Warum nicht‹, sagte Anabel und fixierte mich mit diesen großen, braunen Augen, ›mit dem alten Jones? Tu ihm einen Gefallen. Du weißt, er schmachtet dich an.‹« Matilda wischte die Tränen mit dem Finger weg. »Wir sahen zu ihm rüber. Er hockte in weiten Khakishorts da, und seine Eier hingen auf die Möhrenblätter runter. Oh!« Matildas Augen füllten sich von neuem. »Nie war mir das Mädchen so nahe gewesen. Sie sagte: ›Sie sehen aus wie Futterbälle, die man den Meisen hinhängt. Entschuldige, daß ich das gesagt habe.‹ Die Arme. Sie lachte, bis sie sich übergeben mußte, und Mr. Jones kam herein und machte uns eine belebende Tasse Tee. Er dachte, wir weinten wegen Tom. Das war das letzte Mal, daß sie hier war. Ich habe sie in London gesehen. Sie kam ins The Connaught, wunderhübsch, mit dem schönsten Mann, den man sich vorstellen kann. John, Sir Piers in spe, kannte ihn. Sie hatte nicht erwartet, mich zu treffen. Sie zog sich ziemlich gut aus der Affäre.«

»Sie wußten nicht, daß sie in London war?«

»Nein. Sie hatte mich nicht sehen wollen. Ich hätte sie womöglich gebeten, mich zu besuchen. Das ist riskant.« Matilda schüttelte den Kopf. »Armer Mr. Jones.« Hugh fand es sicherer, Anabel krank vor Lachen zu verlassen.

»Und Mr. Jones' Ufos?«

»Warum wechseln Sie das Thema?«

»Das ist die Kunst der Unterhaltung – sich durchschlängeln. Wußten Sie über die Ufos Bescheid, was sie waren?«

»Erst, als ich nach Toms Tod die Drogen fand. Solange er lebte, spielte sich das alles direkt vor meiner Nase ab, und –« Sie schien selbst jetzt nicht bereit, mehr zu sagen.

»Und?« drängte Hugh.

»Und wenn er ein Schmuggler war, und ich wußte es nicht, kann es auch stimmen, daß er mit Lalage genauso wie mit Louise geschlafen hat und daß er einer von den Spionen

des zukünftigen Sir Piers war. Aber ich sehe ihn nicht als Schwulen, wie Anne durchblicken läßt.«
»Hätten Sie ihn weniger geliebt?«
»Nein. Ich liebte ihn. Wenn Sie einen Beweis haben wollen, nehmen Sie Louise. Keine Scheidung.«
»Sie konnten ja nicht Ihre eigene Tochter vor Gericht zitieren.«
»Ich verstehe nicht, warum nicht. Ich hatte daran gedacht, aber es hätte nichts geändert. Louise ist mit einem Mann verheiratet, den ich mag, es hätte ihn zugrunde gerichtet, wogegen Sie –«
»Wogegen ich, der ich meine Mutter getötet habe, Verständnis dafür aufbringen kann, ist es das?«
»Wahrscheinlich.«
»Tom und Louise haben nichts und niemanden getötet.«
»Woher wissen Sie das?«
»Worauf spielen Sie jetzt an?«
»Louises zweites Kind sieht Tom ganz anormal ähnlich.«
»Sie sind ein widerliches Weib! Man weiß doch, daß Kinder ihren Großeltern nachschlagen. Louise hätte nie zugelassen, daß sie –«
»Das Kind ihres Vaters empfängt?«
»Genau das wollte ich sagen.«
»Sie kennen Louise nicht.«
»Sie hört sich ganz nach Ihnen an.« Hughs Stimme drückte Ekel aus.
»Sie ist mir sehr ähnlich, wirklich sehr ähnlich. Tom hat es immer gesagt.«
Matilda lachte. Hugh wurde davon angesteckt.
»Die Ägypter, die Pharaonen.« Matilda grinste Hugh an. »Wenn sie's getan haben, warum nicht Tom und Louise?«
Hugh ließ die Frage unbeantwortet und machte sich daran, die Umschläge zu öffnen und das Geld zu zählen.
»Wieviel?« Matilda beobachtete ihn.
»Eine ganze Menge. Genug, um zu verschwinden. Wenn

mein Bruder zurückkommt, sollte das je geschehen, wird er das Versteck leer finden. Er wird Bescheid wissen.«
»Aber er wird nicht sagen.«
»Geld ist was Komisches, es verändert Menschen. Wenn er ein paar Tausender braucht, und es ist weg, könnte er sehr wohl wütend sein. Also –«
»Also ist es besser, Sie verschwinden.«
»Ja.«
»Wie?«
»Wie alle anderen auch – Zug und Flugzeug an einem belebten Tag. Die Paßkontrollen werden sehr eilig durchgeführt, all die Gesichter verschwimmen einfach ineinander.«
»Warum kein Boot? Eines von den Ufos?«
»Das hat aufgehört. Ich würde ihn sowieso nicht in die Sache hineinziehen. Ich mag ihn.«
»Was ist mit mir? Ich bin in die Sache hineingezogen.«
»Sie sind eine tote Frau, wie Sie sagen.«
»Und Sie mögen mich nicht. Widerlich, haben Sie gesagt. Böse.«
»Ehrlich. Die Wahrheit mag ja zum Lachen sein, aber sie ist recht erfrischend. Werden Sie mich vermissen?«
»Ich werde mir mein Picknick vornehmen.« Sie wollte nicht direkt antworten. »Sie können bleiben, solange Sie wollen«, setzte sie rasch hinzu.
»Was wird mit Gus?«
»Ich liebe ihn.«
»Das ist wahr, eine unkomplizierte Liebe für Sie, einfach, aber der arme Vogel ist so verkorkst, daß er eine Gans tötet, wenn er mit einer zusammengetan wird.«
Matilda hörte ihm nicht zu. Sie tippte mit dem leeren Glas gegen ihre Zähne.
»John, Sir Piers in spe, hatte irgendwo etwas damit zu tun. Ich glaube, er hat mit in der Schmuggelgeschichte gesteckt. Ich glaube, er und Tom haben zusammengearbeitet, oder Tom arbeitete für ihn. Ich hatte in London den Eindruck, daß er dahinterzukommen versuchte, ob ich Bescheid weiß.

Nein, das stimmt nicht: *Jetzt* habe ich den Eindruck. Er hat gesagt, er trifft sich mit Ihnen in Prag.«

»Was haben Sie dazu gesagt?«

»Ich tat so, als glaubte ich ihm, habe mitgespielt. Ich wollte ihm nicht einfach sagen, daß Sie hier sind. Er ist tückisch.«

»Mag sein, mein Bruder ist einer von seinen Untergebenen, die Guerillas unterwandern oder irgendwelche Kriegslisten ausführen. Sie werden in Prag ausgebildet.«

Matilda stand plötzlich auf, Folly schrak zusammen. »Das einzige, was mir wirklich was ausmacht«, sagte sie bitter, »ist, ausgeschlossen zu werden. Ich komme mir so dämlich vor, wenn ich vom *Spaß* ausgeschlossen bin.«

»Verletzter Stolz.«

»Natürlich ist mein Stolz verletzt, zerschmettert.«

Hugh sagte nichts, er fand kein Wort zum Trost.

In dieser Nacht lag Matilda im Bett und umklammerte voll böser Ahnungen die Laken. Die Vernichtung ihres Stolzes war vollkommen.

24

Auch Hugh war verstört, denn er hatte keinen Grund, sie zu verletzen. Er weckte Mr. Jones in seinem Bungalow und lud sich zu einem Schnaps ein. Erfreut, gebraucht zu werden, erhob sich der einsame Mann, schlang einen alten Kimono um seine behaarte Gestalt, nahm den Whisky aus dem Schrank, suchte Gläser zusammen und stellte die Schachfiguren auf.

»Ihre Gedanken sind nicht beim Spiel«, sagte er wenig später, als er Hugh allzu mühelos matt setzte.

»Ich habe Matilda verletzt.«

»Sie ist leicht verletzbar.«

»Wie kam ihr Mann damit zu Rande?«

»Er hatte den Dreh raus. Sie ist nicht allzu gescheit.«

»Gescheit?«

»Genau das habe ich gesagt. Sie ist jung für ihr Alter, sie glaubt, was sie glauben will, macht sich ständig etwas vor.«

»Ich denke, sie überwindet es gerade.«

»Schlimm für sie.«

»Warum?«

»Na ja«, Mr. Jones machte ein beklommenes Gesicht, »es ist viel besser, wenn sie sich an Tom so erinnert, wie sie ihn gern hatte.«

»Sie drücken sich unklar aus.«

»Tom hatte sie dort angekettet, wo er sie haben wollte. Sie hat nie gewußt, daß er ein Halunke war, unaufrichtig könnten Sie sagen, aber da haben Sie's, sie liebte ihn.«

»Sie liebt diese Gans.«

»Das ist dasselbe. Ihr Ganter ist ein Hirngespinst, wie auch ihr Mann, aber sie war zufrieden damit, dachte, sie würden zusammen leben und sterben. Das war Quatsch, romantisch. Tom hätte sich nicht umgebracht, bevor er alt war, nur um jemandem Unannehmlichkeiten zu ersparen. Mein Gott, niemals. Nein, nein, er hätte Louise, Mark, Anabel und Claud in der Gegend herumgehetzt und sich von ihnen in seinem Rollstuhl bedienen lassen.«

»Und Matilda?«

»Er hätte sie als erste sterben lassen, hätte sie in den Tod getrieben und sie dazu gebracht, Vergnügen dran zu finden.«

»Das klingt, als wär's für Matilda ganz gut, daß er in Paris gestorben ist.«

»Das glaube ich nicht.« Mr. Jones gähnte und kratzte sich an der behaarten Brust. »Sie findet immer mehr über ihn heraus, mag ihn immer weniger, wird desillusioniert, es ist ein Jammer.«

»Sie wird schon einen Modus vivendi finden.«

»Nicht Matilda. Egal, was jemand tut, sie bleibt, was sie ist. Sie und der Gänserich passen gut zusammen.«

»Ich glaube, sie wird sich umbringen. Aber erst sollte sie ein bißchen Spaß haben, sich einen Liebhaber nehmen, ins Ausland reisen –«

»Sie hat kein Verlangen, ins Ausland zu reisen. Sie hat die Gans.«

»Gänserich.«

»Okay. Und warum haben Sie mich nun wirklich geweckt?«

Hugh lachte.

»Können Sie, wenn ich Ihnen Geld gebe, mir etwas ausländische Währung besorgen?«

»Klar, selbstverständlich.« Mr. Jones fügte nicht hinzu, daß er einen ganzen Koffer voll Deutscher Mark und Schweizer Franken hatte, weil er meinte, Hugh würde ihm nicht glauben. »Wieviel haben Sie?«

»Eintausend.«
»Bringen Sie es mir morgen vorbei. Wollen Sie im Ufo übersetzen? Hübsches Boot. Es liegt im Hafen.«
»Nein. Ich reise vom Londoner Flughafen ab, dort ist es am vollsten.«
»Sehr gut, tun Sie das. So würde Ihre ermordete Mutter auch reisen.«
Hugh antwortete kurz angebunden: »Es ist nicht nötig, dauernd drauf herumzureiten.«
»Paßt auf alle möglichen Leute. Louise, Mark, Anabel und Claud würden ihre Mutter nie töten, wünschen es sich nur.«
»Arme Matilda.«
»Sie hat die Gans.« Mr. Jones sah langsam wieder schläfrig aus.
Hugh erhob sich. »Ich bringe Ihnen morgen das Geld in bar.«
»Ich habe dann die Devisen in ein paar Tagen für Sie bereit.«
Ich wette, er hat sie hier überall in seinem Bungalow gehortet, dachte Hugh. Er sagte gute Nacht und ging zu Matildas Haus zurück.

Gus, der seinen Schritt erkannte, ließ einen kurzen Trompetenruf aus der Spülküche erschallen. Als Hugh die Treppe hinaufging, hörte er Matildas Schnarchen. Bis zum Morgen, dachte er, wird sie ihre Sorgen vergessen, die Enthüllungen über Tom in ihrem Unterbewußtsein begraben haben.

Er stand im Dunkeln am Fenster und blickte hinaus auf das vom Mond beschienene Land, dachte an seine Mutter, erinnerte sich ihres Gesichts, das voll Entsetzen zu ihm hochsah, und hörte ihre Stimme: »O Hugh, schnell, *bitte*.« Ihre Augen, groß, grünlichgrau, gesäumt mit für eine alte Frau lächerlich langen Wimpern, verfolgten ihn. Er erinnerte sich jetzt, wie er als Junge im Internat, heimwehkrank, außerstande zu schlafen, versucht hatte, sich in der fremden Umgebung des

Schlafsaals zum Trost ihr Gesicht und ihre Stimme ins Gedächtnis zu rufen. Damals hatte er Schwierigkeiten gehabt, sie deutlich vor sich zu sehen; jetzt sah er sie und hörte ihre Stimme: »O Hugh, schnell, *bitte*.« Sie würde mit ihm reisen, ob er es nun wollte oder nicht.

25

Hugh traf seine Vorbereitungen, ohne sich mit Matilda zu besprechen. Während sie einkaufen war, probierte er Toms Sachen an und besah sich in verschiedenen Kleidern im Spiegel. Toms Kleidergeschmack war ganz anders als seiner. In den meisten Sachen kam er sich abscheulich vor. Aus einer großen Menge Hosen, Jeans, Anzügen, Hemden und Pullovern wählte er schließlich eine helle Cordhose, ein Tweedjackett und rote Socken aus. Er zögerte, ob er einen Rollkragenpulli oder ein Hemd tragen solle, und entschied sich für das Hemd als das Seriösere. Zum Einpacken legte er Jeans, T-Shirts, Unterhosen zum Wechseln, ein, zwei Hemden, Badehosen und Pullover zur Seite. Beim Herumwandern im Haus fand er mehrere Sonnenbrillen.

Er kleidete sich um und wartete, auf den Wagen horchend, in der Diele versteckt, auf Matilda. Als der Wagen vorfuhr, trompetete Gus an der Hintertür und rannte ihr mit platschenden Füßen entgegen. Als er ihrer Stimme lauschte, wie sie den Vogel begrüßte, dachte Hugh, sie höre sich jünger, glücklicher, alles in allem fröhlicher und zuversichtlicher an.

Sie lud ihre Pakete auf dem Küchentisch ab. »Warte, Gus, warte«, sagte sie zu dem Vogel. »Ich hol' dir ein bißchen Mais.« Sie schleuderte ihre Espadrilles von den Füßen. Nackt waren sie auf dem Steinfußboden kaum zu hören. »Hier«, sagte sie, »hier, Gus, mein Schatz, iß das.« Sie stellte die

Schüssel auf die Stufe und richtete sich auf. Als sie Hugh in der Tür erblickte, schnappte sie nach Luft.

»Hallo«, sagte sie, »haben Sie nach mir gesucht?« Hugh kam einen Schritt näher. »Oder nach meinem Mann?« Matildas Stimme wurde schriller. »Er ist irgendwo in der Nähe, ich rufe ihn.« Mit lauter Stimme rief sie: »Tom? Liebling? Hier ist ein Mann, der dich sprechen möchte –« Sie schob sich in Richtung Telefon.

»Matilda.« Hugh trat näher. »Ich bin's, haben Sie keine Angst.«

»Oh!« flüsterte Matilda. »Mein Gott, haben Sie mir einen Schreck eingejagt. Ich hab' mir fast die Hosen naß gemacht. Wie haben Sie das fertig gebracht? Sie haben sich vollkommen verändert. Ich dachte, Sie wären von der Polizei.« Sie setzte sich unvermittelt hin.

»Gut, nicht?« Hugh drehte sich um, so daß sie ihn betrachten konnte. »Wie finden Sie's?«

»Diese Hosen gehörten mal Mark.«

»Nicht Tom?«

»Nein, und das Jackett war Clauds, bis er auf Wildleder umstieg. Wo haben Sie die Brille gefunden?«

»Im Schrank in der Diele.«

»Die gehörte mal Anabel, als große Brillengläser modern waren. Sie läßt Ihre Nase ziemlich klein erscheinen. Wozu soll das Ganze gut sein?«

»Ich möchte ausgehen. Ich bekomme Klaustrophobie. Ich hätte Lust, mit Ihnen essen und baden zu gehen. Was meinen Sie?«

»Riskant.«

»Irgendwann muß ich mal anfangen. Kommen Sie, es wird mir Selbstvertrauen geben, wenn ich mit Ihnen zusammen bin.«

»Wir können nicht zusammen losfahren, niemand weiß, daß Sie hier sind.«

»Sehr gut. Ich gehe durch das Gehölz und warte an der Bushaltestelle auf Sie.«

»Ich muß mich umziehen, meine Badesachen holen. Ich finde, Sie sollten es nicht riskieren.«
»Kommen Sie, Matilda, versuchen Sie's.«
»Dann warten Sie einen Moment.«
Matilda ging nach oben, schnappte sich eine Strickjacke, zog ein frisches Hemd an, kämmte sich die Haare, aufgeregt.
»Okay, ich bin fertig.«
»Geben Sie mir zehn Minuten Vorsprung.« Hugh verließ das Haus.
Zehn Minuten geben mir Zeit, die Polizei anzurufen. Zehn Minuten geben mir Zeit, mit der Polizei einen Plan zu machen. Sie beobachtete, wie die Uhr ihren Minutenzeiger ruckartig bewegte. »Zehn Minuten sind ein ganzes Leben«, sagte sie zu Gus, als sie seine Schüssel mit Mais füllte. »Warum fordert er mich mit diesen zehn Minuten heraus?« Sie schloß die Hintertür ab, legte den Schlüssel unter die Fußmatte, ging zum Wagen und saß da, den Blick fest auf ihre Uhr gerichtet, bis die zehn Minuten vorbei waren.

Hugh saß auf einem Pfosten neben der Bushaltestelle, Folly neben sich. Er stieg vorne ein, Folly kam nach hinten.

»Der erste Fehler war, Folly mitzunehmen. Sie ist mit mir gesehen worden. Die Leute denken, sie gehört mir. Das dürfen Sie nicht wieder tun.«
»Richtig, das werde ich nicht mehr machen.«
»Sie hätten mir nicht zehn Minuten Zeit lassen dürfen. Ich hätte die Polizei anrufen können.«
»Aber Sie haben's nicht getan?«
»Nein, aber machen Sie es bitte nicht wieder. Ich hab' mir überlegt, ob ich's tun soll.«
Hugh lachte. »Es gibt zwei Matildas, eine, die die Polizei anruft, und eine, die freundlich ist und Gus liebt. Nach allem, was ich weiß, gibt's noch mehr; das sind nur die beiden, die ich kennengelernt habe.«
»Wie viele von Ihren Ichs?«
»Zählen Sie.«
»Erstens Sie als Gejagter, drauf und dran, sich von der

Ebbe ins Meer hinaustragen zu lassen. Dann Sie mit Folly. Sie mit Gus. Sie mit mir. Sie –«

»Als Mörder meiner Mutter.«

»Das wollte ich nicht sagen.«

»Doch, doch. Seien Sie ehrlich, bleiben Sie ehrlich. Wir sind dem Tod nahe, wir beide.«

»Na gut, Sie als Mörder Ihrer Mutter. Ende der Unterhaltung.«

Wütend trat Matilda aufs Gaspedal und fuhr schnell die Hauptstraße hinunter.

»Fahren Sie nicht so schnell, hinter uns ist ein Streifenwagen.«

Matilda fuhr langsamer und ließ den Streifenwagen überholen. »Jedesmal habe ich Angst, wenn ich sie sehe. Dabei wurde ich dazu erzogen, sie zu mögen.«

»Ich auch.« Hugh blickte auf ihr Profil. »In welchem Restaurant ißt man am besten?«

»Am besten gehen wir irgendwohin, wo's ruhig ist.«

»Nein, ich möchte ein volles Lokal. Kein ruhiges, als wollte ich mich verstecken.«

»Na gut. Das beste ist der Crab Inn, wenn wir einen Tisch bekommen.«

»Gibt's dort eine Bar?«

»Ja.«

»Gut. Fahren wir dorthin.«

Matilda parkte den Wagen. Den Weg zum Restaurant liefen sie durch die von Menschen wimmelnde Straße zu Fuß. Hugh hielt Matilda am Arm. Wie sich ihre Haut anfühlte, gefiel ihm, und er schaute auf die Leute um sich her.

Der Crab Inn war überfüllt. Sie erklärten sich einverstanden, auf einen Tisch zu warten.

»Setzen wir uns draußen hin. Können wir draußen essen? Da ist es angenehm.«

Man sagte ihnen, das könnten sie. Hugh bestellte zu trinken, setzte sich Matilda gegenüber, die, mit der Sonne in den Augen, die Nase kraus zog und nieste.

»Ich habe meine Sonnenbrille vergessen.«
»Bleiben Sie hier. Ich besorge Ihnen eine. Setzen Sie sich auf meinen Platz.« Er bot ihr nicht Anabels Brille an.
»Ich komme mit.«
»Warten Sie hier. Wenn ein Tisch frei wird, nehmen Sie ihn, fangen Sie an zu bestellen. Ich bin nicht lange weg.« Mit federnden Schritten lief er davon, die Straße hinauf. Er erstand für Matilda eine schlichte Sonnenbrille, deren Paßform er ungefähr schätzte, dann ging er zu einem Reisebüro. Dort erfragte er die Abfahrtszeit von Zügen nach London, ehe er zu Matilda zurückschlenderte.

»Sie machen uns gerade einen Tisch mit Blick über den Hafen fertig.«

»Schön.« Er reichte ihr die Sonnenbrille.

»Danke.« Sie setzte sie auf.

Ein Kellner brachte die Speisekarte. Hugh bat um die Weinkarte.

»Was ist gut hier?«

»Sie machen einen köstlichen Paté aus geräucherten Forellen. Die Krebse sind immer gut. Manchmal haben sie einen wunderbaren Ziegenkäse mit Knoblauch, haut einen vom Hocker.«

»Damit könnten wir schließen. Ich würde den Forellenpaté nehmen. Wie ist das Steak heute, Herr Ober?«

»Nun – Sir –«

»Okay, also kein Steak. Ich nehme die Lammkeule, den Paté vorneweg und den Ziegenkäse. Was nehmen Sie, Matilda?«

»Nur die Lammkeule, den Käse und Salat.«

»Und eine Flasche Nr. 17 bitte.« Der Kellner kritzelte auf seinen Block.

»Es ist hübsch hier, und Folly kann bei uns sitzen.« Hugh lächelte zu Matilda hinüber, die ihn ängstlich ansah. Sie machte eine winzige seitliche Bewegung mit dem Daumen. Hinter seiner Sonnenbrille ließ Hugh den Blick zur Seite wandern, ohne den Kopf zu bewegen. Ein ziemlich nichtssagendes Mädchen saß an einem Tisch mit seinen Eltern, die stur und unerschütterlich ihren Pudding aßen. Das Mädchen war mit dem Essen fertig und blätterte träge im *Express*.

»Hier steht, die Polizei hat eine Spur von dem Muttermörder, Mami, und gegen den Hundeesser erheben sie Anklage.«

»Den was, Liebes?«

»Den Muttermörder, Mami, er ist in Paris auf einem Seineschiff gesehen worden.«

»Kann mir nicht denken, warum sie den Burschen noch nicht geschnappt haben.«

»O Daddy, der ist clever, hat sich 'n Bart wachsen lassen, steht hier, einen roten Bart.«

»Haben sie ihn festgenommen, Liebes?«

»Nein, Mami, hier steht, einer seiner besten Freunde hat ihn erkannt.«

»Kann nicht einer seiner besten Freunde gewesen sein, wenn er's der Polizei erzählt.«

»O Daddy, das mußte er doch! Schließlich hat er seine Mutter umgebracht.«

»Wahrscheinlich bestochen.«

»Wer ist bestochen worden?«

»Jemand hat die Polizei bestochen. Wofür zum Teufel bezahle ich meine Steuern, das möchte ich schon wissen, wenn sie nicht mal einen simplen Mörder schnappen können. Ober, die Rechnung.«

»Ich glaube nicht, daß er so simpel ist.«

»Widersprich deinem Vater nicht, Liebes.«

»Wenn du bloß nicht ›Liebes‹ zu mir sagen würdest, Mami. Ich heiße Inez.«

»Ich weiß, Liebes, wir haben den Namen für dich ausgesucht.«

»Schon wieder sagst du *Liebes*! Es ist gewöhnlich, immerfort ›Liebes‹ zu sagen. Warum kannst du nicht Inez oder ›Liebling‹ zu mir sagen? ›Liebling‹ ist okay.«

»Du findest deine Mutter also gewöhnlich, ja? Demnächst bringst du sie noch um.«

»O Daddy, das würde ich nie tun.«

»Sag Dad zu mir. Dad ist normal. Das war aber ein verdammt teures Mittagessen.«

»Der Arme, wahrscheinlich bedauert er es jetzt. So eine große Nase. Aber ein ziemlich attraktiver Mann nach dem Foto.«

»Mami, dein Geschmack, ehrlich!«

»Tja, Liebes, man kann eben beides sein, Liebes, attraktiv *und* ein Mörder. Möchtest du dir die Nase pudern, ehe wir zum Wagen gehen?«

»Ich möchte pinkeln gehen.« Das Mädchen stand auf und legte die Zeitung weg.

»Wer ist jetzt wohl gewöhnlich?« Ihr Vater gab dem Kellner das Trinkgeld und brüllte vor Lachen, während sein Bauch wackelte, als habe er ein Eigenleben. Matilda stieß einen Seufzer aus, als die Truppe verschwand. Hugh erstickte fast vor Lachen.

»Wie können Sie nur lachen?« Dann stimmte sie mit ein und genoß die Speisen und den Wein, das Vergnügen, zum Essen ausgeführt zu werden, in der Sonne zu sitzen. »Ich hätte nie gedacht, daß Sie auf dicke Weiber anziehend wirken.« Matilda sah zu Hugh hinüber. Die Sonne hatte seine Nase erfaßt und färbte sie rot. »Wenn Sie weiter in der Sonne sitzen, wird sich Ihre Nase schälen.«

»Das muß nicht sein. Haben Sie irgendwelches Sonnenzeug bei sich? Ich kann's mir nicht leisten, Aufmerksamkeit drauf zu lenken.«

Matilda angelte in ihrer Handtasche herum, fand die Tube Ambre Solaire. »Versuchen Sie's damit.«

Hugh quetschte sich einen Klecks auf den Finger und verrieb ihn auf der Nase. »Danke.« Er gab dem Kellner ein Zeichen wegen der Rechnung. »Lassen Sie uns baden fahren. Bringen Sie mich an Ihren Todesstrand.«

»Da muß man weit zu Fuß gehen.«

»Das Essen kann sich erst noch setzen, ehe wir schwimmen, dann kriegen wir keinen Krampf.«

Auf der Fahrt zu dem Kliff, beim Spaziergang den steilen Weg hinab zum Strand spürte Matilda Glück in sich aufwallen. Sie rief fröhlich Folly etwas zu, die den Weg hinauf und hinunter rannte und so nahe an ihren Füßen vorbeitobte, daß sie sie fast zu Fall brachte.

»Ein einzigartiger Nachmittag.«

Hugh nickte, er empfand Freude über den Augenblick, den hübschen Hund, die Sonne, das Meer. Matilda lief barfuß über den Sand am Fuß des Kliffs, sie rannte zu dem flachen Felsen, den sie als ihr Eigentum ansah. Sie saßen in der Sonne, ehe sie sich auszogen, und Matilda, der die Grillparty der jungen Leute wieder einfiel, erzählte Hugh davon.

»Ein Mädchen war dabei, das fortwährend ›super‹ sagte, alles war ›super‹. Sie wollten, daß ich wegging, damit sie den Felsen für sich hätten. Wenn sie nicht gewesen wären, wäre ich Ihnen nicht begegnet. Ich hatte mein Picknick bei mir, ich wollte hinausschwimmen.«

»Von hier aus?«

»Ja. Sehen Sie die kleine, glatte Stelle im Wasser? Das ist die Strömung. Sie trägt einen hinaus, am Leuchtturm vorbei. Tom ist einmal hineingeraten. Er hatte Glück, er wurde von einem Boot herausgefischt.«

»Wie war Ihr Plan? Das haben Sie mir nie erzählt.«

»Meinen Brie und die Brötchen essen, die Tabletten schlucken, sie mit Beaujolais runterspülen, dann, schätze ich, könnte ich's gerade noch bis zum Wasser schaffen. Die Strömung hätte das übrige erledigt. Die Flut muß genau richtig sein.«

»Ertrunkene sehen gräßlich aus.«

»Nicht wie Ophelia?«

»Kein bißchen. Der Körper quillt auf.«

»Ich werde rausgefischt, lange bevor ich aufquelle. Eines von den Fischerbooten wird mich finden.«

»Grauenhaft für die Leute.«

»Ach, Blödsinn«, sagte Matilda. »Sie werden ihren Spaß dran haben, ihren Freunden in der Kneipe davon erzählen. Ich schätze, mein Kadaver ist 'ne Menge Runden Schnaps wert. Haben Sie jemals einen Toten gesehen?«

»Ich glaube nicht. Lassen Sie uns schwimmen gehen.« Hugh lief hinunter ans Ufer, ein Stück ins Wasser hinein und schwamm los.

»Da bin ich aber ins Fettnäpfchen getreten«, sagte Matilda zu Folly. »Er hat die Leiche seiner Mutter gesehen. Bleib hier bei unseren Sachen sitzen, sei ein braver Hund.«

Folly wedelte ergeben mit dem Schwanz, blieb sitzen und sah ängstlich zu, wie Matilda ans Wasser hinunterlief.

Matilda schwamm und beobachtete, wie Hughs Kopf sich immer weiter von ihr entfernte. »Du lieber Gott«, sagte sie laut. »Ich habe ihm einen Floh ins Ohr gesetzt, er kommt nicht wieder, er ist weg.« Sie rief laut und fuchtelte mit dem Arm. »Hugh, komm zurück!« Er schwamm weiter, und sein Kopf wurde immer kleiner an ihrem Horizont. Ein leichter Wind kam auf und riffelte das Meer zu Wellen auf. »Hugh!« rief Matilda. »Hugh!« Eine Welle füllte ihr den Mund, sie mußte würgen.

Matilda war weiter vom Ufer weg, als sie dachte. Sie schwamm zurück, Arme und Beine verließen die Kräfte. Sie sah Folly unten an der Wasserlinie, wie sie vorwärtslief und dann wieder vor den Wellen zurückwich, wobei sie kleine, ängstliche Beller von sich gab.

»Zum Teufel mit ihm, zum Teufel mit ihm, zum Teufel mit ihm!« fluchte Matilda auf Hugh, während sie die Arme durchs Wasser schob. »Zum Teufel mit ihm, oh, zum Teufel mit ihm!«

»Der Wind nimmt zu.« Hugh schwamm neben sie. »Das Meer wird ziemlich unruhig.«

Matilda gab keine Antwort. Als ihre Füße den Grund berührten, watete sie ans Ufer, spuckte den Salzgeschmack aus und strich sich das Haar mit nassen Händen aus dem Gesicht.

»Na, was ist ihr denn über die Leber gelaufen?« begrüßte Hugh Folly, die im Seichten herumsprang und -tanzte.

»Denkt, wir könnten ertrinken, was, du dummes kleines Geschöpf.« Er sah, wie Matilda zu dem Felsen hinaufging, nach ihrem Handtuch langte, sich damit das Gesicht abrieb und es sich gegen die Augen drückte.
»Wunderbar war das.« Er trat zu ihr. »Der Felsen ist schön warm.« Er setzte sich und ließ das Wasser an sich herunterlaufen.
Matilda, wütend auf sich, sagte kein Wort, während sie sich trockenrubbelte. »Gucken Sie in die andere Richtung. Ich möchte mich ausziehen«, sagte sie schroff.
Hugh lehnte sich zurück und blickte aufs Meer hinaus. Er hörte, wie sie den Badeanzug herunterzog, und das Rubbeln des Badetuchs. Er blickte den Strand hinunter.
»Da kommen unsere Tischnachbarn vom Mittagessen.« Er ließ den Blick zu Matilda wandern, die nackt neben ihm stand, sich die Haare mit dem Handtuch trocknete. Wenn sie die Arme hob, sahen ihre Brüste völlig mädchenhaft aus. Ihr Bauch war flach.
»O du lieber Himmel! Nicht die schon wieder!« Matilda ergriff ihren Schlüpfer. »Ich bin's gewohnt, diesen Strand für mich zu haben. Nie ist jemand hierher gekommen.«
»Ich wette, der fette Dad hat Ihr Schamhaar gesehen, es ist sehr hübsch.«
»Seien Sie nicht gewöhnlich.« Matilda ahmte die Stimme des Mädchens nach. »Es ist gewöhnlich, über Schamhaar zu reden. Bei mir sind graue Haare dazwischen.«
»Vornehm. Ich habe Ihren faltigen Hintern gar nicht bemerkt.«
»Ich bin überall faltig. Hals, Gesicht, Hände, Hintern, alles faltig, durch bis zum Herzen.«
»Ich muß kurzsichtig sein.«
Matilda mühte sich in ihr Hemd und die Jeans. »Setzen Sie Ihre Brille auf, um Himmels willen. Diese Frau findet Sie auf Ihren Fotos attraktiv, sie wird Sie wiedererkennen.«
»Spielt das eine Rolle?«
»Wir sollten ihr die Freude nicht machen.«

»Der Vater und die Mutter setzen sich hin. Das Mädchen geht schwimmen.«
»Hauen wir ab. Ziehen Sie sich an.«
»Na schön.« Er stand auf.
»Glauben Sie, die Leute haben mich rufen hören?« Matilda war plötzlich ängstlich.
»Haben Sie gerufen?«
»Ja. Haben Sie's nicht gehört? Ich dachte, sie schwimmen zu weit raus.«
»Ich hab's nicht gehört. Was haben Sie gerufen?«
»Ich habe gerufen: ›Hugh. Hugh, komm zurück.‹ Sie könnten es gehört haben.«
»Und wenn?«
»Die Frau weiß, daß Sie Hugh heißen. Beeilen Sie sich.«
»Sich zu beeilen wäre das Allerdümmste. Gehen Sie vor, wenn Sie ängstlich sind.«
»Gut.« Handtuch und Badeanzug in der einen Hand, ihre Schuhe in der anderen, machte sie sich auf den Weg, den Strand entlang, wobei sie eine Richtung einschlug, die sie in die Nähe der Familie führen würde.

Der Vater lag auf dem Rücken, den Kopf auf den Armen, Augen geschlossen, sein Bauch ein Hügel über dürren Beinen. Die Mutter saß aufrecht da und blickte sich um. Das Mädchen ölte sich sorgsam Arme und Beine ein. Sie hatte ziemlich knochige Knie.

Matilda trat leise auf und spitzte die Ohren.

»Nein, Liebes, das nehme ich nicht an. Ich habe nur gesagt, es ist komisch, daß er Hugh heißt, so hat sie ihn nämlich gerufen, Liebes, sie hat ›Hugh‹ gerufen. Du kannst es glauben. Schscht, da kommt sie.«

»O Mami, sag doch nicht dauernd ›Liebes‹, kannst du denn nicht ›Liebling‹ oder Inez sagen?«

»Dieser Dereck, den du heiraten willst, ist doch angeblich so demokratisch. Was sollte er dagegen haben, wenn ich mich gewöhnlich ausdrücke? Wenn ich dich ›Liebes‹ nennen will, dann tu' ich das. ›Liebling‹ kriege ich nicht über die Lippen, verstehst du. Früher hast du gesagt, ›Liebling‹ wäre gewöhnlich.«

»O Mami, das war zu Nigels Zeiten.«

»Ich habe bloß gesagt, es ist komisch, daß der Mann da drüben, der wie der Muttermörder aussieht, Hugh heißt, Liebes. Das ist alles. So heißt er, Hugh Warner, es hat in allen Zeitungen gestanden.«

»Kaum wahrscheinlich, daß er seinen eigenen Namen benutzt, oder?« Dad blickte zum Himmel hinauf.

»Im *Express* steht, er ist in Paris und hat sich einen Bart wachsen lassen.« Das Mädchen war eingeschnappt.

»Man darf nicht alles glauben, was man in der Zeitung liest, Liebes.«

»O Mami!« Das Mädchen kreischte fast vor Verzweiflung. »Mußt du denn immerzu ›Liebes‹ sagen?«

»Hör mal, Inez, sei nicht unverschämt zu deiner Ma.« Dad setzte sich auf und funkelte seine Tochter an. »Wir sind schon unser ganzes Leben lang ›Liebes‹ füreinander, und ›Liebes‹ werden wir auch bleiben. Wir sind vielleicht gewöhnlich, aber wir sind lieb zueinander, und du bist uns lieb. He, Ma, stimmt's?«

Während Matilda sich ihre Espadrilles anzog, lauschte sie ängstlich.

»Es ist ein sehr gewöhnlicher Name.« Das Mädchen goß sich Sonnenöl auf die Hand und massierte ihren Hals aufwärts. »Denkt mal an all die Hughs im Radio und Fernsehen, Hugh und Huw.«

»Du widersprichst allem, was ich sage, Liebes. Es wird zur Gewohnheit.«

»Ich habe nicht widersprochen, ich habe nur gesagt –«

»Stand in deiner Zeitung, was für eine Anklage der Typ kriegt, der den Wauwau seiner Frau gefressen hat?« Dad redete mit geschlossenen Augen. Matilda pries ihn im stillen.

»Hunde zu essen ist keine strafbare Handlung. Ich habe Dereck gefragt.«

»Dein Dereck weiß wohl alles.«

»Dereck sagt, diese Braut, die vom Strand verschwunden ist, ist wahrscheinlich ermordet worden. Das sagte jedenfalls Dereck.«

»Strände sind also gar nicht so sicher. Besser, du bist vorsichtig, wenn du deine Hochzeitsreise an die Costa Dingsbums machst, Inez-Schätzchen.«

»O Daddy.«

»Sag ›Dad‹ zu mir, wie du's immer gemacht hast. Ich mag dieses ›Daddy‹ nicht, es klingt beschissen.«

»Ja, Liebes, nenne deinen Dad ›Dad‹. Nicht nötig, plötzlich alles zu ändern, wo du jetzt mit Dereck verlobt bist. Nenne ihn ›Dad‹ wie immer, Liebes.«

»O Mami«, heulte das Mädchen wütend.

»Bloß weil er in einem Anwaltsbüro arbeitet und fein daherredet, weiß er noch lange nicht alles. Sag ›Dad‹ zu deinem Dad, Liebes.«

Während Matilda sich entfernte, machte sie in der Stimme der Mutter eine Kränkung aus, dann plötzlich Aggressivität. »Ich sage ja gar nichts gegen deinen Dereck, aber wir wissen doch alle, daß man Sprechunterricht nehmen kann.« Matilda riskierte einen Blick zurück auf Inez' erboste Mutter. »Sage zu uns Mum und Dad, wie du das immer getan hast. Liebes.«

Matilda ging mit pochendem Herzen weiter. Sie begann, das Kliff hinaufzusteigen, und wagte einen Blick zurück. Zu ihrem Entsetzen sah sie Hugh sich mit der Familie unterhalten.

»Ist er denn völlig verrückt?«

Kurz darauf lachten alle, und Hugh ging weiter, kam auf sie zu, gefolgt von Folly.

»Sind Sie denn völlig wahnsinnig?«

»Nein. Die Mutter hat mich angesprochen und gesagt, ich sähe aus wie der Muttermörder, ob ich denn oft mit ihm verwechselt würde.«

»Herrgott! Und was haben Sie gesagt?«

»Ich habe mit meinem besten deutschen Akzent gefragt, wer denn der Muttermörder sei. Sie haben's mir erzählt. Ich habe einen Witz gemacht, und wir haben alle gelacht. Das ist alles.«

»Beim Mittagessen haben sie Sie bestimmt englisch sprechen hören.«

»Das bezweifle ich. Wir haben kein einziges Mal laut gesprochen. Ich habe an der entgegengesetzten Seite des Tisches gesessen. Wir haben ihnen zugehört, nicht sie uns.«

»Ich bete, daß Sie recht haben.«

»Verderben Sie uns mit Ihrer Überängstlichkeit nicht den Nachmittag.«

»Entschuldigung. Es war wunderschön.«

Hugh blieb stehen und sah auf den Strand hinunter. »Meine Mutter hätte diesen Strand geliebt. Sie schwärmte für solche Orte.«

»Ihre *Mutter?*«

»Nur weil ich meine Mutter getötet habe, heißt das noch lange nicht, daß ich nicht weiß, was sie gern gehabt hat«, sagte Hugh frostig und sah Matilda voll Widerwillen an. »Ich weiß sehr wohl, was ihr Freude machte – oder Schmerzen oder Angst.«

»Gehen wir zurück zum Wagen.« Matilda zitterte. »Ich habe Angst. Diese Frau hat mich ›Hugh‹ rufen hören. Ich habe Angst.«

»Ja, das hat sie erwähnt. Ich habe gesagt, ich hieße ›Hugo‹. Hört sich ganz ähnlich an, wenn man's ruft. Meine Mutter rief immer ›Hugh-o?‹ Eine Art Jodeln.«

»Sie haben Ihre Mutter geliebt?«

»Natürlich.«

»Ich fürchte mich.«

»So ist das Leben. Ihr ganzes Gewäsch über den Tod ist Blödsinn.«

»Nein, nein, das ist es nicht, war es nicht.«

Hugh ging voraus zum Wagen. Sogar von hinten sah man, daß er verärgert war. Matilda wurde auf der Heimfahrt wieder fröhlicher und sang beim Fahren.

»Ein' Schilling zahlte ich genau,
zu sehn 'ne tätowierte Frau.
Ta ta-ta ta-ta ta.

Ich weiß den Text nicht mehr. Kennen Sie ihn?«
»Nein.«
»Ich weiß noch, der Schluß ging so –

Matrosen hatt' sie auf dem Busen,
O je, o je, doch sie warn schön«,

sang Matilda, »und

Über des Gesäßes Pracht
hielt die Königsgarde Wacht.

Ach, es ist alles verkehrt. Wenn's mir doch wieder einfiele. Joyce Grenfell hat's 1939 bei einem Truppenkonzert gesungen. Ich nehme an, Sie waren noch nicht geboren.«
»Nicht ganz. Singen Sie weiter.«
»Ich will versuchen, mich an den Text zu erinnern. Mein Pa war bei der Landwehr. Ma nahm mich zu dem Konzert mit.«
»Es hört sich viktorianisch an. Singen Sie weiter. Es gefällt mir.«
»Ich habe den Text vergessen, so wie ich auch mein Leben vergessen habe, große Teile daraus.«
»Draußen am Leuchtturm wird Ihnen alles blitzartig in den Sinn kommen.«
»Vielleicht. Das ist etwas, woran ich nicht gedacht habe. Vielleicht sollte ich an was Geistvolleres denken als an tätowierte Frauen?«
»Vielleicht werden Sie an Ihre Liebhaber denken.« Hugh, neben sie gefläzt, dachte daran, wie sie am Strand nackt, mit erhobenen Armen neben ihm gestanden hatte. »Sie haben bestimmt viele gehabt.«

»Nein. Unausgegorene Experimente, dann habe ich Tom geheiratet.«
»Aber sicherlich –«
»Ich war treu.«
»Tugendbold«, stichelte Hugh. Matilda zog die Stirn kraus.
»Ich war's, das kann ich Ihnen versichern. Keine Chance für einen anderen. Tom war ein eifersüchtiger Mensch, andere Männer vertrieb er. Wir haben wie Schwäne gelebt. Sie verheiraten sich fürs ganze Leben«, sagte sie, wissend, daß sie log.
»Schwäne«, höhnte Hugh.
»Ich weiß, ich bin ihm auf die Schliche gekommen. Aber ich wäre sicher kein bißchen anders gewesen, wenn ich alles gewußt hätte.«
»Aber seit seinem Tod?«
»Ich bin zu alt. Kein einziger. Na ja, das kleine Glitzern in Mr. Jones' Augen ist bald wieder erloschen.«
»Nein, so was.« Hugh dachte an die Balgerei im Bett mit Mr. Jones. »Ich möchte meinen, er hat 'ne achtbare Vorstellung hingelegt. Aber vielleicht sind sie nicht wild drauf.«
»Wild worauf?«
»Aufs Bett.«
»Ich schwärme fürs Vögeln«, sagte Matilda leidenschaftlich. Hugh zog die Augenbrauen in die Höhe und sah sie von der Seite an, voller Mund, kleines Kinn. Sie öffnete den Mund und sang, wiederholte den Text, an den sie sich erinnerte.

»Ein' Schilling zahlte ich genau,
zu sehn 'ne tätowierte Frau«,

dann bog sie, wobei sie ein durchdringendes Pfeifen anstimmte, von der Hauptstraße ab und fuhr die Fahrwege entlang zu ihrem Landhaus.
»Es war ein wunderbarer Tag. Danke.«
»Ich habe ihn sehr genossen.«

»Da wären wir. Wo ist Gus?«

»Kann ihn nicht sehen.« Hugh sammelte ihre Badesachen zusammen. »Ich hänge das auf die Leine.«

»Okay. Gus, Gus, wo bist du? Gus? Manchmal schwimmt er den Fluß hinunter. Er kommt immer wieder zurück.«

»Sind Sie sicher?«

»Ja.«

»Ich muß mal eben zu Mr. Jones. Es dauert nicht lange.«

»Geben Sie acht, daß niemand Sie sieht.«

»Natürlich.« Hugh ging hinauf in sein Zimmer, nahm sein Geld aus der Schublade des Frisiertisches. Er zählte hundert Pfund in Scheinen ab, steckte sie in seine Brieftasche, dann zählte er den Rest.

Matilda war im Garten und erntete Gemüse. Ab und zu rief sie mit hoher Stimme: »Gus, Gus, na komm schon, mein Junge.«

»Er wird schon kommen, manchmal macht er das. Es ist seine Art, seine Unabhängigkeit zu behaupten.«

»Sicher?«

»Ja, völlig. Bleiben Sie nicht zu lange weg. Ich habe Hunger.«

»Nicht lange –« Hugh lief, gefolgt von Folly, am Fluß entlang, durchs Gehölz zu Mr. Jones' Bungalow. Mr. Jones saß rauchend auf seiner Veranda.

»Ich wußte gar nicht, daß Sie rauchen.«

»Pot.« Mr. Jones hielt seine Zigarette Hugh hin, der heftig daran zog. »Schärft den Blick«, sagte Mr. Jones, »macht alles zweimal so klar, wenn man Klärung sucht.«

»Ich habe das Geld gebracht.« Hugh gab die Zigarette zurück, holte die Umschläge heraus.

Mr. Jones zählte, dann sagte er: »Okay, ausgezeichnet. Ich habe Francs, Dollars, Deutsche Mark, reicht Ihnen das?«

»Ja, vielen Dank.«

»Halten Sie mal.« Er gab Hugh den Joint. »Bin gleich wieder da.« Er ging in den Bungalow. Hugh rauchte still vor sich hin, bis Mr. Jones wiederkam.

»Hier, bitte.« Er reichte Hugh einen Umschlag. »Das dürfte Sie für 'ne Weile am Leben halten. Wann hauen Sie ab?«
»Bald.«
»Gut. Brauchen mir's nicht zu sagen. Weiß sie es?«
»Matilda?«
»Ja.«
»Ich hab's ihr nicht gesagt. Ich werde nur noch einen kurzen Augenblick bleiben und im nächsten verschwunden sein.«
»So ist es am besten.« Mr. Jones nickte. »Im *Express* steht, Sie sind in Paris gesehen worden, der *Mirror* schreibt, in Ost-Berlin, auf Ost-Berlin sind sie immer ganz wild, es ist nicht leicht nachzuprüfen.«
»Ich lasse den Hund hier.«
»Klar. Etwas, um Matilda an Sie zu erinnern.«
»An mich wird sie sich nicht erinnern wollen. Ihr Mann ist es, an den sie sich erinnert.«
»Das ist eine Illusion.« Mr. Jones spuckte aus und zog an dem letzten Restchen Haschisch. »Sie hat sich selbst ihr ganzes Leben lang betrogen, diese Frau.«
»Sie scheint nicht viel vom Leben gehabt zu haben. Ich muß gehen.« Hugh erhob sich rasch. »Sie macht Abendbrot. Es wird dunkel.«
»Der Herbst ist da –«
»Ja, fast.«
»Wo werden Sie hingehen?«
»Ost-Berlin.«
Mr. Jones winkte, als Hugh ihn verließ. Beim Weggehen hörte er ihn glucksend in sich hineinlachen.
Im Haus war es merkwürdig still. Hugh zögerte, er witterte Gefahr. Matilda war nicht zu hören. Es stand kein Auto vor dem Tor, aber irgend etwas war nicht in Ordnung. Hugh winkte Folly vorzulaufen. Der Hund trottete den Klinkerweg hinunter und zur Küchentür hinein.
Im Inneren des Hauses gab Matilda einen Laut von sich,

nur einen Laut, kaum noch menschlich. Er rannte ins Haus. Matilda blickte zu ihm hoch. »Die Polizei –«
Hugh spürte sein Herz sich zusammenziehen, Schweiß ausbrechen, Dornen und Nadeln in seinen Fingern. »Wo? Wann?«
»Sie haben ihn vom Wagen aus gesehen, sie haben sich bemüht, einer von ihnen ist ins Wasser gestiegen und naß geworden. Aber sie konnten nichts mehr machen. Sein Kopf war abgebissen.«
»Wovon reden Sie?«
»Gus. Er ist tot. Ein Fuchs, sagen sie. Ein Kampf am Fluß. Sein Körper lag im Wasser. Federn am Ufer, sagen sie. Er muß sich sehr gewehrt haben.«
Hugh stieß den Atem aus. »Wo ist er?«
»Sie haben ihn weggebracht. Ich würde ihn so nicht sehen wollen, haben sie gesagt. Einen von ihnen hat er mal gezwickt. Ich dachte, sie kämen Ihretwegen, aber es war wegen Gus. Was soll ich machen?«
Hugh kam näher, zog Matilda in seine Arme und drückte sie fest an sich.
»Sei still. Sag nichts.« Er trug sie nach oben. Sie war leichter, als sie aussah. Er streifte ihr die Kleider ab, Knöpfe sprangen weg, er befreite ihre Arme aus den Hemdsärmeln, öffnete den Reißverschluß ihrer Jeans, zog sie ihr aus.
»Was tun Sie?«
»Dich ausziehen.«
»Warum?«
»Sei still.« Er schleuderte seine Schuhe weg, zog seine Hose aus. »Komm her, warte, öffne deine Beine –«
»Ich –«
»Du vögelst doch gern, hast du gesagt, also halt den Mund.« Er legte ihr die Hand über den Mund. »Na komm, sei still, beweg dich nur ein bißchen – so.«
In Matilda kam Leben, sie keuchte, wand sich, kämpfte, machte mit, drückte sich an ihn, ihre Reaktion war unversehens, lautlos. Dann seufzte sie.

»Es hat weh getan, es hat weh getan, du hast mich vergewaltigt.«
»Ich wollte dich nicht vergewaltigen. Ich wollte trösten.«
»Wie deine Mutter«, murmelte Matilda.
»Was?«
»Nichts. Es hat ganz schön weh getan.«
»Du hast es schon so lange nicht mehr gemacht. Nächstesmal wird's besser sein.« Er drückte sie an sich, streichelte ihr den Rücken. Vor dem Zimmer gähnte Folly, streckte sich dann mit einem Seufzer und schlief ein. Sie würden sich schon rechtzeitig an ihr Abendbrot erinnern. So hungrig war sie gar nicht, auch wenn's spät war.

Auf ihrer lautlosen Jagd fegten Eulen über die Felder. Urlauber fuhren die Hauptstraße entlang, der Autobahn und dem Leben in der Stadt entgegen.

Matilda lag in Hughs Armen. »Du wirst mir blitzartig in den Sinn kommen«, flüsterte sie.

»Schsch.« Er küßte sie sanft auf den Mund.

»Ich bin alt genug, um deine Mutter zu sein.«

Er küßte sie, fuhr mit seiner Zunge an ihren Zähnen entlang, wie ein Kind mit einem Stock ratternd an Zäunen langfährt. »Ein guter Witz. Schlaf jetzt, es ist nicht der Augenblick, das zu sagen.«

»Hätte ich deine Mutter gemocht?«

»Ich denke, ja. Schlaf.« Er küßte sie.

Er glitt aus dem Bett, zog sich an, schlich nach unten. Seine Brieftasche lag auf dem Küchentisch. Er schlich noch mal nach oben, um seinen Paß und die kleine Reisetasche mit den Kleidern zu holen, und blieb lauschend an Matildas Tür stehen.

Matilda schnarchte.

Unten gab Hugh Folly zu fressen, löffelte Hundefutter aus einer Büchse und sah zu, wie sie es verschlang.

»Schnell jetzt, geh Gassi.« Er ließ sie zum Pinkeln in den Garten hinaus. »Beeil dich.« Sie kam wieder herein. »Bleib jetzt hier. Paß gut auf sie auf. Sei ein braver Hund. Geh ins

Körbchen.« Er zeigte auf den Korb. Die Hündin ging hin und setzte sich nervös, sah zu, wie er rasch ein Butterbrot hinunterschlang und Milch trank. Er tätschelte sie noch einmal. »Leg dich hin, sei brav. Paß auf sie auf.«
Er schlüpfte zur Küchentür hinaus und schloß sie leise. Wenn er sich beeilte, konnte er den Zug um 11 Uhr 30 nach London erwischen. Dann – wer weiß, dachte er. Wer weiß, wohin mich meine Dollars, Mark und Francs bringen werden. Von London kann ich die U-Bahn nach Heathrow nehmen, in die Welt, zurück ins Leben. Während er rasch durchs offene Land wanderte, dachte er voll Bitterkeit an seine Mutter und Matilda. Sie hoffte immer, ich fände eine Frau, die ich lieben könnte. Und nun, dachte er, als er an einem Gatter haltmachte, den Kopf in die Arme stützte und an Matilda dachte, und nun darf ich sie nicht haben. Sie werden mich nicht finden, jetzt nicht und niemals, um ihretwillen dürfen sie es nicht. Er lief weiter, über die Hauptstraße hinweg, eine Seitenstraße zur Stadt hinunter, zum Bahnhof. Seine Gedanken waren von Matilda in Anspruch genommen, von ihrem mit seinem vereinten Körper, er roch sie, hörte sie, fühlte sie. Er hörte nicht das Quietschen von Bremsen, nicht das Jaulen, als ein schnell daherkommender Wagen Folly über den Kopf fuhr und sie tötete, ihren Kadaver gegen den Bordstein schleuderte. Er war so beschäftigt mit Matilda, daß ihm nicht der Gedanke kam, Folly könne aus dem Küchenfenster gesprungen und ihm gefolgt sein.

Ich werde schreiben, wo immer ich auch sein mag, dachte er, er dachte laut, wie man das unter Streß tut. Ich werde ihr alles erzählen, und sie wird lachen. Es wird schön für sie sein, wenn sie sich lachend an mich erinnert. Sie hat Lachen nötig.

Auf dem Bahnhof löste er eine Fahrkarte nach Paddington und schlief ein, als der Zug aus dem Bahnhof rollte.

Die tote Folly wurde von noch zwei Autos überfahren, ehe sie plattgewalzt von der Polizei gefunden wurde. »Arme Mrs. Pollyput«, sagte der Wachtmeister. »Erst der Ganter, und jetzt das hier. Glück hat sie ja wirklich nicht gerade.«

26

Als Matilda aufwachte und die Vögel hörte, streckte sie sich, dann rollte sie sich wieder zusammen. Ihr Wohlgefühl wollte sie ausdehnen. Sie hatte das Gefühl, als sei jedes kleinste Teilchen ihres Körpers von der Anspannung befreit, die in ihr so lange gehaust hatte. Sie tastete das Bett neben sich ab. Hugh war weg. Es machte nichts. Ein Zaunkönig sang laut im Garten. Er würde wiederkommen. Es würde weitergehen. Sie versuchte sich zu erinnern, ob es mit Tom jemals so gewesen war. Nein. Gut, aber nicht vollkommen. Hugh war so viel jünger als sie, es konnte keinen Bestand haben. Er würde weggehen, nein, er mußte weggehen, sonst säße er eher früher als später im Gefängnis. Sie schlief noch ein bißchen, wurde dann wach und dachte an Gus.

Kein Trompeten, keine platschenden Gänsefüße, keine kehligen Laute, keine Schweinerei mit Gänsekacke mehr. Sie war jetzt ruhig, ihr Schreck und Schmerz über seinen Tod hatten ihre Gefühle dermaßen aufgewühlt, daß ihr Liebe möglich geworden war. Mit Gus' Tod bin ich am Ende angelangt, dachte sie. Es war angenehm, die Beine auszustrecken, ohne damit einen Hund zu stören. Seit Stubs Tod hatte sie alleine geschlafen. Folly hatte die letzte Nacht bei Hugh verbracht, sie war sein Hund. Matilda hoffte, Hugh habe sie in der Nacht gefüttert. Es fiel ihr wieder ein, wann er gegangen war. Er hatte ihr sicherlich zu fressen gegeben. Was Gus betraf, so war die Polizei nett gewesen, nett von ihnen, herzukommen und es ihr zu sagen, sie hätten ohne weiteres auch anrufen oder gar nichts machen können. Es war ein Glück, daß sie nicht auf Hugh gestoßen waren, daß er gerade nicht da war, als sie kamen.

Matilda erinnerte sich an die beiden Polizisten. Sie hatte vermutet, Gus liege ohne Kopf in ihrem Streifenwagen. Sie hatte auch vermutet, einer der Polizisten werde die tote Gans seiner Frau geben und Gus würde gebraten und gegessen werden. Sie war nicht schockiert oder wütend darüber, es erschien ihr natürlich. Wieder dachte sie an Hugh, und als sie sich vom Licht wegdrehte, dachte sie, er schlief sicher tief nach einer solchen – sie suchte nach dem richtigen Wort – Verausgabung. Ja, eine herrliche, verschwenderische Nacht. Sie lächelte, während sie sich das Bettuch über die Augen zog und weiterdöste, sich des Glücks bewußt. Sie mußte es sich bewahren.

Auf dem Polizeirevier gaben die beiden Wachtmeister aus dem Streifenwagen ihren Bericht ab. Der Sergeant machte sich Notizen.

»Okay, eine ganz normale Nacht.«

»Sollen wir noch ein Auge auf den Burschen haben, der seine Mutter umgebracht hat?«

»Ist nichts Gegenteiliges durchgegeben worden. Die vermißte Braut ist dringlicher.«

»Scheint die reine Zeitverschwendung.«

»Bringt die Öffentlichkeit auf die Palme. Jeder Mann mit 'ner großen Nase fühlt sich unwohl«, sagte der jüngere Wachtmeister.

»Sie haben auch 'ne große Nase, Sergeant«, wagte sich sein Kumpel vor.

»Das weiß ich. Deswegen hat die Öffentlichkeit ausnahmsweise mal mein Mitgefühl. Kaum bin ich in Zivil, fühle ich mich unwohl. Meine Frau sagt, die Leute gucken.«

»Sie gucken, weil Sie so ein schöner, großgewachsener Mann sind, Sergeant, nicht wegen Ihrem Riecher.«

»Lassen wir das.«

»Okay, Sarge, was ist also mit dem Hund? Was sollen wir machen?«
»Das mit der Gans war gestern abend, stimmt's?«
»Ja.«
»Kommen Sie bei ihr vorbei, wenn Sie nach Hause fahren?«
»Nein.«
»Na, dann fahren Sie eben bei ihr vorbei, bringen ihr den Hund und erzählen ihr alles, ehe Sie nach Hause fahren.«
»Das sind Überstunden.«
»Nein, sind es nicht.« Der Sergeant machte sich eine Notiz. »Das ist der Preis für die Gans. Ich nehme an, einer von Ihnen wird die Gans essen.«
»Also, wenn's sein muß, Sergeant.« Die beiden Polizisten gingen hinaus.
»Gerissenes Arschloch. Meine Annie sagt, bei einem alten Vogel, wenn man ihn erst kocht und dann langsam brät, dann schmeckt er wie ein junger. Sie kennt sich da aus. Sie ist auf 'm Bauernhof groß geworden.«
»Alte Bauernregeln soll man nicht verachten.« Der zweite Polizist, der mit einer Sekretärin vom Gemeinderat ging, legte den Gang ein. »Erscheint mir trotzdem blöde.«
»Was denn?«
»Wir behalten die Gans, und du ißt sie, aber den Hund, der in einem viel schlimmeren Zustand ist, bringen wir zurück.«
»Man meldet keine Gans an, und einen Hund kann man nicht essen.«
»In China tun sie's.«
»Ich weiß. Bringen wir's hinter uns. Ich hasse solche Aufträge. Wer ist denn diese Mrs. Pollyput überhaupt?«
»Die wohnen schon lange hier. Er ist vor 'n paar Jahren gestorben. Sie geht nicht viel unter Leute. Hat erwachsene Kinder. Sie kommen sie nie besuchen. Er hat von daheim aus so 'ne Art Reisebüro geführt. Hat nie irgendwelche Scherereien gegeben, von dem einen oder anderen Verkehrsdelikt abgesehen. Sie ist nicht im Frauenverband und geht nicht in die

Kirche. Sie scheut sich nicht, gelegentlich grobe Ausdrücke in den Mund zu nehmen. Redet mit sich und singt auch noch. Wahrscheinlich amüsiert sie sich prächtig.«
»Meine Mum hat die fliegende Hitze.«
»Da siehste's.«
»Und da wären wir schon. Du nimmst den Hund, und ich rede.«
»Das ist nicht fair.«
»Ach nein? Angst, dir die Uniform vollzusauen? Er ist doch in 'nem Sack, oder? Halt ihn schön von dir weg, dann kriegst du auch nichts ab. Du trägst den Hund, du frißt die Gans.«
»Wir könnten sie uns doch teilen.«
»Mann, halt die Klappe. Ich mag keine Gans.«

Matilda hörte eine Wagentür zuschlagen und kurz darauf ein Klopfen an der Tür. Sie stieg aus dem Bett und guckte aus ihrem Fenster.

»Sie schon wieder? Ich schlafe noch, können Sie sich nicht verpissen?« Ihre Stimme wurde sehr laut.

»Entschuldigung, Mrs. Pollyput, aber —«
»Warten Sie, ich komme runter.« Sie zog den Kopf zurück.
»Hast recht, sie ist grob.«
»Hab' ich dir doch gesagt.« Sie warteten geduldig.

Matildas Knie zitterten, als sie sich Anabels Morgenrock überzog, mit einem Kamm durchs Haar fuhr. Sie sah auf die Uhr.

»Himmel, ist das spät. Habe ich verschlafen.«

Sie holte tief Luft, legte den Kamm weg, zog den Gürtel des Morgenrocks fest und ging aus dem Zimmer. Ehe sie nach unten ging, guckte sie in Hughs Zimmer, den Finger an den Lippen. Es war leer, das Bett gemacht.

»Ist mit Folly Gassi gegangen. Bitte, lieber Gott, laß ihn nicht zurückkommen, solange sie hier sind.« Sie lief nach unten und öffnete die Tür.

»Was gibt's?«
»Mrs. Pollyput, es ist —«

»Worum geht's?«

»Ist das hier Ihr Hund, Mrs. Pollyput? Haben ihn auf der Hauptstraße gefunden. Keine Ahnung, wer ihn überfahren hat.«

Matilda sagte nichts.

»Muß jemandem hinterhergelaufen sein, er war fast in der Stadt.«

»Jemandem hinterhergelaufen?«

»Das meint der Sergeant.«

»Wer?«

»Was wer, Mrs. Pollyput?«

»Ich heiße Mrs. Poliport.«

»Ja, Mrs. Poliport.«

»Hat man gesehen, daß sie jemandem hinterhergelaufen ist? Wem sollte sie denn hinterherlaufen?«

»Es war halt seine Idee. Wir haben sie bloß gefunden.«

»Wann?«

»Als wir vom Dienst kamen, haben wir —«

»Sie sind zum Dienst gefahren, als Sie meinen Gänserich gefunden haben.«

»Ja, Mrs. Pollyput, Poliport.«

»Ja, das ist mein Hund.« Matilda streckte eine Hand aus und berührte den verstümmelten Kadaver. »Sie ist kalt.«

»Äh, ja.«

»Ich finde diese Unterhaltung idiotisch. Wo, sagen Sie, haben Sie sie gefunden?«

»Auf der Hauptstraße an der Abzweigung zum Bahnhof.«

»Die Abzweigung zum Bahnhof. Ich verstehe.« Matilda stand völlig reglos da. Den Polizisten war die Sache peinlich.

»Sind Sie okay, Mrs. Poliport?«

»Wären Sie das?« fuhr Matilda ihn an. »Geben Sie her.« Der jüngere Polizist gab einen protestierenden Laut von sich.

»Geben Sie her.« Matilda ergriff den Sack mit dem Kadaver und drückte ihn fest an sich. »Jemandem hinterhergelaufen.«

»Oder weggelaufen. Vielleicht hat sie Angst gekriegt.

Hunde kriegen auf Straßen manchmal Angst, Mrs. Poliport.«
»Ja.«
»Ist mit Ihnen alles in Ordnung, Mrs. Poliport? Möchten Sie, daß wir Ihnen Tee machen?«
»Nein, danke. Ich muß mir Brie und eine Flasche Beaujolais besorgen.«
»Was, Mrs. Poliport?«
»Käse und Wein –« Matilda stand da und starrte sie an, ihr Gesicht war weiß. »Keinen Tee.«
»Oh. Sind Sie sicher, daß Sie okay sind? Wir könnten –«
»Ihr könnt überhaupt nichts tun. Verpißt euch einfach.« Sie drehte sich um und schlug ihnen die Tür vor der Nase zu. Die beiden Männer warfen sich einen Blick zu, einer nahm seine Mütze ab und setzte sie sich sorgfältig wieder auf. Der andere zog seinen Uniformrock glatt. Sie wandten sich zum Gehen. Matilda riß die Tür wieder auf und schrie: »Die Zähne sollt ihr euch an ihm ausbeißen!« und knallte sie wieder zu. Sie hörten sie schreien: »*Kannibalen!*«
»Puh!«
»Mannomann!« Sie fuhren davon.
»Fliegende Hitze oder nicht, sie hat mir mein ganzes Mittagessen verdorben. Verpißt euch, oder? Das nächstemal kann der Sergeant selber hinfahren.«
»Komisch, daß sie morgens um die Zeit noch im Bett war. Normalerweise ist sie bei Tagesanbruch auf, jeder weiß das.«
»Vielleicht hatte sie 'n Typen die Nacht über da.«
»Quatsch kein Blech – in ihrem Alter?«
»Ich glaube, es war einfach der Schreck. Sie hatte den Hund noch nicht lange, hat neulich erst die Zulassung bezahlt, hat sie mir erzählt. Ich habe zu ihr gesagt, er wär' doch noch keine sechs Monate alt, sie sollte sich keine Sorgen machen.«
»Ihren Kies also zum Fenster rausgeschmissen.«

27

Als ihre Arme zu schmerzen begannen, legte Matilda den Sack auf den Küchentisch. Die Uhr zeigte Mittag. Sie ging hin und zog sie auf. Ihr war schwindlig, und sie streckte die Hand aus, um sich am Rayburn abzustützen. Er war kalt. Sie sah ins Feuerloch. Die Zugluft, die sie beim Öffnen des Herdes erzeugte, wirbelte die Asche auf. Als sie sich wieder aufrichtete, sah sie die Schweinerei auf ihrem Morgenmantel. Sie zog ihn aus und wickelte ihn um Follys Leichnam. Das recht auffallende Kleidungsstück aus Chiffon und Spitze, das früher Anabel gehört hatte, gab eine wunderbare Hülle ab. Als sie bemerkte, daß sie nackt war, ging sie nach oben und ließ sehr viel heißes Wasser in die Wanne. Sie wusch sich sorgfältig und schamponierte ihr Haar, tauchte unter, um es zu spülen.

Sie zog die Jeans und das Hemd an, die sie auf dem Fußboden ihres Schlafzimmers fand. Es war nur noch der oberste Knopf dran, die anderen glitzerten ihr vom Teppich entgegen. Sie zog einen Pullover über, kämmte das nasse Haar, schlüpfte in Espadrilles und ging ins Badezimmer zurück, um sich die Zähne zu putzen. Während sie sie putzte, bemerkte sie, daß Hughs Rasierzeug von der Konsole verschwunden war, daß sein Schwamm und seine Zahnbürste nicht mehr da waren.

Sie blickte in ihr Spiegelbild, ohne daß sie sich erkannte.

Aus dem Schuppen im Garten holte sie Forke und Spaten

und grub ein tiefes Loch neben dem Rhabarberbeet, wo die Erde weich und ohne Steine war. Als es tief genug war, holte sie Folly und legte sie in das Loch und füllte es mit Erde, die sie flachtrat. Ihre Espadrilles waren voller Sand, und sie hatte sich beim Graben an der Fußsohle weh getan. Sie zog die Espadrilles aus und schüttelte den Sand heraus, dann humpelte sie zum Werkzeugschuppen hinüber, die Schuhe in der einen Hand, Forke und Spaten in der anderen. Ihre Hand war nicht groß genug, um beide Geräte festzuhalten; der Spaten fiel ihr mit Gepolter aus der Hand und schlug ihr einen blauen Fleck am Fuß. Sie hängte die Geräte an ihre Haken und schloß die Schuppentür.

»Matilda. Ich hab's eben erfahren. Ich wollte mal hören kommen, ob ich helfen kann.« Mr. Jones stand ein paar Meter entfernt da.

»Entschuldigen Sie, ich habe gerade gebadet. Mein Haar ist naß.«

»Ich habe das von Gus und Folly erfahren. Ich habe überlegt –«

»Ja?«

»Kann ich irgend etwas tun?«

»Haben Sie einen großen flachen Stein?«

»Ich kann Ihnen eine Platte von meinem Weg bringen, einen von den Pflastersteinen.«

»Könnten Sie ihn gleich bringen?«

»Ja, natürlich. Sie sehen so seltsam aus. Soll ich Ihnen Tee machen?«

»Keinen Tee!« rief Matilda scharf.

»Ich hole sofort den Stein.«

»Ja, bitte.«

»Tut mir leid.«

»Entschuldigung, wenn ich heftig bin. Es ist nur –«

»Ich weiß. Ich gehe und hole ihn.«

Im Dauerlauf rannte Mr. Jones zu seinem Bungalow hinüber. Matilda dachte, er sieht lächerlich aus von hinten. Kleine, dicke ältere Männer sollten nicht rennen.

Sie ging ins Haus, wusch sich die Hände an der Spüle und pulte die Erde unter ihren Nägeln mit einem Manikürstäbchen hervor. Auf dem Küchentisch war ein Fleck. Sie wischte ihn mit einem feuchten Tuch weg.

Während Matilda auf Mr. Jones wartete, lief sie im Haus herum. Alles war an seinem Ort. Die Spinnen hatten wieder ihre Netze in die Ecken der Zimmerdecken gehängt. Sie ließ sie in Frieden.

In ihrem Zimmer machte sie das Bett, strich die schmutzigen Laken glatt, zog die Decken darüber, schüttelte die Kissen auf. Sie hielt den Atem an, damit sie nicht roch, was dort war, deckte alles mit der Patchworkdecke zu, die ihr Claud aus Amerika geschickt hatte. »Hübsch.« Sie fuhr mit der Hand darüber. »Der liebe Claud.«

Hughs Zimmer war leer. Sie suchte nach Spuren seiner Anwesenheit. Es gab keine.

Mr. Jones kam mit einer Steinplatte im Arm.

»Wird die reichen? Es ist Delabole-Schiefer.«

»Ja, das reicht. Danke.«

Zusammen gingen sie zu dem Grab des Hundes.

»Wo soll ich sie hinlegen?«

»Hier, hier drüber.« Matilda zeigte ihm den Fleck.

Mr. Jones legte den Stein ab und rückte ihn hin und her, um die Erde zu planieren.

»Danke«, sagte sie noch einmal.

»Aber ich bitte Sie. Kann ich sonst noch was tun?«

»Nein, vielen Dank. Ich muß jetzt weg, einkaufen.«

»Könnte ich das nicht für Sie tun? Sie sollten sich ausruhen.«

»Nein, danke. Ich will baden fahren.«

Mr. Jones stand da und sah Matilda traurig an.

»Ich weiß, daß Hugh weg ist.«

»Ja.«

»Er wollte, daß Sie Folly behalten.«

»Sie war sein Hund. Sie ist ihm nachgelaufen – natürlich.«

»Das hat er sicher nicht gewollt.«

»Bestimmt nicht. Ich glaube nicht, daß es jetzt noch drauf ankommt, was er gewollt hat, nicht mehr, jetzt nicht mehr.«
»Er wollte Sie sicherlich glücklich zurücklassen.«
»Reden Sie keinen Stuß.«
»Entschuldigung. Ich – ich wollte –«
»Wollten *was*?«
»Ich wollte Ihnen sagen, ich liebe Sie, Matilda. Immer schon. Ich möchte Sie trösten. Und als erstes möchte ich Ihnen Tee machen.«
»Ich möchte keinen Tee, Mr. Jones. Es ist sehr freundlich von Ihnen, aber ich brauche keinen Trost. Ich glaube nicht, daß Sie mich lieben, das ist nur so eine Idee, alles Einbildung.«
»Es ist nicht nur Einbildung, ich spür's in meinen Eiern.« Mr. Jones stellte erstaunt fest, daß er Matilda anschrie, sie am liebsten geschlagen hätte.

»Für mich spielt es keine Rolle, ob Ihre Liebe im Kopf oder weiter unten sitzt, Mr. Jones. Tut mir leid, ich muß jetzt weg.« Matilda bewegte sich aufs Haus zu.

»Ich habe den falschen Augenblick erwischt. Ich habe gedacht, wir könnten hier in Ihrem Haus oder in meinem Bungalow leben –«

»Oh, scheiß doch auf Ihren Bungalow!«

»Okay. Tut mir leid. Ich gehe jetzt.«

Mr. Jones drehte sich um und ging. Matilda sah ihm nach, bis er verschwunden war, nahm ihr Handtuch und ihren Badeanzug von der Leine, wobei sie bemerkte, daß Hugh sogar daran gedacht hatte, seine Badehose mitzunehmen, die einmal, dachte sie gereizt, Tom gehört hatte.

Sie sah in ihrer Handtasche nach, ob sie noch etwas Geld hätte. Vielleicht hatte Hugh das ja auch mitgenommen, aber ihr Portemonnaie war voll. Sie stopfte es zu dem Handtuch und dem Badeanzug in die Strandtasche, verließ das Haus, schloß die Tür ab, legte den Schlüssel unter den Türstopper, stieg in den Wagen und fuhr hinunter in die Stadt.

Es war Markttag, und sie hatte Schwierigkeiten, einen

Platz zu finden, wo sie den Wagen abstellen konnte, schließlich ließ sie ihn an einer gelben Doppellinie stehen.

Sie ging in den Weinladen, wo sie eine Flasche Beaujolais erstand, dann zum Bäcker, wo sie Brötchen kaufte. Im Feinkostladen überredete sie das Mädchen hinter dem Tresen, das mehr als sonst zu tun hatte, ihr die Brötchen mit Butter zu bestreichen, während sie Brie aussuchte.

»Wozu machen Sie denn das? Wo so viele Leute warten«, zischte der Mann, dem der Laden gehörte, seine Verkäuferin an, die die Brötchen mit Butter bestrich.

»Sie hatte so 'n seltsamen Blick. Ich mochte nicht nein sagen.«

»Sehen Sie zu, daß ich Sie nicht noch mal dabei erwische. So, bitte sehr, Madam.« Er reichte Matilda den Brie in einer Papiertüte. »Stets gern zu Ihren Diensten.«

»Ich glaube nicht, daß sie mich noch mal drum bitten wird, sie hat's bisher noch nie getan.« Das Mädchen blickte Matilda nach, die den Laden verließ.

»Hat sie die Butter bezahlt?«

»Hat 'n halbes Pfund bezahlt und wollte nur die Brötchen bestrichen haben. Ich glaube, der fehlt 'ne Schraube.«

Unter dem Scheibenwischer des Wagens steckte ein Strafzettel. Matilda gab ihn einem Passanten, der ihn verdutzt betrachtete, dann »He!« schrie, als sie, ohne sich umzusehen, davonfuhr.

Sie stellte den Wagen an der üblichen Stelle ab und schlenderte den Klippenweg entlang, während sie aufs Meer hinunterblickte, das ruhig, doch grau dalag. Der Strand war leer, die Saison vorbei. Sie war froh, daß sie ihren Pullover anhatte, wünschte sich, sie hätte Socken angezogen. Es war kühl, und ihr Fuß war blaugeschwollen, wo ihr der Spaten draufgefallen war. Während sie den Klippenweg hinunterging, sang sie leise:

»Ein' Schilling zahlte ich genau,
zu sehn 'ne tätowierte Frau.«

Im Sand angekommen, schleuderte sie die Espadrilles von ihren Füßen, ließ sie liegen und eilte barfuß zu dem flachen Felsen am anderen Ende des Strandes.

»Über des Gesäßes Pracht
hielt die Königsgarde Wacht.«

Der Felsen war kalt, als sie sich draufsetzte. Sie zitterte, als sie die Brötchen und den Brie auspackte und den Beaujolais vorsichtig hinstellte, damit er nicht umkippte. Sie suchte in der Handtasche nach dem Korkenzieher.
»O Gott! Den habe ich vergessen.« Sie fing an zu weinen. »Er muß doch hier sein –« Sie kippte die Tasche aus, schüttelte sie. Kein Korkenzieher. Ein Blatt Papier segelte ihr vor die Füße.

Geliebte Matilda! Hughs Handschrift, vom feuchten Handtuch leicht verwischt. *Ich liebe Dich. Ich darf mein Leben nicht Deinem aufzwingen. Ich muß Dich verlassen. Ich liebe Dich. Du bist genau die Frau, die meine Mutter geliebt hätte. Du bist, was ich mir gewünscht habe, was sie sich für mich gewünscht hat. Ich dachte, sie verstünde nichts von der Liebe, sei alt, naiv. Himmel, diesen Brief zu schreiben ist unmöglich. Verzeih mir. Folly wird auf Dich aufpassen, behalte sie bei Dir. Sie gehört uns beiden, behalte sie einfach. Der Tod meiner Mutter war ein Unfall. Sie hatte Angst vor Mäusen. Lache nicht. Es war eine Maus bei ihr auf dem Sofa. Sie rief mich um Hilfe. Ich schlug mit dem Tablett nach der Maus, als meine Mutter sich bewegte. Es war mir zu peinlich, um es irgend jemandem zu erzählen. Bitte lache nicht, auch wenn ich Dein Lachen liebe. Hugh.*

Matilda zerriß den Brief und ließ den Wind die Fetzen verstreuen. Sie zog sich aus, streifte ihren Badeanzug über, Gänsehaut an den Beinen. Auf dem Felsen sitzend, griff sie in ihre Handtasche, suchte nach den Tabletten, schüttete sie sich auf die Hand. Sie schlug den Hals der Flasche gegen den Felsen, stopfte sich den Mund mit Pillen voll und schluckte sie mit dem Wein herunter. An dem ausgezackten Glas zerschnitt sie sich den Mund. Sie schluckte noch mehr Tabletten, noch mehr Wein.

Die Flut war gerade richtig, am Umschlagen, die See wartete. Matilda stand auf.

»Folly«, rief sie, ihr war schwindlig, »gehört uns beiden?« Sie fiel auf die Knie und kroch auf allen vieren den Strand hinunter. »Gus?« Sie würgte, behielt die Tabletten mit Mühe unten. »Wir alle gehören dir«, flüsterte sie, als sie das Wasser erreichte. »Ich komme.«

Eine Möwe stürzte sich herab und schnappte sich ein Brötchen vom Felsen, gefolgt von anderen, kreischend, streitend, weiße Flügel schlugen, gelbe Augen blitzten, Schnäbel hackten zu.

Das Meer erfaßte Matilda, als sie hinauszuschwimmen begann. Sie wollte sich nicht das Haar naß machen.

Es ist spät im Jahr zum Baden. Sie stieß ihre Arme mechanisch vor, wobei sie das graue Meer mit dem Blut aus ihrem Mund rosa färbte. Zaghaft stellte sich eine Erinnerung ein. Sie hatte gelesen oder gehört, daß man im Augenblick des Todes scheißt. Verzweifelt zog sie sich ihren Badeanzug aus und machte sich dabei die Haare naß. Sie ließ das Ding davontreiben.

Wenigstens wird mein Körper sauber sein, wenn ich sterbe. Sie schwamm jetzt langsamer. Ich sollte doch mein ganzes Leben blitzartig vor mir vorüberziehen sehen. Ihr zerschnittener Mund lächelte. Eine Erinnerung, die sich ihr so lange entzogen hatte, kam nutzlos wieder. John/Piers auf dem Trafalgar Square, seine Melone, sein Regenschirm. Zu wessen Party hatte er sie mitgenommen? Irgendwo in Bloomsbury. Ich wurde betrunken, erinnerte sie sich, während sie nun sehr langsam schwamm, war noch nie betrunken gewesen. Er hatte sie in ein Schlafzimmer gebracht. Sie hatte sein Trumpers-Haaröl gerochen.

Sie hatte es völlig verdrängt. »Hugh«, rief sie in die kalte

Strömung, »Hugh, ich möchte dir erzählen –« John, der demnächst geadelte Piers, hatte sie auf ein Bett gestoßen, ihr den Rock nach oben geschoben, hatte ihr nicht einmal den Schlüpfer ausgezogen.

»Das wird ein ganz neues Gefühl sein.« Diese Stimme von ihm.

»Tod, auch du bist neu«, sagte sie zu der Strömung.

Das Fischerboot fand die Leiche, als sie am Leuchtturm vorbeitrieb.

»Sieht aus, als lachte sie«, sagte der jüngere von den Männern.

»Hat sich den Mund an den Felsen zerschnitten«, sagte sein Vater. »Hiev sie rein. Deck sie mit 'm Stück Persenning zu, is' nicht schicklich, nicht, wie wenn sie jung wär.«

»Hat das ganze Fischen für heute versaut, das hier.«